普里什文

Солнечные ночи

有阳光的夜晚

俄罗斯和
挪威极北地区札记

[俄罗斯] 普里什文 著

石国雄 译

北京大学出版社
PEKING UNIVERSITY PRESS

图书在版编目（CIP）数据

有阳光的夜晚：俄罗斯和挪威极北地区札记 /（俄罗斯）普里什文著；石国雄译. —北京：北京大学出版社，2017.10
ISBN 978-7-301-28120-8

Ⅰ.①有… Ⅱ.①普… ②石… Ⅲ.①散文集—俄罗斯—现代 Ⅳ.①I512.65

中国版本图书馆CIP数据核字(2017)第035516号

书　　名	有阳光的夜晚：俄罗斯和挪威极北地区札记 You Yangguang de Yewan
著作责任者	［俄罗斯］普里什文　著　石国雄　译
责任编辑	张　冰　朱房煦
标准书号	ISBN 978-7-301-28120-8
出版发行	北京大学出版社
地　　址	北京市海淀区成府路205号　100871
网　　址	http://www.pup.cn　新浪微博：@北京大学出版社
电子信箱	zhufangxu@pup.cn
电　　话	邮购部62752015　发行部62750672　编辑部62754382
印 刷 者	北京中科印刷有限公司
经 销 者	新华书店
	880毫米×1230毫米　A5　9.875印张　203千字 2017年10月第1版　2017年10月第1次印刷
定　　价	48.00元

未经许可，不得以任何方式复制或抄袭本书之部分或全部内容。
版权所有，侵权必究
举报电话：010-62752024　电子信箱：fd@pup.pku.edu.cn
图书如有印装质量问题，请与出版部联系，电话：010-62756370

愿你感受到大自然的野性和呼吸

人类自进入农耕社会至今，社会经济的发展已跟过去有了极大的不同，全球人口的快速增长、经济全球化、科学技术的飞速发展、全球气候变化，都对人类和大自然产生了很大的影响。而就科学技术的发展及其对社会的影响、人口和粮食安全、环境和可持续发展等话题，每年都会引发全世界范围内的会议讨论。大家更乐于接受这样的观点，科学技术的发展对我们社会的影响是正面的，但同时我们往往忽略了其负面的影响；人类的活动对我们赖以生存的地球产生了极大的影响，如全球气候变暖、生物种类急剧减少等等。其实，伟人恩格斯早就警告过人类："……我们不要过分陶醉于我们对自然界的胜利。对于每一次这样的胜利，自然界都报复了我们。"

我自己是学习植物学的，在我所在的学科领域，分子生物学和生物技术已经可以实现对特定基因的剪辑和编写，但是这并不就意味着，大自然已被人类部分地征服。未来人类有可能利用基因和合成生物学技术创造出全新的物种，但依然改变不了物质世界的基本规律。出于专业原因，很多时候我会从科学的角度对自然和生命进行探索和审视。但同时我也意识到，随着社会的发展和科技的进步，我们也需要从人文和社会的角度来思考今后的人类文明。随着科学技术的发展，面对人类无休止的欲望，要求我们重新审视人类世界和自然的关系：人类是自然的主人还是自然的一分子？当然也可以进而思考：人类是自己的主人还是欲望和野心的附庸？

燕园的清晨，有着和墙外截然不同的宁静。当你漫步在校园，仰首皆绿树，听着潺潺流水声，阳光自自然然地洒落，在水面上绿叶间明灭，晨光辉映。在这样的环境中，心会变得柔软而丰盈。或许这时，你可以静下心来，去思考一下上面提出的种种问题。我本人由于担任联合国教科文组织人与生物圈中国国家委员会主席，每年有机会到我国一些已加入世界保护区网络的自然保护区参加考察或评估，实地了解当地生态环境和生物多样性保护的状况、人类活动的影响，并深入当地居民家中听取他们的意见和建议。这些实地得到的资料，对于思考人与自然和谐的相关问题非常有用。而对于一时还没有机会到那更大更深的自然中去、飞去那原始的丛林或者无垠的天际而向往大自然的朋友，在人称"世界生态文学和大自然文学的先驱"的俄罗斯作家普里什文的美妙的文字中即可找到那精巧而变幻无穷的世界。

米哈伊尔·米哈伊洛维奇·普里什文（1873—1954）被誉为"伟大的牧神""完整的大艺术家""俄罗斯语言百草"。他出生于一个破败的商人、地主家庭，童年时代在接近自然世界的乡村度过，大学毕业之后从事农艺，随后弃农从文，专事写作。普里什文一生都在旅行，对大自然一往情深，并具备丰富的生物学知识，善于将对人、对自然、对万物的爱与善化为诗意，并结合哲理写成有机统一的散文。他提出一些超前环保理念的著作，比公认的现代生态文学经典《寂静的春天》早了10年。

普里什文似乎是个多面手：有时像一个探险家，背起行囊就敢只身闯入那最纵深的丛林和最广阔的大海；有时又像一个摄影家，拿起挂在脖子上的相机记录罕见的珍禽或是划过天际的飞虹；有时像一个民俗学家，悉心观察着少数民族的原始风貌和偏远部落的风土人情；当然他并没有忘记自己是一个文学家，虽然路途颠簸墨水洒了一半,依然记得将所见所闻记录在纸端。

从北京大学出版社出版的这套普里什文作品选,我们可以看到作者探索大自然中所显现的勇敢和冒险精神、极其仔细的观察态度和认真的记录习惯,见到在《大自然的日历》《飞鸟不惊的地方》《林中水滴》《有阳光的夜晚》《亚当与夏娃》这些书里所展现的奇妙世界。在作者的笔下,静谧的丛林和精灵般的小动物,汹涌的大海和巨怪般的大海兽,群星闪烁的夜空和漫无边际的原野,灵巧的飞鸟和咸腥的海风,奔涌的瀑布和沉静的圆月,淳朴可爱、不谙世事的边远部落和谨慎小心、保持距离的文明族群,甚至还有作者在中国边民居住地驯养梅花鹿和种植人参的故事,等等。这是一个现代都市人完全陌生的世界,在那里人与自然是零距离的。你可以感受到自然的每一丝呼吸,自然也可以看到你的每一个毛孔。如作者在《大自然的日历》中所写:"只要是我见到的各种小事,我都记录下来。今天这是小事,到了明天将它与其他新的小事作对比,就会得到地球运动的写照。"他用出众的文笔,展现大自然的种种细节和自己的联想:"昨天蚂蚁窝的生活热气腾腾,今天蚂蚁就潜藏到自己王国的深处,我们就在林中蚂蚁堆上休息,犹如坐在美国式的安乐椅里。昨天夜里我们坐着雪橇沿湖边行驶,听到了从未结冰的一边传来的天鹅间的絮语。在严寒空荒的寂静中,我们觉得天鹅仿佛是某种理性的动物,它们似乎在开某种非常严肃的会议。今天天鹅飞走了,我们猜到了它们开会的内容——议论飞离的事。我们转动着的地球围绕着太阳漫游,我记下了随之产生的成千上万件动人的细节:结满冰针的黑乎乎的湖水拍击结了冰的湖岸发出的声音;晴天浮动的冰块闪闪发亮;年轻的海鸥上了当,把小冰块当做鱼捉;有一天夜里万籁俱寂,湖水发出的喧哗也完全停止了,只有在死一般沉寂的平原上空电话线发出嗡嗡声,而昨天在那里却沸腾着复杂的生活。"童话般的神奇,令人向往!

当然,我们在普里什文笔下看到的也并不是完全和谐无忧的自然,自然看到的人类也不是完美无缺的物种。我们看到的是一个真实而残缺的自然,里面住着小小的一群人类:这里有弱肉强食,这里有自然灾害,这里也有不幸人祸。也正因为这样的一种真实和完整,让我们可以对照百余年前的人与自然,反思当下的人与自然。

这样小小的五本书也许并不足以让我们看透整个人类与自然。但至少,我们能够从中发现一个未曾经历甚至或许已经不复存在的远方,兴许还能像他那样停下脚步,与自然互相感受对方最细微的呼吸:

也许,包围着我的整个大自然——是个梦?……它无处不在:在林中、在河里、在田间,在群星中,在朝霞和晚霞里,所有这一切——只是某个人睡觉时所梦。在这个梦里,我似乎总是一个人出门上路。但这个巨大的存在在睡眠时所梦的,并非坟墓的那种冰冷的梦,她像我的母亲那样睡眠。她睡着,并听着我的动静。

良好的生态环境是社会经济可持续发展的重要条件,也是人类生存和发展的重要基础。我希望更多的人,尤其是青年人,走进自然、贴近自然,去倾听自然的呼唤,培养热爱自然的真正感情,尊重自然、应顺自然、保护自然!

写于燕园

2017 年 5 月 25 日

目 录

作者的前言　1

第一部　有阳光的夜晚

第一章　神奇的小圆面包　3
第二章　履行诺言　39
第三章　白日之夜　104

第二部　走向瓦兰吉亚人那里

第四章　在卡宁诺斯角相会　159
第五章　无政府主义的群体　210
第六章　在瓦兰吉亚人那里　247

作者的前言

> 现在我与城市永远告别了。我永远也不会再进入这个虎穴。老虎唯一的乐趣就是彼此咬啮。对它们来说,把弱者折磨至奄奄一息和对当局奴颜婢膝便是快乐,而你却想让我住到城里去!不,我的朋友,我要到人迹不到的地方去,那里不知道世界上有人,那里也不知晓人的名字。别了!我坐进带篷马车,奔驰而去。
> ——拉吉舍夫:《彼得堡到莫斯科旅行记》

本书描述的旅行事先并没有作很多考虑。我只是想度过夏天这三个月,带上猎枪、茶壶、小锅,做一个森林的漫游者。当然,在这段时间里我了解了许多北方生活的情况。但是我想对自己的读者叙述的不是旅行中看得见的外表的一面。我希望能使他们回忆起我们童年时心驰神往的没有名称、没有领土的那个王国……

童年时我曾尝试过逃到那里去。有过短暂的瞬间体验到那种自由,那种难以忘怀的幸福……一个没有名称的王国在一片璀璨的青翠中闪现了,一下又消隐了。

现在我已成人,就想来回忆这个王国……

《来自塔拉斯孔的塔尔塔伦的奇遇》……爱怀疑的人会这么嘲笑。但是对他们我有遁词:我有地理协会的正式委托。再说,难道我们有塔拉斯孔这个地方吗？从彼得堡出发经过两三天行程，我们就可以到达几乎完全没有研究过的王国。

地理协会民族学分会的小量赞助，会用猎枪和钓钩自己搞到食物，不大会疲劳——这就是我全部的微薄能力。

一九〇七年五月，我沿着苏霍纳河和北德维纳河去了阿尔汉格尔斯克。我在北方的漂泊就从那里开始。有时步行，有时坐小船，有时乘轮船。我走遍了白海到坎达拉克沙的海岸，后来走过拉普兰季亚（二百三十俄里[①]）到科拉，在西摩尔曼的索洛韦茨基岛上的佩琴加修道院逗留了一阵，取道海路于七月初回到阿尔汉格尔斯克。这是旅行的第一部分，我在《有阳光的夜晚》中作了记述。

在阿尔汉格尔斯克我认识了一个水手，他讲的许多事情吸引了我，于是我就与他坐一条渔船在北冰洋上漂游。我与他在卡宁诺斯角外面那一带转悠了两星期，来到了摩尔曼，在这里我住在一个渔民的宿营地，在海洋里捕鱼。最后，从这里坐轮船，我去了挪威，又绕着斯堪的纳维亚半岛漂回家，这是旅程的第二部分，我在《走向瓦兰吉亚人[②]那里》作记述。

我没有旅行计划，但是在我开始反复思考的时候，我又觉得，好像有人指导了我……这是谁呢？……

我觉得，我像在童话中那样，跟着神奇的小圆面包而周游北方。

[①] 1俄里等于1.06公里。——译注
[②] 瓦兰吉亚人：古俄罗斯对北欧诺尔曼人的称呼。——译注

☆ ☆ ☆ ☆

我把自己的书，献给童年时我们心驰神往的没有名称、没有领土的国度，也献给那时与我一起分享童年的梦幻的那三位朋友。

我想用这本书来为自己童年的幻想竖起一块纪念碑。也许，它是粗糙的、简单的。但是这又有什么呢？只要不让坟墓夷为平地，只要知道那个地方躺着一些可爱的男孩，他们憧憬着没有名称、没有领土的国度，也就可以了。

第一部

有阳光的夜晚

第一章　神奇的小圆面包

童话从灰白色马、栗色马、神马开始。

在某个王国，某个国家，人们生活得很糟糕，于是他们便逃往四面八方，我也很想到什么地方去，于是就对老太婆说：

"老伴，你给我烤一个神奇的小圆面包，让它领着我去茂密的森林，去蓝色的大海，去大洋。"

老伴拿了铲形木勺，在箩筐里抓了抓，在粮囤里扫了扫，收集了两把面粉，做了一个令人快活的小圆面包。它躺了一会儿，躺了一会儿，突然就从窗台上滚到了长凳上，从长凳上滚到了地上，又顺着地板滚到了门边，跳过门槛到了过道屋，从过道屋滚到台阶上，从台阶上滚到院子里，从院子里滚到大门外，一直滚着，越滚越远……

我就跟着小圆面包，它带往哪里，我就跟到哪里。

眼前一一闪过河流、大海、汪洋、森林、城市、人们。我又来到了老地方。但是我留有笔记和回忆。

小圆面包滚着，我就跟在它后面走着，就这样……

我的快活的向导在德维纳河三角洲高高的河岸上一块大石头旁停住了。许多条路由这里通向四面八方。我坐到石头上，开始想：我该往哪儿走？向右，向左，笔直？在我面前，河岸上最后一棵小白桦树在啜泣，往前，我知道，是白海，再往前，是北冰洋。我后面，是一片蓝盈盈的苔原。这个城市——苔原和海洋之间的一条窄窄的房屋带——完全就是写着过路人命运的那块神奇的石头。我该往哪里走？可以安排到一条帆船上，去体验北方人的海洋生活？这很有意思，很吸引人，但是眼下白海海岸的左边就是森林。如果沿着森林边缘走，那么绕过大海，可以到达拉普兰季亚，而那里完全是长着原始森林的地方，是魔法师、巫师生活的地方。于是旅行者就朝索洛韦茨基岛那个方向进发。

到底去哪里：与旅行者一起向左去森林，还是与水手一起向右去海洋？

我端详着热闹的阿尔汉格尔斯克海岸上的人们，欣赏着水手那晒黑的富于表情的脸，就在这旁边，我发现了索洛韦茨基祈祷者恭顺的身影。如果我跟着他们向左走，我想，那么我将不是到极圈外的北方，而是到俄罗斯黑土地带的故乡，到它最纵深的地方。我事先就能知道，这将会以什么而告终。我将会看到红色火光映照着的黑色的圣像，我们的农民则向它祈祷，而这个神秘而可怕的圣像没有脸。似乎是，哪怕只要显露出轮廓的样子，就会消失了魅力，消失了全部吸引力。但是，尽管没有显露出面容，大家都到那里去，恭恭敬敬地到俄罗斯的这个黑色中心去。不知为什么，这使我觉得，这圣像上画的不是大慈大悲、宽恕一切的圣子，而是无情地把罪人送到地狱之火中去的圣父。也许是因为，照在没有脸的黑色圣像上那长明灯的柔和灯光总是靠不安详的红色火焰来映射。向左走就是这么回事。但是那边有森林，也许，因此我的神奇的小圆面包才这么向往去那里。

北方的水手一点也不像我们的庄稼人，这是为什么？是因为分成许多小块的土地使人大大地变低贱，而不可分割的大海却使心灵高尚，没有把它粉碎吗？也许，是因为北方人不知道奴隶制，他们的宗教——他们大多数人是分裂派教徒——也不是我们这样的，为了这宗教他们在这里作了许多斗争，甚至在篝火上自焚……向右走还是向左走，我无法决定。我看见，有一个老头正从我身旁走过，便向他打听。

"你好，老爷爷！"

老人停了下来，见到我很惊讶，因为我既不像旅行者，又不像当官的老爷，也不像水手。

"你要去哪里？"

"老爷爷，我到处都去，路通到哪里，鸟飞到哪里，我就到哪里。我自己也不知道去哪里，眼睛望到哪里，我就往哪里走。"

老人笑了。

"你是想干事还是逃避干事？"

"碰上有事干，我乐意而为，不过，老实说，我是逃避干事。"

"瞧你竟是这么个人，"他坐到我身旁的石头上，嘟哝着说，"事情和遭遇折磨了所有的人，人们这就逃往四处了……"

"请告诉我，老爷爷，什么地方还保存着古罗斯的风情，那里住后院的老婆婆，卡谢伊·别斯梅尔特内、玛里娅·莫列夫娜这样的人还没有绝迹，那里还在歌颂光荣、强壮的勇士？"

"你去杜拉科沃吧，"老人回答，"我们全省没有比这更荒僻的地方了。"

"真是个机灵的老大爷！"我一边想，一边打算既幽默又不得罪人地回答他。但是，令人吃惊的是，这时我在自己的袖珍地图上发现了杜拉科沃村，它在白海的夏岸（西岸），正对着索洛韦茨基岛。

"真的有，"我高声喊了起来，"这就是杜拉科沃！"

"你以为，我在开玩笑，我们这里有杜拉科沃，是最荒僻、最愚蠢的地方。就古老方面来说它像阿尔汉格尔斯克省。就新的方面来说，它不像……你瞧，我们这儿的人多麻利。"

他用手朝下指了指热闹的水手们。

"这是些渔猎出生的人，强壮，有生气，而在夏岸人们像海豹似的呆坐在贫困中，因为到那里去没有通道：一面是温斯卡亚湾，另一面是奥涅加湾。"

不知为什么我喜欢杜拉科沃，老人称村子是愚蠢的地方，我甚至都替它感到委屈。这村子所以有这名称，当然是因为村里生活着伊万努什卡样的傻瓜。可是只有什么也不明白的人才称伊万努什卡是笨蛋。我这么想，便问老人：

"我能否从杜拉科沃坐船过海到圣岛去？"

"他们会渡你去的。"他回答我说，"这是去索洛韦茨基修道院祈祷的人走的老路。"

在这之前我只知道有两条路去圣岛，经过阿尔汉格尔斯克过海和经过波韦涅茨－苏马。沿着海边步行和坐船过海这条路，我不知道。我想到了徒步旅行者踏出来的林间小路，想到了小溪，那里可以捕鱼并立即在锅里煮鱼汤，想到了猎取各种各样我不知道的海鸟和野兽。

"但是怎么去那里呢？"

"现在很困难，去祈祷的人少。但是，你别急，这里好像有杜拉科沃的人，他们会告诉你的。如果这里有那儿的人，我就叫他们来找你。祝一路顺风！"

过了一会儿，一个年轻人代替老人走来了，拿着猎枪，背着背囊。他不是用嘴说话，而是用眼睛，他这双眼睛又明亮又纯净。

"老爷，请给我们分一下大海！"这是他说的第一句话。

我很惊诧。我只是现在才想到大海是不可能分的，甚至还用这一点来给自己解释北方人的优点，而现在……

"我怎么会分大海呢？这只有尼基塔·科热米亚科和兹梅伊·戈雷内奇分过，再说他们也是什么结果都没有。"

他递过一张纸代替回答，这是与邻村划分捕鲑鱼水域的纠纷。

需要出面的是长官，权威人士，但是上面谁也不想到这儿来。

"老爷，"村里来的代表继续恳求我，"你别管任何人，你自己做主分。"

我明白，他们把我当作重要人物。我知道，北方民间有一种传说，说什么有特别权力的人有时候扮作普通的徒步旅行者，这样可以了解民间生活。我知道整个北方都流传这种迷信的说法，我明白，现在我要了解民族风情的活动泡汤了。

根据经验，我知道，只要村里人怀疑某个徒步旅行者是长官，那么所有的神婆、所有的林妖和巫师便瞬间消失了，人们的脸上有时现出阿谀奉承，有时流露出不友好的表情，你自己也不再相信自己的事，神奇的小圆面包也停止不前了。我竭尽全力要阿列克谢相信，我不是长官，我是来收集民间故事的，我向他解释，为什么我需要做这事。

阿列克谢说，他明白了，我相信他那双坦率、明净的眼睛。

后来我与他休息了一会，吃了点东西，就上路了。神奇的小圆面包滚了起来，唱起了自己的歌：

> 我离开了爷爷
> 我离开了奶奶……

森　林

五月十五日

我们时长时短，时近时远地走着，终于到了休济马村，在这里与阿列克谢告了别。他在我前面先走，而我不指望自己的两条腿能走，因此请他派一条船到红戈雷来接我，那是温斯卡亚湾这边岸上靠海的一个村子。我们分手后，我休息了一天，就朝红戈雷走去。

我沿着海边的森林边缘走。这里是打过仗、经历过痛苦的地方。望着孤零零的松树感到很可怕，很痛心。这些松树还活着，但是被风刮得东倒西歪，犹如折断了翅膀的蝴蝶。但有时候树木长成了茂密的树林，迎着极地刮来的风，朝地面倾斜，发出呜咽声，但是挺住了，并且匀称翠绿的枞树和洁净挺拔的白桦在它们的卫护下长大了。白海那高高的海岸好像是一头北方野兽长满鬃毛的背脊。这里有许多已经死掉发黑的树干，脚碰到它们就像碰到棺材盖似的；也有完全空荒的黝黑的地方，这里有许多坟墓，但是我没有想到过它们。我走这条路时，已经不再打仗，宣布了休战。春光明媚，倾向地面的白桦树抬起了绿色的头，松树伸展着枝杈，挺直着树干。

我必须给自己搞一些食物，因此我可以把打猎作为一件严肃的生命攸关的事那样专心地去做。在一个树林的空地上我碰到了美丽的杓鹬，又飞来了一群流苏鹬。但是我最喜欢悄悄地走近我不知道叫什么的海鸟。从树林这里远处望去，我看到的是安宁的、有时是白色有时是黑色的鸟头。于是我摘下自己的背囊，把它放在一棵好认的松树底下或石头旁，开始爬过去。我有时候要爬上一俄里或两俄里：北方的空气是明净的，我发现一只鸟在远处，却常常受距离的欺骗。我的胳膊和膝盖因为碰着沙子、尖石块、刺人的树枝而擦得出了血，但是却丝毫没能觉察到。朝叫不出名的鸟爬去不知多远的距离——这是猎人的最高享受，这是无罪的可笑的乐趣转变成真正的贪欲的界限。在天空和太阳下我完全是一个人爬向海边，但是却一点也没有注意到这一点，因为我内心充塞着这一切感受；我像野兽一样爬着，只听见心脏"呼呼"地大声而欢快地跳动。在路上有一根稚嫩的绿色树枝，向我靠近，大概是怀着爱意和温情伸展过来的，可是我悄悄地小心翼翼地移开它，把它弯向地面，想要听不到声音地折断它：不许它下一次在路上再碰上我，我折了一下……又一下……树枝发出大声的呻吟。我吓坏了,紧贴着地面,想:一切都完了,鸟都飞走了,接着便小心翼翼地朝上看,朝天空看……没有鸟,一切都很安宁,病恹恹的松树受着太阳和光照的治疗。北边的白桦闪烁着璀璨的绿色,一切都是静悄悄的,一切都静默着。我看好一块石头,就朝它继续爬去,准备好猎枪,扳上扳机,从石头后面慢慢地向外张望。在白色的石头旁我的头伸出来,就像个黑色的蚂蚁窝,在柔软的地衣里枪杆倒是看不见的。有时候就在自己面前四、五步远的地方,我看见了叫不出名的大鸟。有些鸟一条腿站着在睡觉,有些鸟在海里游弋,还有些鸟把头转向一边就用一只眼睛望着天空。有一次我就这样偷偷地走近了一只在石块上打瞌睡的鹰,另一次则靠近了天鹅一家子。

我怕动弹一下,我下不了决心把猎枪对准在睡觉的鸟,我望着它们,沉浸在痛苦的回忆中,直至无意中压断了肘下的树枝,于是所有的鸟儿便哗啦啦地拍打着翅膀,飞向了四面八方。我没有惋惜,也没有因自己的大意而生自己气,而是高兴,因为这里就我一个人,我的猎人同伴中谁也没有看到这一幕。但是,有时候我开枪打死鸟。在鸟还没有到我的手里时,我还有某种享受,而当把鸟拿到手里的时候,一切就都过去了。经常有打不到鸟的难受时刻,于是有时候我就开始想到自己对打猎的嗜好,想到大自然,就像想到什么很不好的事一样,那时我就觉得,似乎这种感情同时怀有杀害和热爱的渴望,而因为这种渴望源自于大自然内部,所以大自然对我这个猎人来说,只是杀害和热爱这两者的最紧密的相互联系……

我正这样思考着，但路上我又碰上了新的鸟；我又全神贯注起来，把一分钟前想的事抛到九霄云外了。

红 戈 雷

五月十九日

在海边一棵树梢干枯的松树下面有一座黑乎乎的小屋子，在后院里面住着一个老婆婆。她的小屋被称作驿站，老妇人的职责则是给官吏们当守卫。奥涅加的驿路从这里开始通向南方，而我的路是经过温斯卡亚湾到北方去。最荒僻的地方正是从这里开始的。在等待派船来的这段时间里我想在老奶奶这里休息一下，把一只鸟油炸了，吃点东西。

"老奶奶，"我请求说，"请给我一只煎锅，我要油炸鸟吃。"

但是她用脚把我的鸟踢开了，嘟哝着说：

"你们这种人在这里闲逛还少吗，我不给，你会烧坏的。"

我想起了阿列克谢的警告："你想在哪里住下，可别住到驿站去——凶恶的老太婆会吃了你。"——我真后悔来找她。

"啊，你这空虚凶恶的老太婆，瘦骨伶仃的老巫婆！" 我克制不住……

这一下她就完全可以赶我走了，借口说将军马上就要来了，要占用这地方。将军是到杜拉科沃去分海的。

我很吃惊和烦恼，还来不及张口，老婆婆看了一下窗外，突然说：

"是的，你瞧，他们这就来接将军了，他们正从海上来，是阿列克谢派来的。走吧，走吧，老爷，到你要去的地方。"

接着，她又一次打量了我，就嚷了起来：

"你可别就是将军大人吧！"

"不，不，老奶奶，"我急忙回答，"我不是将军，不过这条船是派来接我的。"

"真是这样！就是这么回事！请原谅我，大人，原谅我这个老婆子，我把你当作政治犯了，如今老是运政治犯来，不知有多少，整个夏天就一直不断地运啊运的，玛里尤什卡，你快点拔鸟毛，我来煎蛋。"

我恳求老奶奶相信我，但是她不相信，认为我真的是将军；我已经看到，她们开始为我卖力地拔鸟毛了。

这时走进来住在海边的三个男人和两个女人，他们是白海奥涅加海湾上驿船的船员。船老大是个老大爷，大家也就这么叫他"老大"，其余的人是划手：两个女人，她们的脸被海风吹得很粗糙；"一个个子很小、胡子不少的汉子"和一个年轻小伙子，他有一头浅色头发，一副天真的样子，完全是个伊万努什卡傻瓜。

我成了将军，大家跟我握手问好。他们坐到板凳上，和我一起吃煎蛋和鸟。接着，那小个子汉子也不顾忌我在场，便对一个女人一个劲地说着俏皮话，那女人哈哈大笑，简直像炸弹爆炸。汉子瞎吹着，炸弹爆炸着并说："哎哟，斯捷潘折煞人了。"

他的故事真有油水和荤腥。我现在就要把他的胡须缠在我的拳头上,把它们拽下来。"

但是,这是怎么回事,我不是将军吗?我甚至感到受了委屈。要不,这里开始已经是那个神圣的国家,这里上面的人从来不来,这里人们就像海边的鸟儿那样生活。

"来吧,来吧,"大家对我说,"我们这儿的人好,待人热情。我们住在海边,住在天涯一方,夏天捕鲑鱼,冬天猎野兽。我们的人安详、平和:他们没有恶意,也不伤害人,他们就像海豹。来吧。"

我们一起坐着、闲聊着。黄昏临近了,白海的白夜降临了。我开始觉得,我已经完全爬到了海边的鸟儿近旁,从白石头后面探出了像黑蚂蚁窝那样的头,而周围谁也不知道,这不是蚂蚁窝,而是凶恶的野兽。

斯捷潘开始讲一个金鳍梅花鲈鱼的长故事。

大 海

五月二十日

只有在晨曦"春汛"(涨潮)时我们才出航。白海每六小时涨一回潮,接着六小时退潮。"无水"(退潮)时我们的船无法航行。

夜日益变得明亮起来，因为我是向北行，因为时间在运行。我怀着好奇心迎接每一个这样的夜晚，甚至这些夜间产生的一种特别的忐忑不安和失眠也没有搅扰我。我现在就像是喝了一种奇妙的麻醉剂，而且日复一日，越喝越多。这样将是什么结果呢？我变成了习惯于白天睡觉的人。

小个子汉子低声讲着他的故事。对我来说故事也很有意思，便也很想到屋子外面去。虽然大海在屋子的另一边，但是我根据路上金光闪闪的小水洼能猜出那里是什么景象。

"你们这里太阳落山吗？"我打断了故事问。

"差不多不下山，像野鸭子钻进水里那样，一下子扎下去，又冒了上来。"

他又低声继续讲故事。水洼闪闪发亮。可以听到，有人睡着了。有一只灰老鼠跑了过去。

"你要睡觉了吧，基督徒？"讲故事人停住了，问。

"不，不，不，你讲下去，挺吸引人的，老头！"

"啊，还得讲故事给您取乐吗？有一个故事非常奇妙，又神又奇，又奇又怪。"

"讲吧，讲吧，老头！"

故事又像原先那样低声讲了下去。

又一只黑老鼠跑了过去。老爷爷打起了呼噜，伊万奴什卡挂下了头，一个婆娘睡着了，另一个婆娘也睡着了。但是老婆婆没有睡，是她留住了白天，迷惑住了黑夜，因此这白天像黑夜，这黑夜像白天。

"全都睡着了吗，基督徒？"身材特别小的汉子又问。

"不，我没有睡，你讲吧！"

一个穿着黑衣的骑士骑着马过去了，马是黑色的，马具也是黑色的……

讲故事的人也昏昏欲睡，微微嘀咕着，勉强才听得清……一个老婆婆变成了四个，每一个角落都有一个穿着黑衣的凶恶的女巫注视着。

佐里卡、维切尔卡、波鲁诺奇卡①奔驰而过。

一个穿着白衣的骑士骑着马过去了，马是白色的，马具也是白色的……

讲故事人突然清醒过来，说：

"起来吧，基督徒，起来了，起来吧！上帝送风来了，到船上再睡吧。"

我们静悄悄地在沙地上向大海走去。小村子的一座座屋子呈一个个小黑团散布在沙地上，用一双双发红的眼睛送别我们，立刻狗就要吠叫起来了。

睡吧，睡吧，亲爱的，我们是自己人。

"多安静呀！"

"多美呀！"

婆娘陷入了沉思，在船上她忘记了自己难看的脸容，沉溺于彩色的幻想，在大海和天空的映衬下显得十分美丽，容光焕发。伊万努什卡划一下桨，就在水中激起了光闪闪的涟漪。

---

① 佐里卡、维切尔卡、波鲁诺奇卡：分别是朝霞、黄昏、子夜的含意。——译注

"涟漪，波光粼粼……"

"那里有帆，是条船在行驶！"

大家都笑话我。

"那不是帆，是海鸥在石头上睡着了。"

我们驶近那里，海鸥懒洋洋地伸展翅膀，大声喊叫着，向辽阔的海洋远方飞去。它飞着，仿佛知道为了什么和飞往哪里。但是它到底往哪里飞呢？那里有另一块石头吗？没有……远方那里是深深的海洋。也许，那里，在无人知晓的紫红色的远方，什么地方人们正在做日祷？我们惊醒了这只海鸥，它是第一只飞起来的，可是教堂的钟声还没有敲响。

一支明亮尖利的箭发出嗖嗖响声……

仿佛是我们南方的草原对这里北方发出的回声。

"这是什么？"

"是鹤醒来了……"

"那里上空呢？"

"潜水鸟在叫喊……"

"那里呢？"

"海鹬在沙地上鸣叫。"

一群老鹅排成了一列，整整齐齐，黑幽幽的，一只跟着一只，一直往那白色海鸥成一神秘黑点消失的地方飞去。

那一群老鹅完全像是去乡村教堂路上的第一批老头。接着纷纷起飞的是一群群绒鸭、野鸭、海鸥。但是，奇怪的是，它们全都朝一个方向飞，飞向光芒闪耀的海天融成一条边的地方。

去做日祷，去做日祷！

但是没有敲响祈祷前的钟声……真奇怪……为什么是这样？

曾经做过那么美好、神秘、愉快的日祷，这是什么时候？这是什么地方？

站在一扇又老又沉的门面前既感到寒意悚然，又感到非常兴奋。老婆婆说：整整一年门都没有打开过，但现在会开，它自己会开。

"上帝亲自会打开它。"

黑暗中走近一些默默无语、穿黑衣服的人，站在我们周围……

"踮起脚，孩子们，走吧！"

人群上方金色十字架闪了一下，笨重的铁门吱嘎一声，有一种神奇的力量把它打开了……

一片光明和呼声潮水一般涌了进去。

耶稣复活了！真的复活了！

年老的船老大对着冉冉升起的太阳划着十字。

"太阳！光荣属于你，上帝！刮起了顺风，上帝派来了风。婆娘，快张起帆来！"

鸟儿从四面八方喧闹起来，叫喊起来，数不胜数的鸟群纷纷降落在小船旁，叽叽喳喳，唧唧咕咕，全然像是做过日祷后的一群群乡村姑娘。

涟漪舞动着、跳跃着、欢腾着，泛闪出金色、蓝色、绿色的光彩。有趣的小个子汉子跟婆娘开着玩笑。在明亮的耶稣复活日，远处旁边什么地方，拍岸浪的响声，不祥的最后呻吟正隐隐地渐渐消逝。

* * * *

"伊万申科,伊万申科,上岸来!"一座座山头,一个个小丘,一棵棵松树,一块块石头,都从岸上呼唤着。

"小船,小船,漂远点吧。"伊万努什卡心不在焉地微笑着,用桨划拨着奇特的火光般闪闪的涟漪。婆娘们唱起了关于白天鹅、小草和蚂蚁的古老的俄罗斯歌曲。风和着歌声,拂着它,鼓着帆,搅乱了声音和火光般闪烁的涟漪。小船在波浪上晃动,犹如一只摇篮。思维越来越平和,越来越倦怠……

"喝口茶就好了……"

"行,行,婆娘们,烧茶炊!"

婆娘俩就生起茶炊来,准备在小船上,在海上喝茶,大家轮流传杯喝茶,传到婆娘手上,她们怩怩了一阵,喝了。

幸福用得着许多吗?现在,此刻,我什么都不想要。

那么你呢,伊万努什卡?你有玛丽娅·莫列夫娜吗?

愚蠢的王子不明白。

"嗯,爱情,你爱什么人吗?"

他仍然不明白。我想起了,在普通人的语言中爱情是个不好的字眼:它表示的是粗俗的肉欲方面的含意。而奥秘本身仍是不用语言表达的奥秘。

由于这一奥秘,农村姑娘们的双颊烧得绯红,粗鲁笨拙的小伙子则变得文静、亲切,但是不用语言来表达。在有的歌里还能听到这个字眼,而在日常生活中,"爱情"这个词表达的意思不好,会得罪人。

"你打算结婚吗?有未婚妻吗?"

"有的,但爹没有全准备好。屋子还没有盖顶。没有人来帮忙。"

婆娘们听我们说话,很同情伊万努什卡。遇上的是坏光景,鲑鱼越来越少,而需要帮助却越来越多。往昔的年代要轻松得多。给十个卢布就可以娶卡捷琳娜,而三个卢布就可以买帕芙拉和喝许婚酒了。

"玛丽娅·莫列夫娜很值钱吗?"

"空手是娶不到的。"

"可以私奔,就不用帮忙了。"伊万努什卡沉默了一会说。

"就是嘛,就是嘛,"我附和着说,"应该把玛丽娅·莫列夫娜偷来。"

"要等一等才能偷,现在夜色多明亮呀。我们那里有一个人试着去偷,结果被抓住了。衣服全撕破了,新娘身上整件衬衫都被撕碎了。秋天夜里会黑一些,也许,到那时再偷。"

我终于知道了实情,便老是想着这些明亮的北方之夜。它们是无辜的、无形的,它们笼罩在大地上方,它们是非人间世界的梦幻。树林里根本就没有这座小屋,谁也没有讲过故事,一切不过是好像觉得是这样,昨天从手中飞走的白色书页的闪闪光辉留在了记忆中。

真困倦!十分困倦!现在要是能在黑暗的罪恶的南方之夜睡觉有多好呀。

睡吧,睡吧——大海摇晃着说。

披星戴月、有着沉甸甸辫子的黑美人俯下身来。

睡吧,一只眼睛,睡吧,另一只眼睛!

我颤抖起来。离我们非常近的水中露出一个硕大的银色的背脊,大得我们的小船无法比。这庞然大物在水面上方划出一个亮晃晃的弧形,又消失了。

"这是什么?是白鲸吗?"我没有把握地问。

"是它,是它,喏!那边也有!"

"就在那边!就在那边!水算得了什么!把水都要吸干了!"

我知道,这巨大的北方动物是海豚属,它没有危险性。但是,要是它就在小船旁窜出来,尾巴无意中绊住呢?

"没关系,没关系,"同伴们安慰我,"不大有这样的事。"

他们彼此打断对方,七嘴八舌地告诉我,他们怎么捕捉这种动物,碰上就像这种情况,银色的背脊在阳光下闪烁的时候,全村人都奔到海岸上。每个人都带上两张结实的渔网,就用这些渔网缝成一张比三俄里还长的网。由许多小船组成一个舰队出海去,男女老少全都出动。等白鲸困在网中了,大家就用大鱼叉来对付它。

"那是件快活的事!这时大家又给婆娘泼水洗澡,又奋力拍打大鱼,一片笑声,一片喧闹!婆娘们也不放过机会,也来刺白鲸,她们会收拾它。"

这情景有多动人呀!……大尾巴的动物,拿捕鲸钎的女人……神话般的神奇的海上战役……

风迅疾地驱赶着我们的船儿沿着海岸在海上行进。伊万努什卡不再划桨，在船舷旁打起瞌睡来。婆娘俩早就已经在船底一个紧接着另一个躺在已熄火的茶炊旁。小个子汉子挪到船头，在那里睡觉。

只有船老大这个沉默寡言的北方老人没有睡，船尾旁搭了一个不大的防雨披，就像我们旅行用的轻便二轮马车的车厢。可以钻到那里去，躺在干草上打个盹，我安顿在那里，打起盹来……有时候我看见大胡子的庄稼汉和银色动物发出的闪光点，有时候什么也没看见——漆黑一片中有些红色火光和火星。

我们的摇篮没有吱嘎声，风吹桅杆也没有呼啸声。

无论在哪儿生活，不都一样吗？到处都有人们，有的较单纯，有的较深沉。但是这里比较自由，这里有大海，还有这些美丽的银色动物。瞧，那里有一头，瞧又一头，瞧一条船，又一条船，整个一个舰队，伊万努什卡与玛丽娅·莫列夫娜一起往海里撒网，一头北方的银色大动物困在网中。

玛丽娅·莫列夫娜用大鱼叉去戳，白海布满了鲜血。

"玛丽娅·莫列夫娜，大海公主，"它发出人的声音央求说，"你为什么要害死我？别刺我，我会对你有用的。"

玛丽娅·莫列夫娜哭了起来，热泪滴落到冰冷的白海里……

"救救我，美丽的姑娘，解下头上珍贵的头巾，让它浸在蓝色的大海里！"

公主解下了丝头巾，把它浸泡在蓝色的大海里。那头银色动物拿了头巾，贴到自己的伤口上，就沉到寒冷的海底去了，它在那里躺了好几千年。

岸边睡莲在哭。

"听见了吗,老爷爷?"两条小鱼低语说。

"听见了,孩子们,听见了。"

老爷爷抬起身子,银色的背脊在阳光下闪闪发光,它载着自己的玛丽娅·莫列夫娜在白海游弋,向神圣的岛屿游去。

这事发生在什么地方,这事发生在什么时候,这是怎么一回事?

* * * *

故事,白夜,整个这漂泊不定的生活,甚至连寒冷而充满理性的北方白天也被搞乱了。

我醒来了,太阳还悬在海洋上空,还没有落下。一切仿佛是梦幻中的童话世界。

高高的海岸上是一片高大的北方松树林。从未见过的小村子从小丘上蔓延到靠岸的沙地上。再高些的地方是一座木教堂,一幢幢小屋前有许多高耸的八角十字架。在一个十字架上我发现有一只白色的大鸟。比这幢屋子还要高些的地方,即小山丘的顶上,一些姑娘在跳轮舞,唱歌,她们身上的衣服闪着金光。有些画色彩鲜艳地画着古罗斯,因为从来也没有谁看见过古罗斯,因此不相信是画里那样的,可现在的景象就完全像画中画的那样,就像我在这里根据民间传说记录下来的故事描绘的那样。

"是过节,"伊万努什卡说,"姑娘们都走到山岗上,唱歌。"

"过节,过节!"婆娘们很高兴风把她们及时送回了家。

山岗上面闪现着姑娘们白皙的肩膀,金色的短皮大衣,高高系在头上的头巾,而下面,黑不溜秋的长着大胡子的人们,从海里爬上了黄色的海岸,躺在那里一动也不动,完全像是从水中爬上岸晒太阳的白海的海豹。我猜测,他们是在缝渔网准备捕海豚。

我们没有及时赶到,正好逢上水干(退潮)。

在我们和沙岸之间是布满石块、水洼和水草的又宽又黑的条状地。这里横卧着侧向一边的一条条小船,可以看到捕鱼的陷坑。这退潮的地方,阿尔汉格尔斯克地区的人称作"古波加"。

我们在这块地上走着,陷进水和淤泥一直没到膝盖。许多男孩撩起衬衫,用脚在水里探寻什么,他们踩着,唱着歌。

"孩子们,你们在这里干什么?"我问。

"踩比目鱼。"

他们当着我面从水中摸起几条鱼,它们几乎是圆形的,眼睛长在两侧……孩子们唱着:

穆利亚,来吧,引一群鱼来,

或者两条,或者三条,或者四条。

"我知道,这'穆利亚'完全是另一种很小的鱼,而这支小调是孩子退潮时从这里听来的。也许,这些孩子是自己从小山岗上跑下来看退潮的,也许,大海把他们连同鱼儿一起忘在这里的。"

年老的船老大看到我注意这些自由自在的孩子,便笑着说:

"龙生龙,凤生凤,老鼠的儿子会打洞。"

我们好不容易走到岸边,现在已经看清楚了,这不是海里的动物,而是人们盘腿坐在沙地上,一些可敬的长着大胡子的人在系着和解着一些绳子。我们加入他们中间去,只有婆娘往村里走去,大概,打算到山岗上去。小个子汉子给自己弄来一团线,把一端老远地系到小巷的拐角处,然后开始转动和捻搓这团线,自己则慢慢朝后退。

他搓上一会,走上一步。从另一头,也像他这样的一个小个儿汉子迎着他后退着。什么时候这两个可笑的老头会背靠背相遇呢?

伊万努什卡喊我去看玛丽娅·莫列夫娜。我们登上小山岗。

"你们好,美人们!"

"欢迎你们,小伙子们!"

姑娘们穿着锦缎短皮上衣,扎着缀有珍珠的头巾,来回移着舞步。我和伊万努什卡看不到小岗后面的村子,只看见大海,因此觉得,姑娘们仿佛是从大海里走出来似的。

前面的一个姑娘脸色白皙,眉毛像黑貂皮那样乌亮,辫子沉甸甸的。完全是我们南方的美人——夜是黝黑的,有星星和月亮。

"这是玛丽娅·莫列夫娜吗?""是这个……"伊万努什卡低语说,"她父亲就住在那里,就是有十字架的那座大屋子。"

"是卡谢伊·别斯梅尔特内?"我问。

"是卡谢伊,"伊万努什卡笑了,"卡谢伊是有钱人。你就在他家里过夜,如果中意的话,就住上一阵。"

太阳畏怯地停在大海附近,害怕触及冰冷的水面。卡谢伊家的十字架在山岗上投下了长长的影子。

我们朝那里走去。

"您好,欢迎光临!"

这是个干瘪、瘦骨嶙峋的老人,有一双发红的眼睛和稀疏的胡须。他把我带到上面"干净的房间"。

"你歇歇吧,歇歇吧。没事吧,路远呀,你累坏了。"

我躺下了,像在船上似的觉得摇晃着。一晃动,我就想起来,这不是船,这是沿海居民的屋子。有一会儿停止了晃动,但接着又晃动了。我一会儿入睡,一会儿醒来,睁着眼睛。

窗外,前面是八角大十字架,它祝福着子夜的晚霞映红的大海。岸上很像是海里动物的人们仍在缝着渔网,那两个可笑的老头仍在捻搓绳子,还没有相遇,小鬼还没有从海里上来,还没有给他们猜谜语。从山岗上飘来了歌声。

睡吧,睡吧——大海摇晃着。梦见了一个有着黑辫子的姑娘。星星闪烁着,月亮露出了脸,发出簌簌声的树木摇曳起来。百鸟声音参差地啼鸣着。有罪的美人低语着:睡吧,睡着吧,睡吧,一只眼睛,睡着吧,另一只眼睛。

夜黑乎乎的,我的欢乐……

这是梦幻……明亮的北方之夜。万籁俱寂。全都进入了梦乡。这么明亮、纯洁的夜色他们怎么能入睡?可是他们都安眠了。黑乎乎的十字架下金色的短皮上衣闪了一下。下面敲了一下门,就静息了。她睡着了。

睡吧,睡吧,姐妹,睡吧,睡吧,亲爱的。

黑幽幽的美人对自己令人不解的姐妹低语说：

"睡吧，亲爱的，睡吧，亲爱的。你有什么心事？你就不说？好吧，睡吧，睡吧，睡着吧。睡着吧，一只眼睛，睡着吧，另一只眼睛。

她闭上了一只眼，又闭上了另一只眼。

但是她忘了第三只……

明亮的姐妹依然望着，怀着非人世的极端苦闷沉默着。

女巫用她那死气沉沉的手在苍天中，在大地上，在水面上划了一个有魔法的圆圈。

于是大地睡着了，水也睡着了！

美人摇晃着一头老熊。

睡吧，睡吧，吱嘎，吱嘎。

突然有一只鸭子嘎地叫了一声，岸上发出一声叮当响。天鹅飞了起来。

天鹅，天鹅，丢下两根羽毛吧，把我带走吧！

天鹅丢下了两根羽毛。两根白羽毛落到黑色十字架上。

伊万王子悄悄走近来，靠在十字架上，喃喃着说：

"出来吧，玛丽娅·莫列夫娜，天鹅给我们放下了两根羽毛。"

王子和公主在海的上空飞行。

水爷爷伸出了头。他是什么样子……只能看见他那黄色的衰老的身体。为什么是这样……躲起来吧……

"爷爷，爷爷，你那金色的头，银色的胡须在哪里？说呀，看得到我们吗？"

"看得到，孩子们，看得到，快些飞吧。"

"这样也看得到吗?"

"全都看得到。飞吧,飞吧。"

死者的灵魂像气体一样从白海上升起。像透明的玻璃鸟似的,它们无声地飞翔着,它们在窗台上洗漱,用干净的毛巾擦干,落坐到屋脊、房顶、烟囱、渔网、船只、裂开的大松树、野兽的毛皮、高高的八角的黑色十字架上。

睡吧,睡吧,吱嘎,吱嘎。

在玛丽娅·莫列夫娜家

五月二十一日

神奇的小圆面包在新地方欢乐地跳动着。这支小调是多么新鲜,多么富有活力:

我离开了爷爷,

我离开了奶奶。

我住的是富裕的沿海居民的"干净"房间,房间中央天花板上挂着一只木雕的涂了瓦灰色的鸽子。从角落里望着我的是圣佐西马和萨瓦季[①]圣像，它们前面点着圣灯，而窗前对着大海的十字架，大概，还是这位海民虔诚的曾祖父竖下的。风暴摧毁了他的桅帆船，他是抱着折断的桅杆才得救的。

为了纪念这一奇迹，就在这里竖起了跟这两层楼房一般高的十字架。

楼上一层是为客人准备的干净房间，而主人住在下面。我听到从那里传来的均匀的敲击声，好像是木制的纺机发出来的。

就这样背着所有的人偷偷溜到一个充满神秘梦境的新地方真好！就这样从毫不掩饰的非常美好的方面接触人的生活并知道这是件十分严肃的事也很好。知道这不会很快就结束也很好。只要小圆面包停止唱自己的小调，我就会继续向前走。那里还有更神秘的生活。黑夜一天天地变得明亮起来，离这里很远的地方，在北极圈后面，在拉普兰季亚，将会有真正的阳光明媚的夜晚。

我进行洗漱。我感到自己无比健康。

我从事的工作是民族学，研究人们的生活。为什么不把它理解成是研究人的心灵呢？所有这些故事和壮士歌都是叙述某个奥妙的全人类的心灵的。参与创造这些故事和壮士歌的不只是俄罗斯人民。不，在我面前我有的不是民族的灵魂，而是全世界的，自然的，出自创世主之手那样的灵魂。

从一早起我就充满了幻想。在这里我能飞翔，想到哪里就

---

① 圣佐西马和萨瓦季：15世纪中期创造索洛韦茨基修道院的隐修士。——原注

到哪里,我完全是孑然一人。这种孤单丝毫也没有使我感到难受,相反使我感到自由。如果我想与人交往,那么人们随时就在近旁。难道这个村子里的人不是人吗?心灵越是纯朴,越是容易看到它的一切,此后,等我到拉普兰季亚,那里大概不会有人,只有鸟和动物。那时怎么办?没关系,我将选择聪明的动物交往,据说,海豹既很温和又很聪明。那么再往后,只有黑色的悬崖和永远闪烁的不落的太阳,那时怎么办?石头和光明……不,我不想遇到这种情况……我现在就感到可怕……我必须要有哪怕是大自然的生灵,但是像人。那时怎么办?啊,对了,很简单:我往深渊那里瞧一眼就溜之大吉:拉——嗒——嗒……我又会唱起来:

我离开了爷爷,
我离开了奶奶。

没关系……我和我那神奇的小圆面包从楼梯跑下来。

笃,笃,这里有人吗?

玛丽娅·莫列夫娜坐在小桌旁,扯着线,不时地敲几下。她一个人在那里。

"你好,玛丽娅·莫列夫娜,怎么称呼你?"

"就叫玛莎"。

"就这么叫吗?"

公主笑着。

啊,多么快活地露出了白牙齿!

"想喝茶吗?"

"倒点吧。"

我旁边板凳后面的墙上有一个窟窿,可以伸一只手进去,现在用木塞堵住了。古时候全罗斯就是这样施舍的。经常会来一些云游派教徒,香客和自己的亲朋好友。左手不知道右手在做什么。也许,好像不怎么好?

但是这就是窟窿。古时候……

"这叫什么?"我问纺机的某个部分。

"这是调速器,这是填料器、钢筘、支架、卷布轴……"

我问遍了屋里所有的东西,我全都需要了解,再说不这样问又怎么开始与漂亮的公主交谈呢。我一一问到了,全都记了下来,我们也熟悉了,接近了,又沉默下来。

出了名的俄罗斯炉子燃烧着,它很大,大得异乎寻常。但是俄罗斯童话不能没有它。于是就有了温暖的炕,老头从那里跌下来,掉进了装有松脂的桶;于是就有了大的炉门口,把凶恶的女巫往那里扔;于是就有了炉下的空处,老鼠从那里溜到漂亮的少女那里。

"谢谢你,玛莎,给我喝了茶,为此我要把你做媒给伊万努什卡。"

公主的双颊烧得比炉子里的火焰还红,她生气了,骄傲地丢出这样的话:

"屋子是低矮!即使有更好的,我也不去。"

"全是假话,"我想,"心里可乐着呢。"

我和公主又接近了一步。她似乎想对我说什么,但是说不出口。她在墙边磨蹭了很久,终于走近来,坐到我旁边来。她死死地打量着我的靴子,接着是上衣,然后目光停在我的头上,亲切地说:

"你多脏哟。"

"别来巴结,别来巴结,"我回答说,"就这样我也会把你做媒给伊万努什卡。"

她不明白我是什么人,她不过是出于友好坐过来,而我已经看出她私底下的目的。她不明白我是什么人,也不听我的。这是为什么呢?难道所有这些东西——带套的铅笔、笔记本、表和照相机不比任何话更好地说明我是个有趣的客人吗?我给她照了张相,我们变成了亲近的朋友。

"我们去捕鲑鱼。"她完全已经是随便地向我提议说,"去吧。"

在岸上我们忙活着弄船,伊万努什卡不知从什么地方冒了出来帮忙一起弄,并和我们一起去。我成了他们爱情中不相干的第三者。伊万努什卡想对公主说什么话,但是她很注意场合。她不时地朝我斜睨上一眼,轻蔑地回答他:

"别沾湿嘴唇,我不想说。"

于是就开始讲起鲑鱼来,就像在客厅里谈艺术话题一样。

"鲑鱼,知道吗,"伊万努什卡对我说,"夏天起就来了,人是跟着阳光走,鲑鱼是跟着月光游。我们就在路上给它们设下陷网。"

他们立即就给我看陷网:这是几只网缝起的,鲑鱼进得去,可是出不来。我们把船停在陷网附近,就看着水里,等着鱼进网。

好在这里有谈情说爱,要是一个人就这么坐着,在船上晃荡着……

"有时候会坐上一星期,"伊万努什卡猜到了我的心思,说,"甚至两星期,一个月……没关系。好时辰一到——会回报一切的。"

离我们稍远的地方还有一条这样的船晃荡着,再远点还有一条,又一条……从春天到冬天这里的人就这样成年累月地坐着、守着,不让鲑鱼从陷网里跑了。不,我本来是做不到的,但是,要是谛听浪涛声或是把这些北方的色彩:不是单色调,中间色调,而也许是数十种色调画到画布上去……与北方这种隐秘的美相比,我们南方的大自然显得多么粗陋,多么过分招眼。理解和珍重这种美丽的人又是多么少呀。

我沉浸于幻想之中,假如我是渔夫,一定会让鲑鱼逃走的,玛丽娅·莫列夫娜用拳头相当有力地从侧面推了我一下。

"鲑鱼,鲑鱼。"她轻轻地说。

"鳍都干了。"伊万努什卡回答说。

这就是说,鱼早就进了陷网,现在往上升,从水中露出了鳍。

我们起网,可是拖上来的不是珍贵的鲑鱼而是根本没有用的海豚鼠。

未婚夫和未婚妻发出了响亮的笑声。

结果是个快活的笑话:

"鲑鱼,鲑鱼,可倒好,来了豚鼠。"

要不是突然发生了一件重大的事,我不知道,我们在海上的牧歌会持续多久。

首先是我发现,岸上有一堆渔夫朝另一堆渔夫走去,后来又有第三堆人,接着全村人,甚至婆娘和孩子们都来了,最后两个可笑的老头把线团扔到地上,就站在人群边上。接着就响起一片不可思议的喧闹声、叫喊声、咒骂声。

我从海上看到胡子稀疏的卡谢伊·别斯梅尔特内从人群中跳到这里跳到那里,仿佛他是白海岸上这场煽动性音乐会的指挥……

渐渐地一切都平静下来了,从人群中走出十个须发花白、聪明贤哲的老人,朝卡谢伊的屋子走去,其余的人又坐到沙地上自己的位子上。卡谢伊自己走近海岸,对我们喊叫起来:

"划到这里来,玛——莎。"

我把海豚鼠抱到手上,伊万努什卡坐了下来,玛丽娅·莫列夫娜则划着桨。

"老人们想跟你谈谈,老爷。"卡谢伊迎接我们时说。

"不是好事,不是好事!"神奇的圆面包对我低语着……

我们走进了屋子。这些睿智的老人从长凳上站起来,郑重其事地欢迎我。

"怎么回事?你们要干什么?"我用眼睛探问着。

但是他们笑话我捉住了海豚鼠,说:

"鲑鱼,鲑鱼,可倒好,逮着个海豚鼠!"

他们回忆着,有一个人的陷网里钻进了髯海豹,另一个则逮着了环斑海豹,第三个拖上来的是个什么都不像的东西。

就这样长久地进行着假装出来的热烈的谈话。最后大家都不作声了,只有靠近我的一个人,像一只落后的鹅,还重复着:

"鲑鱼，鲑鱼可倒好，逮着个海豚鼠。"

"但是，到底是什么事呢？你们需要我干什么？"我忍受不了这种令人难受的沉默。

回答我的是最老也最睿智的老人。

"杜拉科沃有人来过这里……"

"是阿列克谢。"我说，并一下子想起了，在老婆婆那里他把我说成是将军……大概，现在什么事与这有关。这下不会再有我的故事了。"是阿列克谢吗？"我问。

"是阿列克谢，阿列克谢。"一下子十个人全都回答说。而最聪明的白发老人继续说着：

"阿列克谢说，国王派来一个国家杜马的官员到杜拉科沃来分海。我们向你，大人致敬，请接受我们的鲑鱼……"

老人给我抱来一条一普特①重的大鲑鱼。我不肯接受，不知所措，连声说抱歉，因为我手上已经有海豚鼠了。

"你扔了这废物吧，它于你有什么用，瞧我们给你捕的是多么好的鱼，首先应该给上帝，但是你是我们的贵客，因此上帝会容忍的，我们也不会不给他。"

另一个老人从怀里拿出一张纸，递给我，我读起来：

呈
国家杜马照相部官员

---

① 普特：俄国重量单位，一普特等于16.38公斤。——译注

呈　　文

居民增加了，海仍然不变，日子不好过，请费神为我们分海……

怎么回事，我不相信自己的眼睛……突然我想起来了，在驿站上我租用了居民的马，我签字写的是"地理学会"。而且我有照相机……于是我就成了国家杜马照相部的官员。我也想起来，阿列克谢对我说过两个村子敌对的事，因为那里没有什么长官，所以世代的敌视消除不了。

于是我头脑里闪过一个念头：我何不为这些不幸的人们分海呢？既然这里从来没有长官，那么这是否就是至高无上的上帝的指令，预先就规定我在这里，在人烟稀少的海边，履行我的公民义务呢？在这里，我总是与生活对立的，富有诗意地追求与这里白海的小村子里的粗犷生活融合在一起，我既是诗人，又是学者，也是公民。

"好，"我对老人们说，"好，朋友们，我为你们分海。"

我需要准确地计算村子的经济状况。我拿来了笔记本、铅笔，从分地开始，因为这是人民经济生活的基础。

"老大爷们，你们在这里种什么？"

"老爷，我们什么都种，但是什么都不长。"

我不停地记着笔记，后来我问到他们的需求并了解到，六口人的中等家庭需要十二大袋①面粉。我还了解到，除了基本的

---

① 大袋：一大袋约 5—9 普特，合 81.90—147.42 公斤。——译注

需求,还有算是奢侈的需求,那就是吃些白面包,逢过节时要磕磕核桃并爱吃白面粉做的饼。

"你们哪来的钱买这些?"

"等一下你就知道从哪儿来的钱!"十个人齐声回答。

但是我还是了解到了:他们卖动物、宽突鳕、鲱鱼、鲑鱼就有钱。

我还知道,除了鲑鱼,这些鱼对他们来说微不足道也没有多大意义。

"看来,是鲑鱼养活着你们喏?"

"她是母亲。请费心分吧。"

"好,"我说,"现在就来分。你们有多少人?"

"二百八十三人!"

"连婆娘一起吗?"

"没有,女人是不算在内的,不论她们有多少。"

后来我了解到,属于一边村子的海岸有二十俄里,而另一边村子的海岸是八俄里,每一俄里上有一个大拉网捕鱼的水域。我记下了这些水域的名称:巴克龙、沃尔切克、索尔达特……我了解到用抽签来分这些水域的独特的方法。水域总共有四十四个,还有十二个是高级僧侣的,一个是西伊斯基修道院的,一个是尼科利斯基修道院的,一个是霍尔莫戈尔斯基修道院的。

同样,我也了解到邻村杜拉科沃的情况。但是我丝毫也无法理解这些老人为什么要觊觎这个更为穷困的村子的水域。

"尊敬的睿智的老人们,"我最后说,"没有邻村人在场,我不能为你们分海,马上派伊万努什卡去把他们的代表找来。"

老人们抚摸着胡子,沉默着。

"我们干嘛要杜拉科沃的人来?"

"什么干嘛,分海呀!"

"不是跟他们分,"所有的老人一起嚷着,"杜拉科沃人没有得罪我们。应该替他们与佐洛季察人分,而不是与我们分。要替我们和修士分。和杜拉科沃人没有关系……他们是与佐洛季察分。修士们把最好的水域拿去了。"

"他们怎么敢?"我很气愤,"根据什么法律?"

"老爷,他们的法律很久就有了,还是玛尔法夫人①时代起就有了。"

"那你们尊重……这些法吗?"

老人们搔着头,摸摸胡子——显然,他们是尊重的。

"既然修士们有这些自古就有的法律,我怎么能替你们与他们分海呢?"

"大人,我们想,既然你是国家杜马来的官员,为什么你不能赶走这些修士呢?"

说这些话之前,我一直希望,也一直想在自己的笔记本里找出记着数字的那一页并给他们分海,把诗歌、科学和生活结合起来。但是现在冒出了"赶走"这个决定命运的字眼,既简单又明了,我在这里是将军,是国家杜马的官员,为什么就不能把这些修士赶走,为什么要给他们鲑鱼呢?我可是这些僧侣

---

① 玛尔法夫人:诺夫戈罗德城行政长官 И.博列茨基的遗孀,曾领导诺夫戈罗德贵族反对莫斯科,1478 年诺夫戈罗德并入莫斯科大公国后被监禁。——译注

们餐桌上的长鱼的敌人。应该赶走他们！但是我做不到。我觉得，我像海豚鼠似的仿佛进入了一张陷网，不论钻到哪里，都碰到结实的网绳。我又一次机械地在头脑里逐一过着人口数、捕获量，但是头脑里越来越乱了。

"鲑鱼，鲑鱼，"老人们想，"可倒好，逮着个海豚鼠！"

而在屋角里玛丽娅·莫列夫娜的白牙齿闪闪发亮，我的上帝，我的神奇的圆面包也发出了抑扬婉转的笑声……

第二章　履行诺言

我们将像太阳！
我们将忘记。
谁把我们带上
金色的道路。

——巴尔蒙特

子　夜

六月九日

再稍微往北方去一点，再过几天就临近夏至了。现在我自己已经习惯于白天睡觉，而且能睡得很香，仿佛在家里从来没有睡过似的。但是太阳刚接近水面，我就醒了，就在海边徘徊，仿佛等着出现什么不同寻常的事。我跟踪了整整一夜和一个早晨，也像我们那里一样，也像所有大海一样，不论是好天气还是坏天气，通常要等到白天降临。

今天我的主人请我不要走开。他要为去索洛韦茨基岛的朝圣者摆渡。昨天夜里来了最后一位，即第十名朝圣者，黎明时老人将送我们十个有罪之人去圣岛。

因为无事可做，我就来描写一下昨天的夜晚，只是我不知道，这会是什么结果:我不习惯在阳光下写黑夜。

昨天夜里的阳光照醒了我。我醒过来,突然把自己的旅行想象成攀登阳光明媚的高山。我从黑暗的隧道向那儿走去,起先我能看到的只是苍白的光,后来朝霞燃得越来越明亮,我走出隧道。这里有树林,也看得见大海,但是再往高处去就没有树林了,继续向高处攀登,只是一些黑乎乎的岩石沐浴在永远闪耀的阳光之中。我顺着石头往上走,那里是什么呢?

墙上挂着猎枪。我取下它,装上子弹准备打野鸭,便走出屋子自己去逛神秘的太阳山。

在我主人屋前的几根木棍上张着一张大渔网,还有海里动物的毛皮,长长的鱼干。稍远一点靠近海的地方,背朝上搁着一些船只,水边竖着不变的黑色十字架。那里坐着一个肩膀宽阔的老人,仿佛寒冷的海水冲击的一尊石像,他坐着安宁平静,一动不动,连十字架上的一只白鸟也不怕他,把他当成了石块。

这就是我的主人,一个沿海居民,他没事就坐着,等着云游教徒和朝圣者。

我走近他。他对我不加注意,沉默着:北方人吝于言词。不仅仅人是这样,所有的一切,整个大自然也是这样。只有懒洋洋的拍岸浪发出阵阵水击声,仿佛对我们说:您——好,您——好。

"整个海都在翻滚,整个海都在翻滚,"他终于开始说,"整个海都在翻滚。为什么翻滚,看来,是上帝这样吩咐它的。"

他望着金灿灿的道路,仿佛想在远方寻找原因。

而那里,大海里,在作着回答。金色的台座从水里升起来,迎向太阳。现在可以长久地观察的红色圆面蜷缩起来,迎向太阳,与它融为一体。这是什么?是神座?我不知道是什么,但是顷刻间我明白了,为什么天会亮,为什么海会翻滚,为什么波浪会懒洋洋和欢乐地对我们说:您——好,您——好。

"好像……"

"就像枝形烛台。"老人提示说。

我觉得,用这个比喻来形容太阳是贬低了,是不成功的。我想,难道这位就像是海王的老爷爷根本不懂太阳的美吗?他现在从这本金色的书籍中给自己读些什么呢?也许,他走的还是过海去圣岛的路,在黑幽幽的圣象前点上火,再次向圣佐西马和萨瓦季重申自己的誓言,要一辈子运送朝圣者去圣岛。但是这时我问他有关太阳的事,而他就拿它与黑乎乎的圣像旁边的一个亮闪闪的枝形烛台相比。

"我们这里,"他打断我的思路说,"太阳不会深深地落下去。落到海下面两阿尔申①,不会更深,就会在那里露出来,就在那里!"

他指向对着十字架的那片天空。

"有时候它根本就没有沉下去,它的边缘一直沿着水面走。走啊,走啊,你回头一看,它已经又露出来了,又照耀起来。"

我把老爷爷留在那里,离开林子,沿着海岸走去。在这里我不想考虑任何事情,也不想干预什么事情,如果有什么要说,就让它自己说出来……

---

① 阿尔申:俄尺,等于 0.71 米。——译注

在我右边，在相当高的沙岸上，长着像守卫似的第一批松树，左边是子夜的朝霞发出的红光。而脚边是拍岸浪织出的白色花边。我真想拿到这精致的纺织物，用它来做成什么漂亮的服饰。但是花边暗淡下去了，留下的只是泡沫和发黑的死水草。

我沿着平整的海岸线，沿着富有弹性的海边沙地笔直向前走，没有转方向。但是拍岸浪赶上了我，弄湿了我的脚掌。大概，是开始涨潮了，浪涛声越来越响了。应该朝右边走一点。被波浪冲来的一根又黑又干的大木头挡住了我。还有什么东西。一顶帽子！哪来的这顶帽子？瞧，还有散了架的船板，甚至还带着钉子。

拍岸浪发出的声音越来越响，先是轰隆声，接着什么东西在海底抓挠一阵，仿佛有什么东西推一下，停下来，又推一下。

我几乎是怀着一种恐惧看着这地方。我不由得想起了老人讲的故事：他的邻居很走运，大海冲给他一只装有财物的箱子。用海边居民的话来说，这被称作是"横财"，意思是意外的不牢固的幸福。邻居一下子发了，已经想盖第二幢房子了，但是却淹死了。"大海，"老人说，"接收了他，横财不是真正的幸福。"

我停下来，等着。

从白色泡沫中显露出什么大东西的湿漉漉、黑乎乎的一个角，上面闪耀着午夜朝霞的红色反光。我猜测，这是散了架的帆船的帆。

我继续向前走。发黑的水草踩在脚下喀嚓喀嚓作响，仿佛我踩压的是油腻腻的半死不活的东西。周围散发着没有生命的死气沉沉的气息。我开始觉得,我向往要去的阳光明媚的山上没有生命,就是在这里,在这白蒙蒙的昏暗中,已经飞舞着死者的灵魂,只有我一人是活的,是不受欢迎的不速之客。

最好还是往回跑……但是我跟自己斗争着。我检查了猎枪的弹药,往远处仔细观察,看看有没有鸟,能否使自己把心思用到这上面来,让打猎来驱散白海边白夜的沉重的噩梦。但是没有鸟,只有石头、沙子、松树、寻石南。

我这个猎人所熟悉的欢乐的阳光灿烂的上帝,不用邀请,就自己来临并使人快乐。我感到,代替它的是另一个黑暗的上帝在要求叫它,要求表现。只要我召唤那黑乎乎的躺在什么地方的上帝,顿时就会变得轻松自在。但是在最紧要的时刻我明白了,如果我这样做,那么就得彻底舍弃世界上最宝贵的东西。甚至要抛弃这杆猎枪,低着头,走过那漆黑一片的小路。我表示抗议,那黑暗的上帝也就没有出现。

远处一块石头上有什么东西在动弹。我以为,这是海里的动物,便扣上扳机。突然我看到,这整块灰色的大石头升高了并朝着我移动。原来这是个人在走路,他肩上背着背囊,尖角毡帽几乎盖住了整张脸盘。也许,这就是摆渡人等待的去索洛韦茨基修道院的第十个朝圣者?

在这死气沉沉的荒无人烟的地方,我觉得他是个降落到尘世的笨重的幽灵,要像大家一样登上太阳山的顶岸,他的罪孽过于深重。

他走到我面前,我已经看到那系着头巾的完全黝黑的脸,看到一小撮红褐色的胡须。让他走自己的路吧,但是不知为什么我留住了他。

"你好!走很远了吗?从哪儿来?"

"去过萨罗夫斯基修道院,现在去圣者修道院还愿。我有病,想做点善事。我沿着岸走,想找到一座捕鱼人的房子,可是一直没有见着,过夜都没地方。到村子还远吗?"

"马上就有村子了,很快就能看到。"

"谢天谢地。有人想用船送我。我回绝了,没有我也能找到愿坐船的人。我干嘛要去挡人家的路。"

纯朴、平常的语言令我感到高兴。很好,我想,就像这个朝圣者这样沿着海岸走并认为,我是在做一件壮举,做一件重大的事。过去我曾经想步行走遍全国,去发现任何人都不了解的生活,后来改变了主意,就没有使这愿望变为行动。但是,这个背着背囊和锅子的朝圣者就是走来的,这么说,这是可行的。

"好,"我对他说,"就这样走下去,把猎枪给你。"

他很惊讶。

"猎——枪!干嘛要猎枪?"

"路上可以打鸟,可以用锅煮了吃。"

"打——鸟……我有吃的东西,备着干面包,况且行善人也不会不管,这儿的人挺好的,殷勤好客,同情朝圣者,会给施舍的。"

我意识到,我讲的不是要说的意思,所以想纠正一下。

"猎枪是用来自卫的,路上说不定会碰上什么事。"

朝圣者从头到脚地打量我。

我明白他在想什么:"这个人精神正常吗?"

"要什么自卫，我什么都不怕。我就这么走，走去朝圣。我边走边想，什么地方要是遇上过节、祈祷、做礼拜就好了。要是遇上在石头上迎接上帝的节日，那就不好了。你说村子不远了？"

"瞧，可以看得见了。"

"谢天谢地，再见。"

他走了。我听了一会他的脚踩在湿沙上的脚步声，后来像原先那样一切都沉寂了，只有拍岸浪一直从大海往这里把什么东西推了又推，推过太阳的边缘，仍然在水边移动。

我坐到一块大木头上，就是那个朝圣者站起来的地方，回味着与朝圣者一起沿着北德维纳河旅行的印象。在白蒙蒙的昏暗中思维从来没有停止过。我不知道我想的是什么，大概是关于朝圣者的事吧。我可以在这里，在这些笔记里，只是誊清还是在北德维纳河上匆匆写在纸片上的一些片断……

摘自北德维纳河上的笔记

那时我的旅行才刚刚开始。五月上旬，这里那里的船只离开了长着树林的岸边，轮船停下来，从这些小船中接收一批又一批乘客，这是去索洛韦茨基修道院的朝圣者，他们肩上背着背囊，穿着皱巴巴的褴褛的衣服，一副驯顺的神色，只有谦恭的男女云游教徒才这样。

瞧见一个皱纹累累的老妇人顺着跳板往上走。船长不知为什么把她赶下轮船,大概,她没钱买票。但是叫她上哪儿呢?往回走,走到这些树林里,可是她背着干面包在这些林子里蹒跚而行,大概,已经有两三个星期了。不能回去。

"好船长,"她像求上帝一样恳求他,"亲爱的好船长,你别赶我这个老婆子走,我是去索洛韦茨基修道院,去上帝的侍者那里还愿。是去还愿,好船长,去还愿,亲爱的,就送我到阿尔汉格尔斯克吧。"

"去还愿"这句话对船长起了作用,他让步了。

跟在老妇人后面在跳板上慢慢走的是个庄稼汉,他穿着粗呢外衣,脚蹬树皮鞋,脱下帽子,满头乱发,胡须蓬松,但是有一双明净善良的眼睛。他说:

"船长大人,您行行好吧,我去还愿。"

"收了他吧,好船长。"老妇人请求着,"这是个温和的好庄稼人,是去索洛韦茨基修道院上帝的侍者那里还愿的。"

船长也放过了庄稼汉。

老是那样的景象:树林,朝圣者,俄罗斯的黑暗……

我坐在凳子上想:我,一个俄罗斯人,童年起就习惯于看见这些恭顺的人们,听到他们驯顺的话语,习惯于他们,也习惯于这无限辽阔的森林和田野,习惯到已经不能从一旁来看它们一眼,理解那蕴含在"去还愿"这句话中的也许是崇高的含意,这有多遗憾呀。

假如不是我而是一个好心的不大骄傲而又善于思考的外国人在这里旅行,看过这荒无人烟的广袤国土,这气势磅礴而又荒凉的河流,这些朝圣者脸上恭顺而抑郁的表情后,他会说:"在这些森林里,在这片天空中,在这里的河水里,住着一个特别的阴森的上帝。这些驯服的人根本不能抬起自己的头来,不能看他一眼,他们既看不见光明和太阳,也看不到青草和森林,而只是怀着恐惧俯伏在自己的故土上。这些人中每一个人的面前,虽然一生中只有一次,都展现着一个黑黝黝的深渊,他一条腿已经朝那里迈了,但是许了个愿就退回来了。现在他就惊惶不安,信守诺言,知恩图报,急急忙忙来送上一份捐贡。"

外国人睁大眼睛看过这一切,会带着深邃的新目光回到自己那里。

但是我不是外国人,在这次坐轮船的旅行中我没有发现什么,船上没有一个知识分子乘客。

就这样从我身边漂过黑黝黝的高高的河岸,它像是覆盖着枞树和松树的三角形共有的底边连起来的一根链条。

我已经开始后悔选择了这样一条无聊的去北方的道路,但是这时我发现,长着松树的高高的三角形河岸开始发白了。我忘了,现在已经是五月了,不可能是雪。我以为这是雪,便欣赏起我未曾见过的黑黢黢的森林与白蒙蒙的黄昏、白岑岑的岩石相结合的景象,旁边则是奇怪的没有结冰的河流,好像是活的流水。乘客们全都望着这些山,并说这是雪花石膏山。我明白了:这不是雪,这是北德维纳的雪花石膏山。它们变得越来越高,森林消失了。我眼前飘过的是些奇异的梦幻般的建筑物、宫殿、塔楼、半毁的城堡城墙,飘过一连串绵延不绝的别出心裁、形状变化的建筑。

我仿佛是在科洛西姆斗兽场①的墙边。

就这样耽于幻想多好,但是过了一会儿,一个微不足道的原因便使我的精神转到阴暗的另一面上。

离我不远有个个子小小的老妇人。她坐在一只肮脏的袋子上,掏出一个黑乎乎的小圣像,马上就对着雪花石膏山开始做起祈祷来。老妇人怎么会有圣像的,我不知道,朝圣者通常都不随身带着的。

她做着祈祷,而我想起来,过去曾经有过一位也像这样的老妇人教我对着也是这样黑乎乎的圣像做祈祷。她威吓我,如果我将来犯罪,将会有这样可怕的痛苦:我会永远把圣父想成残酷无情的上帝。"黑圣像,"老妇人说,"扔小石子,打中谁,谁就会死。"当时我非常恐惧地凝望着黑暗的天空,想看看那里有没有亮光,是不是开始天亮了。

不知道为什么这些回忆特别使我激动,脑海中闪动着一个幻想:在寻找我自己的遥远的往事中可以找

---

① 科洛西姆斗兽场:古罗马著名的斗兽场。——译注

到整个大世界的谜底。

不知不觉中我忘了美丽的雪花石膏山，等醒悟过来后，我就朝下面走去，轮船底舱里是黑压压的一群朝圣者。

那里还没有点灯，一片昏暗。这像是一个十分拥挤的地下室，堆放着许多肮脏背囊的仓库，平庸无知的人们就坐在背囊上，等待着什么。要走到他们中间去很困难：一会儿碰上茶壶，一会儿碰上腿。引起我注意的是几个姑娘，很年轻，但是有着修女那样黄黄的脸色，戴着黑色头巾。她们看着一张油污的纸唱着歌，唱的是英国人进攻索洛韦茨基隐修院[①]的事。我走近她们，听她们唱歌。唱完歌，她们问我：

"去还愿吗？"

回答她们什么好呢？

"漫游。"我说了最先到嘴边的词。

姑娘们意味深长地点着头，没有再问什么，她们明白了。我哪里来，为什么来，她们已经不再感兴趣。一个人在漫游，还有什么好问的？不再听到通常会遇到的详细打听你生活的问题，这真令人愉快。这是多么令人惊讶的一群人！他们过的是最简单的生活，干的是最粗重的活。现在却不干任何事，脱离一切习惯，

[①] 1854年7月克里米亚战争期间英国军舰曾向索洛韦茨基隐修院射击，要其投降，但未得逞。——原注

走几千俄里路，去什么圣岛！他们多么善于越过农村生活的高大壁垒，抛开这些木柴、禾秸，所有这些粗陋的日常生活的琐事。

我稍稍习惯了这堆放着许多背囊的地下室，看见了请求船长带她走的那个老妇人。她安顿在温暖的锅炉旁，蜷起又放开自己的一条腿，离她不远处是那庄稼汉。我走近他，他挪了挪身，给我让出地方。

"去还愿吗？"我问。

"不，是出于虔诚，瞧，那些孩子，他们是去还愿的。"

他指着三个小伙子，他们坐着一动也不动，显得非常奇怪，与年龄不相称，沉默不语，仿佛有沉重的负荷压在他们身上似的。

"我是出于诚心，出于诚意去的。"庄稼汉继续说，"去拜见圣人。播种完了就走了，而父母为这几个孩子许了愿，他们要打一年工还愿。"

一个仪表优雅的人走近我们，他浑身透露出一种虔诚的气息，大概是个村长。当他知道我是去索洛韦茨基隐修院后，便说：

"好事，好事。他们那里安排比较好。过去的长老也好：他们会对你讲一生的事，全都了如指掌。他们知道天命，知道生活得幸福还是不幸福。他们全都知道。"

"据说，现在那里没有这样的长老了，"我问，"那些修士功夫还比较差。"

"说他们比较差,是这么回事。有什么办法呢,差虽差,但终究是修士,他们也不容易呀。要知道,他们的名分是死的,而肉体是活的,是活的呀!……这么说吧,不全都超凡脱俗,也可以保留尘世的乐趣。"

他朝后转过身去,伸出一根手指头招呼一个衣衫褴褛、目光似炭火般炯炯发亮的汉子过来。

"阿法纳西,阿法纳西,到这儿来。这里有一个人要去隐修院。你过来谈谈。"

阿法纳西走过来,用奇怪而锐利的目光望着我。

"好好……谈谈,谈谈吧,你能跟我谈谈吗?"

"能。"

"真的吗?那就谈吧。关键不在于我们说的话,而是要好好谈谈,谈吧。"

其他的男女云游教徒都围着我们。我明白,这是向我挑战。阿法纳西眯起眼睛,在众目睽睽和一片沉静中向我提出了第一个问题:

"你能回答我,为什么耶稣基督在花园里祈祷?"

"为了在上帝面前克制自己。"我回答。

我的正确回答使他惊讶,而使我惊讶的是,这么简单的小学生也会的回答会产生这样的影响。"这是否是因为,"我想,"是否是因为他自己的智慧就达到这一步,因此认为,我的回答等于是承认他的深刻。或者,也许是因为,所有这些人中只有他和我能这样回答,因此在这里我真的是睿智的人?"

但是一瞬间过后我想:"阿法纳西在这群人中是独具一格的,了不起的。"

他用更为犀利的目光望着我,眯起眼说:

"我看得出,你心里装着大事,你不是个普通人。只不过痴呆的尼基图什卡比你更纯洁。也许你能回答我,上帝在什么地方?"

"上帝无处不在:在地上,在天上。"

"瞧你,不是所有的事都知道的吧。你认为,上帝是隐秘的,而实际上不是。"

"那么在哪里呢?"

"在肋骨间!"

我明白,这就是说,上帝在自己身上。这个思想我早就知道了。但是在这里,这个思想显得意义非常重大。为什么是这样?是因为信任信教人的种子撒到了我心间,还是因为仿佛现在才在大自然内部产生的思想伟大、新鲜、神秘和美妙?

后来我与阿法纳西说到了某些上帝的权限。我勉强才能明白他那些前言不搭后语的话的含意,而朝圣者们大概一点也没有明白,但是大家都怀着极大的虔诚听着他讲,他们心里的一大团黑线慢慢地散开着,弄得越来越乱,越来越乱。

长时间待在这堆满背囊的底舱里非常烦闷,也很难受,我看上一眼——就够了。到上面去!那里还可以看到白蒙蒙的梦幻般的雪花石膏山。

誊清了片断笔记。这里面写了些什么？有什么思想？我想说什么？是否是自古以来苦行修士投奔和隐匿的我们的俄罗斯森林，为我们换成了封建时代的断壁残垣和欧洲文化的古迹？但我对此无法感到满意……多么混乱……但我想做个真诚的人……也许，到前面这一切会弄清楚的。

乘船过海去圣岛

六月十日

"准备好，老爷，水来了，冲过石头就可以上路了！"

我的雪花石膏山永远消失了。但是我把对它的爱，那储备着还未用过的爱转移到了老人身上，转移到大海，转移到乘船过海才能抵达圣岛的路上遇到的一切人和物上。首先是转移到老人身上。对于我来说，他是个睿智、善良、可以与之谈话的动物。他说的话精准有力，从他嘴里蹦出，就像秋天成熟了的果实。他不多说，我喜欢他这一点。他是个饱经海上惊涛骇浪的老水手。我也喜欢他那坚强、自然的心灵——这是一整座宝藏。老人完全是个特别的水手。人家称他为领班尤罗夫[①]。人

[①] 原文为 Юровщик，由词根 юров 与后缀 -щик（人）两部分组成，此处为意译。——译注

们对我是这样解释的：领班尤罗夫就是指一个走在前方而在他身后留有足迹的人；尤罗是指所有那些他带领的人。但是，也可能，这不过是指跟一群海兽打交道的人。每年，这已经是第三十个冬天了，这个领班尤罗夫带领着海兽猎业组合（八人组成的渔猎劳动组合）下到冰块上猎捕海兽。这站着人的冰块在危险的暗礁、漩涡、岛屿之间从海的一边被吹到另一边，有时候，还会被刮到大洋里。领班尤罗夫就是冰块上的首领：他带领着人们，他是从最勇敢、公正和聪明的人中选出来的。①

人们告诉我老人的事迹，好像是他摆渡送朝圣者"去还愿"，似乎他在海上发生了一件不寻常的事，此后他就每年夏天送朝圣者去圣岛。

领班尤罗夫打断了我想描绘朝圣者和北德维纳河的企图。我收拾好东西，我们就一起向海边走去。

由于白天的日照，沙子还是温暖的。我们躺在沙地上，望着海里的石头。这块石头是我们的时钟。只要潮水一盖没，"冲过"石头，我们就动身上路去索洛韦茨基群岛。昨天夜里来了最后一个，即第十个云游教徒，就是我昨天在岸上遇到的那个面颊用头巾包起来的阴郁的人。凭借石头我们应该能准确地计算出发时间：一出海，就要让奔向索洛韦茨基岛的水浪在中途时冲着我们走。这样，海里不论刮起多大的风暴，都赶不上我们，因为大海还来不及翻腾。我们望着石头。寒冷的北方大海现在平静、美丽，诚如一个欣喜而又忧伤的姑娘。

---

① 作者在这里所写的不是想象中的事，而是他确实研究过的现实。——原注

领班尤罗夫知道，这一切很好，就说：

"这不简直是去圣岛的坦途吗？多美呀！你来瞧：白天有风，到夜里就停息了。这就像有个漂亮的妻子，一到晚上，夜里，就要躺下睡觉。"

朝我们走来的是一个年轻小伙子，领班尤罗夫的儿子，也望着石头。从他那高过我们的脸上，我将能知道清晨的第一缕光。

从大海传来时断时续的拍溅声。

"是水在拍打，还是海兽在扑腾？"

"是水在扑打石头。"

"多美啊——有妻子，有妻子呢！"

过了一会儿万卡站在那里全身都染红了，而老人的脸上则显出了深深的疤痕。

石头已经被海水冲到一半高了。

"走吧，去叫醒朝圣的人。天边染红了，太阳马上就滚出来了。"

"你听见了吗？"

"这是什么声音？"

"海兽在动弹。"

"就在那里，白鲸在呼吸。就是说，今天天气会非常好，而明天就不好了。但只有我们这么说，而上帝是知道的。"

我听着北方大自然发出的所有这些声息，我还没有接近它们，它们也还没有成为我的音乐，像我在南方那样，但是它们却预示着种种可能的情况，为我提供了如此之多的小小的发现。我倾听着。渐渐地，朝圣者的脚步声汇合到这些海的声音中。

他们走近我们，也静了下来。面对要坐船在海上航行而又从未见过大海，他们大概感到很可怕。他们从来也没有梦见过这种没有尽头的白天，这种没有星星和月亮，也没有黑暗的夜晚。但是，对这一点他们也许不太惊讶，他们认为，在圣岛一定会有这样的纯洁无瑕的夜晚，还会有不是这样的奇迹。

我认出了在北德维纳河上见过的那个老妇人，她系着黑头巾，从侧面只能看到头巾下露出的下巴；看见了穿着树皮鞋和粗呢上衣的庄稼汉；看见了昨天来的那个云游教徒，现在太阳出来了，他仍然那么阴郁，就像昨天夜里处在那飞舞着亡灵的太阳山上。后来我还看见几个同龄的孩子，还有一个老妇人，一个某外省来的庄稼汉。

领班尤罗夫丝毫没有注意朝圣者，只关注着风，他很高兴风刮得大些了，喃喃自语道："有妻子，有妻子。"

"你要记住，"他对我说，"东南风是好风，它有美丽的妻子，到傍晚就静息下来。北风是恶风，一刮起来就不停。西南风是狂暴的，在海上简直就是强盗。东风则豪放开阔，比较平和，像来迎接太阳。这就是我们这里所有的风。"

"那么西风呢？"我想起来。

"西风不算，它处在魔鬼的位置上。"

"反正是个反基督。"脸色黝黑的朝圣者说。

"你从哪里知道这一点的？"我很惊讶，望着他那阴沉的脸，头巾包起来的脸颊，以及一小撮胡须，于是，昨天的相遇，昨天的夜晚像黑影似的在我面前掠过。

"我就是知道。我到处都待过，到过天涯海角。西风到处被认为是个反基督。这个反基督一点一点，渐渐控制了一切，等大家醒悟过来，已经晚了。"

这个脸色黝黑的朝圣者好像在女神从海水泡沫中诞生时就能讲反基督。太阳出来了，我想跟老人谈谈那好风的美丽妻子的故事。但是他从沙地上站起身，宣布着：

"冲过石头了。上路，基督徒们！"

我们全都站起来。朝圣者们转向东方，画着大大的十字，向那里祈祷着，这些人又小又黑，但是已经在沐浴金色的阳光了。向东方祈祷了一会儿后，他们转向教堂，又做起祷告来。他们非常恭敬地画十字：一只手在光芒闪耀的苍穹中画着大大的十字。

"圣佐西马和萨瓦季。"庄稼汉祈祷着。

"送风来吧！"水手低语着。

* * * *

怎么能不帮助这么好的老大爷呢！我们所有人，除了两个老妇人和患病的黝黑的朝圣者，都帮着在又沉又大的船下面垫滚杠，就这样推着船从岸上滚到海里。然后我们放好背囊，坐到老妇人旁边。老人一副船老大的样子坐着，而他的儿子拿起了桨。海岸渐渐漂离了我们，散布在石头和松树间沙地上的小村庄也漂走了。高大的黑色八角十字架仍在与我们告别，为我们饯行。

朝圣者们，祝你们去圣岛一路平安！漂吧，漂吧，别弄湿干面包，珍藏你们的护身香囊和卢布，神圣的上帝的侍者会接受并帮助你们的，会保全你们的性命的。跟上帝一起漂吧，索洛韦茨基隐修院很富裕，它会给你们吃饱，使你们温暖的。漂吧，又黑又小的人们，会给你们送来友好的顺风，太阳光明灿烂。

"光荣属于你，上帝，光荣属于你，上帝，"两个老妇人对着十字架祈祷着，"我们走了很长时间，现在剩下的路已经不多了。神甫，把我们送到那里吧。"

"我会送到的，我会送到的。"勉强可以听到从岸上传来的话语，但是已经看不到十字架了。

"会送到的，会送到的。" 领班尤罗夫也安慰着说，"大海是平静的，像铺着桌布一样。我也不是第一次渡人……"

像这种晴朗的日子里，白鲸常常在白海里戏耍。我已经习惯看到它们银色的背脊了。但是这些海洋生物的银色闪光却使朝圣者们感到困窘。

"这是什么？"庄稼汉问。

"白鲸在戏水，"水手回答说，"真大，它的尾巴更不得了，它有五十普特左右重。"

"有脚和头吗？"

"全都有。"

"原来是鱼啊！"

"它是兽，不是鱼。当然，不是狼，不是熊那样的兽。"

"上帝创造了大海和陆地。"庄稼汉说。

"海洋比陆地更丰富多彩！"水手回答道。

我对这些北方的海豚已经见惯了，所以不是朝大家望的地方望，而是朝下面，朝海洋深处望。不是那东西太小，就是水太清，我在海洋深处看到的只是墨绿色的东西。

　　我仔细观察，发现那里是一整片绿色稠密的水下森林。我，一个浪迹天涯的人，喜爱森林，对我而言，森林是亲人，它比一切都珍贵，胜于海洋和天空。我真想走进这神秘的绿色世界中去。但是这不是真的森林，这是童话中的森林，是无法进入的，对于这森林来说，我们太粗野了。要是能潜入这片海洋森林，藏匿其中，聆听水草细枝上鱼儿的窃窃私语，那该有多好！

　　"大海比陆地丰富多了，"我听到水手对庄稼汉说，"那里有各式各样的海兽、海鱼。而那些小鱼小虾之类的更是数不胜数。戴小帽的红头棉红蟥在鲑鱼面前或天气不好之前经常会出现。瞧还有一种鱼，小鸟似的，时不时扇动翅膀游动。那里的虾很大，很结实，有爪子，尾巴短短的。还有海星，它们在海底行走，互相厮打。大海比陆地丰富多彩。"

　　奇妙，奇妙，真奇妙！

　　我看到，有一个活动的点从水下森林移动出来，向我们游来，游到离我们船很近的地方。它就像是一艘真正的小海船，有深雕出来的帆。它浮到水面，帆和许多飘摇不定的细缆索晃动着。

　　惊讶的朝圣者们也发现了这条水下小船。

　　我想解释，这是水母，是一种动物，是活的。

　　但是船老大警告我。

　　"这是海油，"他说，"它也是活的。它游起来舞动着帆，张大或收拢，就这样一直向前。要是桨碰上了它，就好像你把它打死了。"

　　朝圣者们明白了，我也不想去回忆动物学。水母"是活的"，这一点让我很感兴趣。我试着用手去捉水母,手伸进水里,但是手下面不是水母,而是像毯子似的撒开了一片欢腾的水花,遮住了水母,也遮蔽了神秘的海中森林。后来我看到,童话般的小船迅速地沉落到神奇的森林中,消失在那里。森林深深地裹住,像一个未结束的童话似的消失了。

奇妙,奇妙,真奇妙!

老人讲述着许多有关海的奇事。我一边听他讲,眼睛却一边在海面上扫来扫去。我们还没有驶到公海,右边的一个大岛和左边的蓝蓝的长长的海角似乎构成了一个小海湾。我的眼睛一会儿扫到如镜子般平滑的岸边水面,一会儿朝前方远处黑乎乎的水面看上一眼,一会儿望望小船那金光闪闪的尾迹。

突然我发现,离船不远处不知何因有一个小小的漩涡,圆圈正向四周急速扩散着。这是什么引起的?就像是一块石头扑通一声落进了水里。但是谁也没有扔石头。这是什么引起的呢?

我注视着这些圆圈,看到在圆圈中心,从海里露出了一个很大的黑色人头。水流从深蓝色的前额淌下来,小胡子上的水滴金光闪闪。

我没有立刻明白,这是海豹,海兔。后来朝圣者们也发现了,船老大就转过身,老妇人画着十字。

"是野兽,可是像人!"庄稼汉说。

"它很像人,"水手回答,"它的鳍像手,头也挺像的。"

海豹跟着我们的船游了很久,它那温顺聪慧的眼睛仿佛在沉思:水手是否是这样对庄稼汉讲述那海的深邃?

奇妙,奇妙,真奇妙!

我们划桨驶过了日格任岛，从那里起就是公海了。日格任——这是其中一个岛屿，岛上，根据海民的传说，住着一只被尼古拉·乌戈德尼克打败的巨兽"楚德"。就是现在，这个地方对航海者来说也是危险的，因此这里才立起了灯塔。此外，对于一个对民间生活感兴趣的旅游者来说，日格任岛是令人好奇的，因为在这里他将听到许多故事，是关于海民如何从这个岛上落到白海冰块上去捕猎海兽的。过去，在岸上时，我已经听说过这些可怕的，大概世界上任何地方都已不存在的捕猎故事。但是，只有在这里，在日格任灯塔旁，我才终于了解到这种不可思议的，简直是离奇的生活的全部详情。我学习海民的语言，集中自身全部注意力，去记住我们这位摆渡人的独特用语，我想，现在我能在纸上确切地转述他所讲的精彩故事了。

我们漂过了日格任灯塔，左边留下了奥尔洛夫海岬，我们进入了公海，但是，如果好好细看的话，在地平线上已经可以看到陆地映在海上的蓝色阴影：不是像高山那样高挺向上，就是成狭带状压扁在水边，或者完全脱离开水，悬挂在空中。

"凹凸景"——海民这么称白海上的海市蜃楼。

朝圣者们画着十字。

真奇妙！

后来我们进入了风带，船老大一边张着帆一边说：

"上帝送来了好风。圣佐西马和萨瓦季，送我们去圣岛吧……"

退潮也冲着我们，船飞快地行驶，在波浪上摇晃着，浪花飞溅，溅淋着我们。

朝圣者们感到可怕：瞧后面，地开始凸起来了，升向空中。

他们画着十字，低声祈祷着。只有船老大和脸色黝黑的朝圣者无动于衷：一个是习惯了，另一个则无所谓。老海民甚至很快活，顺风使他感到高兴。

"瞧，你们都不作声了，"他笑着说，"这不是大浪，只是小浪。我们的大海热闹着呢，夏天还很少有风欺负我们，你们倒是秋天和冬天来乘乘船看看。我们这里就是冬天大海也不冻结。"

年幼的一岁儿童中有人惊讶地问："为什么？"

"因为它很大，"海民回答说，"所有结成冰的全都被冲到海口，冲到大洋中去了。"

"上帝保佑您！"

"圣人保佑，保佑！上帝知道，一生是怎么注定的，活得长还是活得短。我们到处走，在海上漂行……经常在海上，所以我们也祈祷，让圣人拯救我们。就像现在，我卖海兽，运送客人，而他们保佑着……没有他们，我们兴许早就不在世上了。许愿是头等大事。"

"是头等大事！"被大海吓得惊惶不安的朝圣者们齐声附和。

"大浪一升起来，就要向上帝祷告。"海民继续说，"你可许个愿，答应点什么，给大海兽也罢，给钱也罢，你自己就会发现，似乎坏天气稍稍在变了，不是一下子变好，而是很机灵地消失了，海上更清晰了，船航行起来飞快了，大浪开始降下来了。许愿是头等大事。"

"是头等大事！"大家又响应着，仿佛有无形的线把他们与这个睿智的老船手联结在一起。

"你信守诺言,他们就会保佑你,我出海出了三十个冬天,什么都见过。只不过上帝是爱我的,赐我幸福,三十个冬天中只有两次我被冲进了大洋。"

"讲讲吧!"我开始请求老人。

"我愿意给你讲,阁下,你是好人,可是老太婆们会哇哇大哭的。因为在冰上生活是非常可怕的。"

朝圣者们都支持我,于是老人就开始讲起来。

"那年的冬天严寒刺骨。我不知道,您这个有学问的人怎么看,我的老爷,而照我们看,近些年来严寒变得厉害了。严寒变厉害了,人也变得更坚强。年轻人大概变得狡猾一些,而我们的人仍比较纯朴本分。那是个严寒的冬天!北极光闪耀着,非常亮!听说,你们那些地方没有这北极光?"

"没有,"我回答老人,"我们那里没有北极光。"我对海民如何想象那神秘莫测的北极光颇感兴趣,便问,"为什么会有北极光?它是怎样的?"

"为什么会有北极光,我无法跟你说。天上上帝那里发生了什么,我们能晓得吗?天空溶成一体,豁然敞亮,仿佛要燃烧起来。起先它扩散着,后来又从四面八方集成一体。看起来很可怕!你走到外面,在门槛上站一会儿,又赶忙返回屋里。很可怕。传说,好像这是冰在大洋里移动。只不过这是蠢话。还有,大洋里的水也发亮……它仿佛是这样,在漆黑的夜晚,你在海上行走,明亮的道路从后面延伸着,照耀着。也许,它发着光,不过我们哪里知道,上帝打开的是什么。"

"好……严寒酷冷,天寒地冻,而我们海里的冰是不停留的,全都漂流而过,漂向峡口和大洋,到了那里后,又往哪里去:或往上游,或向下游。"

这时我又打断了老人。我很惊讶,照这位海民的话说,大洋也像河流那样有上游、下游。我向他解释了这点。

"河流有上下游,"他回答我说,"大洋也有。我们这么算:我们海的海口是它的源头,这里是它的上游,而到挪威那里是下游。我们是这样算上游和下游的,世世代代的老人们都是这么算的。到处都有开始和结束,上帝也为它在什么地方划定了界限。不过,老爷,请别打断我,不然我讲不完。神圣的大地越来越近,越来越近了。风刮得好极了。"

老人突然想起来:

"多谢,神圣的上帝侍者们,风送得非常好,好极了!

"严寒刺骨,岸边结的冰平滑又稀薄。海风吹到克列谢尼耶,把一切都吹散了。岸边是零星的小杂物、冰群、不流动的浮冰、冰块和冰丘。而在死冰和流动的冰之间是水路。现在正是选择冰块和下海的时间。

"快到克列谢尼耶时,安德烈,还有斯捷潘和加夫里拉来找我。'米哈伊洛,'他们对我说,'带我们走海路!''你们选择年纪大点的人吧,'我回答他们说,'我管自己还管不过来呢,我没有带过人。'他们什么都听不进去:带吧,带吧。我打量了一下他们:人很结实,粗壮。我们德维纳地区的人都长得很魁梧,从这里挑出来的更是一个赛过一个。我打量了一下,居高临下似地站着,望着他们的头顶。现在我的力气变差了,而年轻时我可是个人高马大的小伙子。"

"有力气吗？"

"还可以，有点力气，我不想吹牛，从不把自己的活留给别人。就是现在，年纪大了，你躺上一两天，瞧，又起来了，又上路了，你划啊划，像一头老海豹似的，越划越远……话说回来，小伙子们来找我，请求我带他们出海。这时我寻思，凭什么我不能做他们的领班呢？我高兴地接受了这种荣誉，同意带他们下海。和这三个小伙子一起，又挑选了两个好样的，还要了一个年轻小伙子当炊事员，还有亚什卡——这一个我们挑错了。都说，家家有丑儿嘛。我是第八个，这就是我们整个海兽猎业组合。我们集合起来，讲好一些规矩，便到神父那里去做祈祷。祈祷后当着神父的面，大家保证服从我，不违抗我的意志，为求互相保佑，像船被冰卡住时那样，大家吻了一下十字架！"

这时老人停了一会，转向舵，在那里系一些绳子，弄了很久。

"就这样，我也受到上帝的庇佑，"后来他继续说，"我们天性是这样：父亲做什么，我们也就做什么。我父亲做了四十个冬天的领班，我也这么干了。因为我们天性是这样，所以我耐不住。大家都知道我是个什么样的人：公正，有很强的处事能力，不骂人，烟草也不抽。上帝也喜欢我，给我幸福，我自己走船走了九年，而第十年大家就选我做领班，我自己走在前头，带着教徒们出海……好，女朝圣者们。小伙子们开始玩乐，喝饯行酒，因为在海上是绝对不许喝伏特加的，否则就会给捕猎招致不幸。小伙子们玩乐，而婆娘们则准备着上路的物品：烤面包啦，准备足面粉啦，黄油啦，还有鱼干啦。衣服嘛，有的补，有的缝。那里还准备着长袜、帽子、防水布、手套、桦树皮靴。真是应有尽有，整个家都搬来了。小伙子们玩乐着，而我要操心一切，要不时看看海上的一切情况，看看冰，要检查船只是否全都妥帖。大家喝完最后一杯饯行酒，就告别婆娘，坐上船漂行了。瞧，就去那里，就是凹凸景那里。"

领班用手指着远处勉强可见的日格任灯塔。

"到那里我们就下去。我们快到海岬了。那里有一座小小的木屋。我们在屋里生起火，暖和暖和身子，不时望着小窗外，看什么时候上帝给我们带来好的冰块。还没等上一昼夜，我看到，漂来一块冰，有五俄里宽，白茫茫的简直就是一片田野。'上船，小伙子们，'我说，'我们的时刻到了。'

"我们漂到那里，把船拖出来，把一切该怎样就怎样安顿好。按照上帝的意志，风从山上吹下来，裹挟着我们。亲爱的故乡被遮住，但我们仍知道它在何方。周围是茫茫大海，上面是一片苍穹，到处是上帝的意志，到处是他神圣的仁慈。

"不过，老太婆们，你们要有耐性，这只是个引子，故事还在后头。

"山风绵绵不绝地吹来，冰块漂移得很快。三天中我们飞快地漂过了从夏岸到冬岸的整个大海，出现了冬佐洛季察。我们刚瞧了一眼，就被海啊，天啊，还有流动的冰块挡住了。这里很快就开始了我们渔猎行动。生下的海豹崽是给三圣徒的，它们是海兽的孩子。"

"它们还有孩子？"一个老妇人问，她还念念不忘那出现在船后面的像人的海兽。

"每一种野兽都有孩子。"面孔黝黑的朝圣者回答说。

"它们的孩子对我们来说有很大的好处,"讲故事的人继续说,"对付它们连弹药都不用耗费,即使你用手去捉,母兽也不离开孩子。"

"哪里会离开孩子呢。"老妇人同情地说。

"老婆婆,它爱孩子。"

"每一种野兽都爱孩子。"面孔黝黑的朝圣者又搭腔说。

"事倒是这么回事,"海民回答他说,"不过我们发现,没有比海豹更令人同情的海兽了。它们简直就像人一样。它们有自己的制度,好像是自己选出一个首领,领班尤罗夫。每十五头海豹就必定有一个自己的首领……它时不时晃动下头,听着,而其余的则躺着,无忧无虑。你没有打中首领,它就立刻爬动起来,马上从冰块上跳进水中,而其余的海豹就跟在它后面,你就只能数扑通扑通的入水声了。你用子弹打死首领,不让它挪动一下,那么其余的就随便用手抓吧。"

"这真奇怪,"我想,"它们也有某种像人一样的组织。这里它们在冰上的组织从哪儿来呢,而且野兽也……真遗憾,我不是历史学家,也不是社会学家,不然,我就可以到冰块上,去研究这种类同人的独特的人兽组织,我就会知道,这是什么原因。"

"为什么会这样?"我问领班尤罗夫。

冒出的是一个令人难堪的,几乎是亵渎神明的问题。

老人羞恼地看了我一下,像为我感到惋惜,认为我贬低了自己的尊严，孩子似的提了些荒谬的问题：为什么有星星，为什么有风。

"我的老爷，这自古以来就是这样，是上帝的安排。这不是从我们才开始的，世世如此。关键是要打死首领。它守护着大家，这是它要操心的事。而其余的无忧无虑。它们躺在太阳底下，为热气蒸腾而欢乐无穷，就像人一样。它一生下来，上帝就已经这样教会它——钻到水里，洗净身子，爬上来，躺在自己的小孩身边。这时它怎么也不会离开孩子。"

"哪能离开孩子呀。"老妇人说，她被故事吸引住了。

"是啊……它稍稍爬开一点，望着你，当父母亲的，全部躺在这里，多得就像垃圾堆。它们躺的地方约有一百俄里宽，有的地方密些，有的地方稀些，全是海兽，全是。这里不少嚎叫是它们发出的，因为当妈的钻进水里去了，孩子就会叫。孩子，是有孩子的。当妈的转向一侧，孩子就吸奶。"

"那一年，上帝把许多海兽送到我们海里来，起初是庇佑我们渔猎的。我们白天就捕海兽，直至天黑，天一黑，就在冰上集合。我们把船拖上来，躺在篝火边。炊事员烤着熊果。你简直冻得要死，火根本不管用。再说，冰块上生的是什么火呀！柴火不多，比面包还舍不得用。只要烤暖和了，在狂暴的天气下你也会在船里睡着。上帝是保佑我们捕猎的，假如不是亚什卡犯事，我们很快就可以请求海风把我们送回家。可这时我们发现，野兽在动弹。第一次我们走近时，它们全都钻进水里了，第二次也是这样，第三次也是……算了，我猜想，我们海兽猎业组合中有了罪孽。我算了一下粮食，白面包少了。晚上大家都到冰块上了,我对同伴们说:'小伙子们,我们海兽猎业组合不好了:海兽都逃走了。这有罪孽!'他们异口同声说:'有罪孽!'亚什卡没有吭声。'你,亚科夫,'我说,'干嘛不作声,是不是还想吃白面包?'我们开始逼他说,越逼越厉害,越逼越严厉,他终于认错了。我们马上把他抓起来,把他放到冰上,用背带抽打他。父辈和祖辈就是这样教我们的。于是捕猎大获丰收,神父圣明!

"我们到了叶夫多基伊。大地露出来了,那是克达村。

"'小伙子们,'我说,'上帝保佑了我们捕猎,让我们向岸边行进吧,虽然正是捕猎的时候,但是下一次上帝是否会这样平安无事地送我们抵达岸边呢?上帝爱护的是小心谨慎的人。'

"我看到,他们都扭过脸,不满意。年轻小伙子都是血气方刚的。'我们想,'他们解释,'继续捕猎。'我和老头,和加夫里拉坚持自己的意见,他们坚持他们的。而亚什卡喊得比谁都响,一边叫骂,一边怂恿着伙伴们:'正是捕猎的时候,海兽游得离舵近,可你却要带大家上岸!'

"我毫不让步地坚持自己的意见,要使他们良心有愧:'你们都对我吻过十字架,发誓不违背我的意志,而要是亚什卡搅得大家不安分,还可以抽打他一顿。'

"大家又对我喊开了:'我们选你当领班尤罗夫,不是让你带我们回到炉炕上婆娘身边去的。既然你是领班尤罗夫,那就带我们去海上,而不是回炉炕上。'

"越争越凶,越吵越厉害,最后恶言恶语都出来了。

"'好吧,'我对他们说,'既然你们违背自己吻过的十字架,你们就给自己另选一个领班尤罗夫,选亚什卡吧,让他率领你们,他向上帝对你们负责。'

"小伙子们稍稍安静下来了。选亚什卡当领班尤罗夫可不是一件理智的事!就这样我们的行动停了下来:既不赞成这样,也不同意那样。"

"那就命令吧!"我脱口而出。

老人冷笑了一下:

"命令!我亲爱的,没有人可以命令:周围非常可怕,没有活路。这里是上帝主宰,他在命令。

"而且要知道,我亲爱的,在海上是看风行船,而在人间则是看人生活。

"就是这样!我们待在冰上,争论不休。而天黑起来了。小伙子们躺下睡觉了。他们能有什么事,就像小孩子似的,只知道跟着父亲走。可我却没心思睡觉。我坐在生火的泥块上,头脑里琢磨来琢磨去,坐在泥块上很暖和,烤暖了身子,打起了瞌睡。我看到,仿佛已故的兄弟安德烈在向我走来,他正对着我,站在冰上,第一次对我说:'米哈伊洛兄弟,你完了!'第二次他又说:'米哈伊洛兄弟,你完了!'他已经想说第三次,可是我醒了。夜漆黑漆黑,伸手不见五指,风呼呼刮着。我听出来,这不是那种风,不是海风,而像是山风。我点燃一根火柴,看了一下指南针,呆住了:风直接从山上刮来,直接吹往大洋,吹向那可怕的深渊。起先你祈求这风送我们去海里,而当你已经临近大洋时,就祈求你所惧怕的海风,可这已经不是我们的事了，不是我们所能控制的。宁肯一根海兽毛也没有搞到，只要让我们留在自己的海上。

"而在克达村，海水分开了：一支水流向岸边，另一支则相反。这里的水汹涌奔腾，流得比飞鸟还快。我们碰上了春汛：水和风冲推着冰块，不过你可要拽住头上的帽子。

"'起来吧，'我喊着，'弟兄们，现在正朝北边的（浅滩）行进，是朝莫尔若韦茨方向，但愿别碰上冰山（浅滩上的冰山）。'

"小伙子们站起来，看了一下，周围情况确实非常可怕，暴风雪，风雪交加的阴天，冰噼啪噼啪迸裂着，风呼呼怒吼，只有桅杆屹立着，雪块向脸上飞来，像糖块似的拍打着。格里戈里老头一醒来，就看了一下四周，直画着十字，说：'上帝不饶恕！弟兄们，上帝发怒了，因为你们不听从领班尤罗夫，违背他的意志，违背了自己吻十字架时所作的誓言。'

"大家祈祷着，忏悔着。照我看，现在上帝会高兴了，但这已不是我们的事了。

"'上帝，'我对他们说，'不无仁爱之心。让船朝边行驶，也许，我们就能在莫尔若韦茨登岸。'天开始亮了。我望着天和水，看看上帝赐给我们什么：水还是冰。我们根据天空注意到：水上方笼罩着一片黑，而冰上方则是一片白。我看到，船向冰驶过来，开始泛白。冰越来越稠密，越来越拥挤，船被冰夹住了，既无入口，也无出路。但我们看到了陆地，大概能到那里！既然曾把我们冲到岛的附近，一次成功了，第二次也成功了，现在第三次开始了。

"'伙伴们，'我说，'能不能从冰堆里砍出一条路来，

既然我们的情况已经很糟糕了,那就……'

"我们刚把斧头拿在手里,又被冲离莫尔若韦茨,扎进水流。这时我们又被冲走了,大哭大叫,懊恼万分,悲伤不已。

"一块陆地被遮住了,另一块陆地露了出来。接着再一次被遮住了。我们的船被冲过了奥尔洛夫。心里越来越难过。小伙子们对着亚什卡喊着:'都是你害了我们!'他们吵着,骂着。我制止道:'应该向上帝祈祷,弟兄们,而不是破口大骂!'

"大家静下来了。像死兽一样,一声不吭。

"'没关系,'我说,'没关系,寄希望于上帝吧,克达不是灾难,莫尔若韦茨也不是消灭地,这就是卡宁角要说的。'

"他们倒好,简直是完全躺下,就能在船底睡着。而我可不能泄气。我一泄气,他们就更加士气低迷了。全部忧伤只能我一人承受,他们要依赖我活着。

"这时我们看到有一小冰块,小冰丘朝我们漂来,那上面好像有海兽在爬动。这个时候我们顾不上捕猎,只是觉得奇怪,海兽怎么会爬上这样的小冰丘。它漂得越来越近了,原来不是海兽,而是人。有三个人。他们没有船只,也没有任何东西,就随冰漂着。我们看到,这是几个拉普人,很可怜,坐在冰上,用尽力气朝我们叫喊着。我们明白,这些人漂离了岸边,漂远了。我们给他们放下一条小船。他们就欣喜若狂地叫喊着:'把我们拴在船尾拖走吧,像拖(海豹)那样。'我们把他们运过来,接到自己这边。教徒中无论是谁,大家都一样,大家都是上帝赐予的同伴。他们烤暖了,吃饱了,喝足了,就快活起来,也就照他们自己的方式说起话来:叽里呱啦。刚刚跟拉普人分手,就看见了卡宁角:这是我们的最后希望。

"把我们冲了三俄里光景,又好像要把我们带到大洋里去。我们这时本想坐船,可是卡宁角周围全是冰,乱七八糟,没法通过。最好还是后退,可是冰块却越来越往大洋那边漂去。卡宁角不见了,只有我们看见过它:它像一个美梦似的飞逝了。

"'现在,'我说,'小伙子们,向上帝祈祷,寄希望于他吧。他需要我们在陆地上,他会在大洋里给我们找到陆地的。有新地岛,有萨莫耶德地,陆地还少吗?如果他愿意接纳到他那儿去,就随他的便……'

"我自己拿起一根小小的细木片,挂上两根线,弄得像杆秤,于是开始称食物,使两份均等。柴火也是,我数清了所有的劈柴。虽然我们的末日已经临近,但是不能气馁。"

老领班尤罗夫沉默了一会,把船头径直转向那光秃秃的安泽尔岛岬角,这是索洛韦茨基群岛中离我们最近的一个岛。由于转了向,船帆哗啦啦飘动起来,接着又呼呼响地转向我们,挡住了太阳。落下一片凄冷的阴影……

"看见了吧,"领班尤罗夫说,"我们的大海是什么样的。刚才很热,太阳被帆挡住,就变得冷了。而在大洋里,冬天是怎样的呢?你会一直抖个不停,整天都在抖。所有的柴火都烧光了,就开始烧船。快到报喜节[①]时才暖和些,冰上开始留有水迹。但这时又有新的灾难:雪融化时,水还好,可是从冰上取

---

① 报喜节:俄旧历三月二十五日,东正教节日,据说天使于此日告知圣母,耶稣将诞生。——译注

第二章　履行诺言

的水是咸的。食物全吃完了,就开始吃海兽肉。有一股子膻味,有人吃不下,尝一口,就扭转身子,又躺到船里去了,有的人则一个劲地吃得很来劲,没什么问题。

"但是兽肉也不再有了,弹药全用完了,便开始吃手套,抢皮带,吃所有的皮。

"饥饿折磨着人。基督复活节到来了,而我们只有灾难。

"不过,上帝是不乏仁慈的。从圣周四起,许多鸟越过大洋飞来了,多得不得了。也就开始有海鸥落到我们冰块上。我们用绳圈捕捉它们,上帝使所有的人都变机灵了。我们捉了许多鸟,好好地迎来光明的节日,如同开斋一样。冰不断融化着,眼见大洋清净起来了——我们也等到头了:冰折裂成卡槽。所以临近叶戈里耶夫日时我深思了一番,对大家说:'伙计们,准备好,要把这些船拖到最边上!'

"大家这么做了。夜里出现了坏天气。保护天使!女朝圣者们,坏天气降临了,这是上帝在发怒!他在咆哮,怒号,吼叫!我们坐到边上,等它消退……"

突然冰块发出了噼啪的爆裂声,犹如一声炮响。

"上船,伙伴们!"

我们上了船,一切都静寂了……

老人又沉默了一会。有人在船里呜咽了一声,于是老人像是从什么地方回到我们这里似的,勉强听见他说:

"是啊,孩子们,瞧碰上了多糟的坏天气哟。"

他又继续说:

"只是我们看到了冰块:它已碎成许多小块。周围漆黑一片,下着暴风雪。大浪,比树林还高,而我们仍在船里。

"小伙子们吓得直打颤,抖个不停,他们惊吓得愣住了,扔下木桨:体力越来越差,像死人似的躺在船里。

"一望无际的茫茫大海!

"我坐着,掌着舵,张好帆,小船随浪峰而行,好像在爬山。我望着小伙子们,严厉地说:'弟兄们,这样死去太不像话。你们在得罪上帝。穿上干净的衬衫,祈祷一下,然后诀别吧。这样不行,弟兄们。'

"而他们,这群小伙子,马上就穿好衣服,作了祈祷,作了诀别,一切该做的都做了。"

"你不期望能挺过去吗?"庄稼汉打断讲故事的人。

"你不抱希望了?"我也脱口而出,问。

"不,怎么会不抱希望,我一直一点一点盘算着,吹什么风才能到达陆地,该做什么,怎么做。我可不能像他们那样,我是领班尤罗夫,我要是放弃了希望,整个捕猎组合就会瓦解。他们大概忘了上帝,对他们来说那算不了什么。他们跟着我走,就像那些小孩跟着父亲走一样。我可不能放弃。我倒乐意那样做,但是不行:我带领着人们,全部悲伤都由我来承担。不,老爷,我一直寄希望于上帝。

"我坐在船尾,掌着舵,扯着帆。我不知道,吹什么风才能到达陆地,是夏天还是半夜。恐惧难以忍受。桅杆都发出了呻吟,哭泣着,真可怜。上帝不知从哪里派来了一只小鸟。它落在桅杆上,老是'齐比——齐比'叫个不停。"

"阴雨天鸟总是靠近人的。"庄稼汉指出。

"天气不好，"水手跟着说，"又是在海上。在那里谁也不会欺负它，它也不用躲开。它也没什么缘由好躲的。它停在桅杆上，就这样忧伤难过，一个劲拼命地'齐比——齐比'。我稍稍打起了盹，但没有放开舵，就这样矇矇眬眬的。

"我看到，站在我面前的好像是圣佐西马。他对我说：'米哈伊洛，你忘了我了！'

"我清醒过来。什么都没有。桅杆还是在我面前呻吟，小鸟也仍在'齐比——齐比'。

"我想：我还是想过什么好主意了吧。我分明听到的是'忘了'。忘了什么呢？然而很快，我又忽然想起来了。我立即做起祈祷来，而且许下了永不违背的诺言：一辈子运送朝圣者去圣岛。"

讲到这里，因为长时间的颠簸，我微微有些头晕。原先我以为安泽尔岛又长又秃的岬角是卡宁角，而那一群朝圣者和这个老人就是那十五头海兽，它们也有自己首领。后来我听到，所有朝圣者都齐声附和，说"诺言，诺言，诺言"。头晕延续的时间大概不超过一分钟。我听到了一段话。

"……穿了衬衫会放……"

"谁？"我完全清醒了，问。

"上帝！"面容黝黑的朝圣者回答我。

不知为什么，大家都惊讶地望着我，而领班尤罗夫看得特别认真，对我说。

"大海把你搞晕了。老是摇晃，坐到这禾秸上，这里好一点……没关系……马上就登陆了，一切会过去的。"

老领班尤罗夫继续着自己的故事，但我已经不能像先前那样专注地听他讲了。

他讲到，后来他又承诺把最好的兽肉奉送给侍者尼古拉，许愿之后，海浪开始慢慢降下来，雾也散了，卡宁角出现了。他们登上季曼冻土地，已奄奄一息，但是在这岸上他们找到了一头死海豹，吃完了，然后就沿着冻土地寻找萨莫耶德人。不知怎么的，他们在那里转悠了很久，吃的是苔藓和沿途碰到的骨头。过了大约两星期他们找到了萨莫耶德人的帐篷。那里的人十分高兴地接待了他们，给他们吃鹿肉，甚至还喝了茶。

"祝你们过好日子！"萨莫耶德人对水手们说。"也祝你们过好日子！"他们回答这些在冻土地上游牧的半野人。"我们还不错。"萨莫耶德人见怪地回答。

领班尤罗夫以令人惊讶的亲热对朝圣者讲了很久有关萨莫耶德人的事，他称他们是恩人，是世上最有同情心的人。

在萨莫耶德人那里休息过后，水手们给自己搞了条船，沿着乔沙河启程回家。

婆娘们迎接他们，当他们是死而复生的人。

在家里好好吃个够吧！

这次遭遇后，领班尤罗夫有两个冬天没有带人出海，但是后来又重新操起这冒险的渔猎行当。

"怎么能这样，经历过此般遭遇又回到冰上漂游，难道生命不宝贵吗？"我问。

"生命是宝贵的⋯⋯"老人窘困地说，"生命是上帝给的。"

后来他长时间地思考着什么，好像在寻找答案，最后说：

"你看看那些鸟禽！"

于是他又讲起了鹅飞往科尔古耶夫岛和新地岛的故事，讲有一只公鹅，它总是飞在前面。

他本来要开始讲在海上经历的第二次可怕遭遇，但这时我们已经驶近了安泽尔岛上的圣母小教堂。大家开始祈祷并感到高兴，因为海上航行后能闻着土地散发的芳香，听那圣岛上百鸟齐鸣，这有多好呀。

索洛韦茨基修道院

（给朋友的信）

六月十一日

亲爱的 A. M.：

您曾让我在索洛韦茨基修道院好好给您写封信。我知道，您出自斯拉夫派，您指望了解我在这座著名的隐修院里的一些内心感受。这样的感受可没有，我感到饥饿，感到自己在各个方面都很窘迫，因此我的感受是极粗浅的。但我想消磨晚祷前的这段时间，所以我就按顺序告诉您我在这里遭遇的一切。

我的窗前是大海，一艘轮船冒出的烟袅袅缭绕，几艘非常漂亮的帆船摆动着。向左，我看见古老的围墙，下面是往来穿梭的朝圣者，他们就如同大街上行走的人群。此刻一只修道院的大海鸥栖息在窗台上，望了我一下，开始思考下面的这整个生活。

这是个热闹的小城镇，因此修道院凭其构造应该使这里的一切，几乎是整个北极圈都折服。但是我到这里不是从正门台阶进的，而是开后门：从那遥远的戈尔戈法隐修院来的。我想请您注意索洛韦茨基群岛。群岛中最大的岛是索洛韦茨基岛（方圆一百多俄里），修道院就位于这个岛上；东南方向有穆克萨尔梅的两个岛，这里饲养着修道院的牲畜；西南是扎亚茨基耶的两个不大的岛；最后，东北方是安泽尔大岛。

我和朝圣者们抵达的就是离修道院较远（十五俄里）的这最后一个岛。朝圣者们在岸边的圣母小教堂里祈祷了一会儿，就朝索洛韦茨基岛方向走远了，而我一个人留了下来。我认为在戈尔戈法隐修院这里过夜，然后再请求修士们送我去索洛韦茨基修道院会好些。

朝圣者们走了，我独自一人开始攀登戈尔戈法这座相当高的山，隐修院就在山顶上。

我要对您说：我感到有点不自在。白海上这些奇怪的白夜，与朝圣者的交往，水手讲述的有关他们冰上生活的故事，在那里他们唯一的支柱是上帝，所有这一切都使我大大地违背自己的意愿。我思考着由上帝之手缔造的原始的自然心灵……

我们在海上行驶时，老舵手讲了在冰块上捕猎海兽的故事。一路上他向我讲述了，他们的渔猎组合如何被困在冰块上，被冲进大洋，他们在那里如何与尘世的一切告别，只靠着对上帝的信仰而活……总之，我当时心情沉重，见到现实中的这种信仰表达，使我非常困窘。该怎么向您描述这点呢？嗯，这就是我从来没有跟修士说过话的原因，我知道，他们有自己的一套习俗、规章和奥秘……

我与您一起去过切列梅涅茨基修道院您还记得吗？我们曾沿着小径在花园里散过步，到过教堂，与一个修士聊过天。仅此而已。我们满足了自己的好奇心，而修士们的任何事与我们也毫不相干，哪怕我和您是他们最凶恶的敌人。但是在这里完全是另一回事。谁也不会从后门台阶上教堂。为什么我要到他们这里来，我是什么人？我不是朝圣者，游客不到这里来，学者也不会来。我是什么人？为什么我要钻入这里？我觉得，我在骗人，想回答没有准备好的功课。

就这样我走进了相当幽暗的长走廊，它连接着戈尔戈法隐修院的众多小修道室。

我将详尽地给您描述，像照相一样准确。

一群穿黑衣服、戴僧帽的人围着我，从头到脚怀疑地打量我。我也打量自己，大吃一惊。在那些荒僻地方度过的几个星期在我衣着上留下了痕迹：高筒靴完全是脏的，上衣沾了船上的树脂，而且撕破了，背囊（我把自己的东西打发到索洛韦茨基岛去了）里空子弹叮当作响。但同时，我的衣服式样、我的举止又显得很有修养。我不是朝圣者，不是海民……那我又是什么人呢？他们盘问我这一点……多难为情啊！我说，是出于虔诚……来向上帝祈祷。当然，谁也不相信。于是我放眼去寻找修道院长，猜想那个穿着带褶红法衣的白发老者就是院长，便走到他跟前。这时我惶恐地回想起，需要特别地请求祝福，但是该怎样做，我却全然忘记了。

"您是院长神父吗？"我很不好意思地问。

"我们这里没有院长，只有住持，这里是隐修院。"他回答我。

这时，来的修士越来越多，每个新来的修士都从头到脚打量着我，每个人都要问我：从哪儿来，怎么来的？我对所有人都回答说：从夏岸来，出于诚心，来向上帝祈祷。他们全都感到诧异，不相信我的话，因为只有最贫穷、最不幸的朝圣者才会下决心乘船在公海上漂行八十俄里。最后，有一个修士，他不留大胡须也不留小胡子，带有一丝特别的修士的微笑，邀请我跟他走。我们上了二楼，走进一间宽敞的修道室，隔板把它分成两半：显然，一间是卧室，一间是接待室。在卧室里我看到有圣像，圣像面前有一本翻开的圣书，在另一面墙旁边是一张十分窄小的床。接待室里放着几把椅子，一张宽大的沙发，沙发上有几个非常漂亮的丝绸靠垫。我猜想，我是在住持的房间里。修士让我在沙发上坐下，笑容可掬，亲切地说：

"我的修道室比较凉，真的很凉。"

我也对住持报以同样的笑容。

"您尊姓大名？"他问我。

我报了姓名。他微笑着，我也笑而答之，同时打量着他，我发觉，微笑中他用一只小眼睛狡猾而精明地观察着我。怎样才能摆脱与这神圣地方不相称的互相猜疑？我头脑里冒出想直截了当跟他解释的念头，告诉他，我是地理协会的人，在去拉普兰德途中意外到这里来的。我想，那样的话，我就不用假装，不用虔诚卖力地做祈祷了。

"您怎么会光临这里，是诚心……还是……？"

"神父，我是地理学会的，是研究海民生活的，就顺路来这里了……当然，也是诚心的……当然……是诚心的。"

"地——理协会？"他笑着说，"但是我们索洛韦茨基群岛这里可没有什么地理。"

我怎么也没有料到会有这样的回答。我把隐修院的住持看作有教养的人，但是他这就否认了地理……我该怎么办呢？我突然开始向修士解释，说他们这里有令人惊奇的地理，世界上任何地方都没有这样的地理。我把在路上碰到的排水沟、修士们对动物的友善态度、1854年英国人轰炸修道院时修士们的英勇精神，以及众人公认的圣祖的圣洁生活——把这一切都说成是地理。我讲得十分投入，充满热情，讲到最后，我想关注一下效果。

依然是那种笑容，依然是不信任的精明的眼睛探究着我。

为了彻底使他信服，我从口袋里掏出一张盖有地理协会印章的证明，递给他。微笑从他脸上消失了，他看了证明，怀着敬意说：

"竟然是王……王……王家协会①的。好——事，好——事。我们这里常有一些高贵的客人，声名显赫。就有一次，当时我在圣饼铺当差。我走去墓地散步，上帝给了个好天气，我就在坟墓间漫步。我看到有一位先生站在饰有雕刻的墓石旁，望着墓石。它都成白色的了，都是海鸥的粪便弄污了石板。我跑过去，

---

① 应是皇家协会。——译注

带了扫帚，水，又是冲洗，又用扫帚扫，用内长衣擦。他终于可以看墓石上的字了。我走到他面前，问：'您尊姓大名?''我叫阿列克谢，'他说，'是女皇陛下玛里娅·费奥多罗夫娜的宫廷总管。'就是这么回事！瞧好些贵客来。"

我发现，现在我的处境正在朝另一个方向转变，而且变过了头，我想好歹作一下更正，可修士什么都不想听，招待我喝茶，吃面包干。他详细地询问我有没有妻子、孩子，是否常上教堂，还问及我家庭生活的一切琐事，事无巨细。这是为什么呀？

"明天我就和你一起做祷告。"他对我改称"你"，回答说，"你要在小纸条上写上，祝谁健康，祝谁安息。我会为所有的人祈祷。你可别不好意思，请放糖，我们这里糖是有的。"

他亲自为我放了一块糖。

我们的谈话变得越来越亲密，同时，很奇怪，也越来越不真诚。为什么会这样，我不知道。

我感觉到他狡黠的微笑，最让人厌恶的是，我自己脸上浮现的也正是这种微笑。我气恼，生自己气，但是我微笑着。

"我们这地方是圣地，"修士要引起我的兴趣，"常常会发生奇迹……"

"奇迹！"我佯装惊讶地说。

"这地方是光荣的，怎么会没有奇迹呢！比如，英国人就进攻过修道院——有一个老人是见证人，还活着，他会告诉你的——就发生过奇迹！外国人轰击，整个修道院落满了炮弹，可是却没有炸起来。英国人都觉得奇怪：烟雾滚滚，却没有火焰。他们朝上一看，那里的海鸥像一片乌云：它们从上空淋下来，淋下来。当然，淋的是尿，地上发出咝咝声，烟雾滚滚，却没有炸起来。这还不算什么，我还亲眼见到过奇迹呢……"

"您说什么呀？"我惊讶地问，又是很做作，因为刚刚费了劲才克制住微笑，那个为天真的海鸥故事而挂出的微笑。

"一个叫费奥多尔的庄稼人来找我，抱怨说，他身上一侧有个小窟窿，从里面流出脓水来。我看了一下：小窟窿有五戈比铜板那么大，流着脓水，他是用木片抠出洞来的。'费奥多尔，'我说，'留下来为圣人干两个月活吧。''好的。'他说，就留下来了。过了一星期，我问：'费奥多尔，还淌脓水吗？''不淌了，'他回答说，'止住了。'又过了一星期，我撩起他的衬衣一看：不要说脓水，连小窟窿也看不到了，长好了。"

就这样，在喝茶的时候住持对我说了许多这一类的奇迹，最后，他问我：

"城里怎么样？"

"不怎样。"我回答说，"人们过着自己的生活，就这么生活着。"

"但听说，好像开始塌了……"

"什么？"

"就是城市在倒塌。高加索就有一个城市塌了。"

我感到气愤。我真心诚意地为城市辩护，告诉他有关地震和火山的知识。我说，不，城市并没有倒塌，而是怎么一回事。

这一来，我注意到，住持简直是在用严厉而又聪颖的目光看着我，没有了微笑。原先露出笑容的地方只留下些曲折的斜线。他盯着我，问我是否知道奥赫塔，知道彼得堡的马林斯基街道，是否到过那里。我说,我知道,并详细地告诉他有关奥赫塔的情况。他感到很吃惊:那里竟全都盖满了房子。

"难道您曾经到过那里?"我饶有兴趣地问。

"到过,到过,"他简略忧伤地回答,"很久以前了,差不多已经二十年了,我曾经在那里当过货运马车的车夫。"

我们之间那堵虚伪和做作的墙倒塌了,一瞬间,与这个过去的马车夫相处我心里变得舒畅多了,而且我觉得,之所以会这样,是因为修道院墙外的世界是美好的,而这个可爱的世界向我们吐露了芬芳,犹如在北海上闻到陆地散发出的芳香。

"那么,彼得堡的人们又生活得怎样?"他顺便问我。

我热情地对他讲了这段时间内的政治变化,讲了现今奥赫塔人的生活状况。我热衷于介绍那个世界,那个对我来说突然间变得异常宝贵的世界。我起劲地讲着,竟没有发觉修士脸上那曲折的线条又重新勾勒出微笑。

"已经七点半了,"他说,"马上要开饭了。"

"七点半太阳正下山,应该是十一点!"

"你们那里是这样,"他说,"而我们这里是七点半开饭,安泽尔隐修院是八点钟,而索洛韦茨基修道院是九点。"

"怎么是这样?"

他向我解释说,时间的变动是因为祷告应在固定的时间内进行,而修道院的劳作就是照这样规定的,吃饭时是不做祈祷的,只在需要时才进行。因此就变动钟点。

"这没什么关系,"修士说,"一昼夜仍然是二十四小时。"

"瞧这又是算术,又是天文的!"我暗自想着,走近窗口。

"我们这里，"修士说，"太阳几乎是不落山的，那里一直可以见到亮光。而且整夜都可以看书。太阳一直晒进这窗户，一直晒着。"

半夜的亮光瞧着我和修士，而我们站在高山上，枞树从我们这儿向下蔓延，湖泊和大海……大海……闪闪发光。上帝亲自选定了这个地方用以救赎灵魂，因为在这大自然、在这光亮中是没有罪孽的。这大自然似乎还没有发展成罪恶。

是啊，但这又是怎么回事呢……城市在倒塌……不承认时间……也许，这很崇高……或者卑下……是光，抑或是黑暗……"这既不是光，也不是黑暗，"我想起了偶然闪现于我脑际的一位宗教思想家的话，"这是死亡，所有这些湖泊，绿色枞树，整个这奇特的风景不是别的，而是通向一片漆黑的陵墓的银色把手。"

突然，寂静中响起了敲钟声。

这是叫我们去用餐。我们下了山，沿着黑漆漆的走廊走去，这里有一股修道院的特别的气味……

再见，我的朋友，钟声叫我们去做晚祷，不好意思不去，我就寄出这封信，我会在教堂里站一会儿，然后再继续写。

* * *

房间里有许多海鸥，也有同样多的鸽子和麻雀。它们全在啄食着我那鲑鱼尾巴肉做的馅饼，这鲑鱼肉是海民们把我当作杜马照相部的官员而送我的。我把这些鸟儿都赶了出去，弄干净桌子，吃完剩下的馅饼，就开始写戈尔戈法隐修院开饭的情况。

您知道我的胃口……但是，假如您能知道一个在海上坐船度过一整天的人是多么想吃东西就好了。我准备吃生肉。而这是在修道院，在戈尔戈法！这吃完肉后还能否虔诚地祈祷，思考严肃的问题呢？

首先，我发现用餐室非常热。后来我了解到，修士们喜欢热，他们把自己的修道小室也烧得这么热。一群修士在摆有两排金属盘子的长桌旁等我们。住持念完祈祷词，我们大家面对面坐了下来。我坐在住持左边，在桌子的一端，而住持右边，我对面，坐的是一个青筋显露的长着红鼻子的修士。记得吗，我们的教堂里有一个酒鬼助祭，这个修士正好就是这么个人，我与他面对面着。其他修士，不知怎么的，我不好意思仔细去看，我规规矩矩坐着，盯着我盘子里的一块鲱鱼看。助祭也盯着自己的鲱鱼。我瞥了他一眼，他也瞥了我一眼。"该喝一杯！"我们在彼此目光中看到的是这意思。但是这时铃声响了："丁零零"，一个穿着灰色衣服的见习修士开始念书中的某种圣语，住持祝福了鲱鱼，我们就开始吃起来。当然，这只延续了一会儿。貌似念书的人只来得及说出一个词"乘客"。后来又是"丁零零"……朗读……面前是什么稀的东西。

"这叫什么？"我轻轻地问助祭。

"鱼菜汤。"他对我低声说。

倒谈不上把汤倒在小盘里这回事，因为盘子很小，那里还有鲱鱼骨头。住持祝福了菜汤，我们就伸进调羹，我看到，鱼菜汤从助祭的小胡子上流到了盘里。

喝过鲈鱼头菜汤后，住持放下调羹，大声地吐了口气，跟在他后面的助祭和所有的修士也都吐了一口气。

"这多不体面!"我想,但是这时我自己也吐了口气,这才明白,这是鱼菜汤的特性。

"丁零零"——又响起了清脆的铃声,桌上出现了完全一样的食物。我疑惑地看了一眼助祭。

"是面条菜汤。"他对我低语道。

我尝了一口:它完全跟鱼菜汤一样,只不过没有鲈鱼头而已。

寂静中单调的吟书,又完全不能讲话,又只能吃素食填饱肚子——这一切使我感到强烈的压抑。突然一件意外小事让我得以消遣。住持身旁不知从哪里冒出一只跑得很快的黑黑的小昆虫。修士伸出一根手指想摁住它,但是宽大的衣袖绊住了面条菜汤,打翻在助祭的膝盖上。气恼不已的助祭迅速拿手指头去按,但是按了个空。小昆虫继续在两排修士之间飞快地穿梭,就像奔跑在两排枪手之间的兔子。它疾步如飞,一直跑到桌子的顶端才被弄死。这只小昆虫使我们都兴奋起来,变得十分活跃,以致见习修士也不那么单调地诵吟他的"经书"了。

我给您描绘这个小插曲,我的朋友,根本不是为了指出,和那个曾露出自己光裸的背脊给蚊子叮咬的圣科尔尼利时代相比,现在修道院里的风气变差了。不,这只昆虫不过是让我有机会来打量周围的一切而已。

首先我发现,修士们脸上泛起了住持那样的微笑:穿灰衣服的见习修士还没有这种笑容,穿黑衣服的见习修士有一点,有的多一点,有的少一些,但几乎所有的人都在笑。啊哈对了,助祭完全没有笑,一个褐红色小胡子的修士也没有笑,他那张没有牙的嘴在我看来是充分汇集了人类所不可避免的小缺陷。在圣像上我也发现了同样的微笑。大概，画家们都是如此描绘圣人自我修炼的光晕的，而修士们则模仿圣像。修士们越是像圣像，笑容也越多，越是有罪孽，笑容就越少。我的这一理论，我不知道，对不对？

  喝过粥后，我们祈祷了很久，然后住持为我指定了一间摆有两张小床修道室，室内已加热到四十度。我表示了感谢，已经想躺下睡觉了，突然助祭进来了。原来他是屋子的主人。我请他允许我开窗，他乐意地应允了，他自己也脱下了内长衣，只穿一件衬衣，同所有的临死之人一样。

  "你有烟抽吗？"他问。

  "难道可以抽吗？"

  "为什么不能……也许，有喝的吧？"

  我背囊里两样都有。我们坐近窗口，抽着烟。助祭告诉我他自己的经历，他曾在奥赫塔当过小吃店服务员。

  "也像住持那样？"我感到惊奇。

  "不，他当过马车夫，而我当过服务员。"

  "那么这个呢，就是长褐红色小胡子，有那么一张嘴的那个？"

  "他是基辅人，曾有过自己的铺子。而修道院长曾是波莫瑞的渔民。"

  后来助祭对我讲了一个又一个人的经历，使我惊讶的是，他说，这里修士的薪俸相当多，而院长除了有住宅和伙食外，一年还有五千卢布。助祭告诉了我全部隐情，全部琐事……突然我明白了，我是在什么地方……我是在一个俄罗斯的偏僻小城，这里住着富裕的和贫穷的庄稼汉，而修士就是那些农民。这是些安顿特别的俄罗斯庄稼汉。现在再也没有什么使我感到困窘了，我知道该持什么态度。我把自己的想法告诉了助祭。

"你们这里，"我说，"就像我们那里的小城……"

"在尘世间，"他回答我说，"要好得多。那里人们比较纯朴，比较好。在尘世间，不论发生什么，痛苦也罢，别的也罢，喝杯酒，睡个觉，也就没事了。而在这里，修道院里，一粒火星也会当作一场大火，有一丁点儿事，所有人都知道。……哪怕是这个红胡子，没牙的家伙，他望着望着，久而久之，就会告发你——我陷进了这里，就无处躲藏了。瞧这小棉袄，不值几个钱。求了七年，也不发。我就不管别人，自己做了一件。"

就这样我与助祭闲聊了很长时间，早晨祈祷快结束了我才到场。日祷之后他们为我做祈祷，住持提议在隐修院为我的亲人们做永久的追荐亡灵。

我难为情起来。

"也可以做五年。"他很快就明白了我的疑虑。

"嗯——嗯。"

"三年……两年……一年都行。"

"可以做一年吗？"

"可以。"

* * * *

我觉得，亲爱的朋友，我在瞎唠叨，但是我找不到别的路子。

本可以去深刻体验那些没有罪孽的神圣夜晚的永恒，并在此背景下向您表明我那袖珍旅行指南的英明睿智。但这是为了什么呢？不，我知道，您是个诚挚活泼的人，一把神香，一匙素油，一块鳕鱼干，有时能告诉您比这类故事多得多的东西……

日祷之后住持和助祭对我说，他们也要去索洛韦茨基岛。我们就一起出发了。湖旁边的路非常美，鲜艳的北方树叶在阳光下像一片碧绿的火焰燃烧着……

我与助祭并排走着，住持稍稍在前，他们俩对我都以"你"相称，但不是从教职的高度，而就这么平常相待。我以同样的方式相称，总之，今天我已经完全用另一种态度来解释一个人的微笑和另一个人的红鼻子了。

"瞧奥利戈夫，仍然能看得到，远远地能看得到。"住持转过身对我们说，并用一只手指着高高的戈尔戈法山。

"真好！啊呀呀……真好！枞树，白桦，湖泊……这一切是从哪儿来的呀？真是好极了！"

有几个男女朝圣者迎面遇上了我们：一个是老头，一个是扎着黑头巾、红眼睛的姑娘，一个是肥胖的浑身冒汗的妇女，以及一群穿着树皮鞋、灰不溜秋的庄稼汉，不是科斯特罗马人就是维亚特卡人。

"你们是到我们那儿去吗？"住持拦住他们问，"去吧，上帝保佑你们去……瞧，奥利戈夫……看得见……"

他们走了过去，但是助祭还久久地望着那浑身冒汗的妇女。

"看什么，助祭……怎么啦？"我对红鼻子笑了一下，说。

"我是在看哪个肥胖的人能这么臃肿笨重。"

"哈，助祭啊助祭，瞧你注意什么了，那灰不溜秋的庄稼汉你倒没有看见！"

不，他也看到了他们，便回答道：

"你别瞧他们灰不溜秋，穿着树皮鞋，他们的口袋可是满满的，空着口袋他们是不会来的……"

助祭的议论一下子让我收起了我那因湖泊和森林的美景而漫不经心的身心，转向思考。我想到，本质上，我们的神甫们不善于幻想，不沉迷于热切的理想，他们低俗，实际，善于盘算……但是，这时突然从林中跑出一只狐狸，坐在林边，用眼睛扫视着我们，并没有跑开……这使我这个猎人异常诧异。而助祭开始告诉我，他们这儿的鸟儿和野兽根本不怕人，狐狸甚至经常溜到他那小修道室里，爬进窗来偷糖吃。

"而山鹑则完全像母鸡。昨天我在小径上走着，看见一棵白桦树旁停着一只山鹑。我去捉它，它就躲开我。我们围着白桦树跑来跑去。我累得要命，就拿起小石子砸它、赶它，我都感到厌烦了。"

助祭讲的事使我兴奋起来。他是个可爱的人，我想，只可惜成了酒鬼。

在去安泽尔隐修院的路上，有一次一头鹿穿过我们走的路，还有一次我们看见一只松鸡就在近旁。在安泽尔隐修院旁边，即安泽尔岛的第二个隐修院的围墙门上绘有一只海鸥。有了这堵围墙，狐狸就不能潜入毁掉海鸥的巢。我怀着极大的好奇心走进围墙里。关于这些载入史册的海鸥，我听说过许多，我也总是欣赏海上这些身姿优雅的贵族。在这里它们又是怎样的呢？

我看见的是一个宽敞的院子,那里确实挤满了几乎有鹅那么大的白色大鸟。它们全都待在各自的小小一方地上,守在还是黑乎乎的雏鸟身边。邻鸟稍做逾越自己领土界线的尝试,就会引起它们拼命的叫喊,而且往往是持久顽强的争斗。总之,很有趣,但也有点让人伤感。这和助祭夜里对我说的生活一模一样。而它们在那里,在海上是多么美丽呀!

我把照相机对准海鸥,想拍下它们,但是住持制止了我,说:

"不行,不合适,应该请求安泽尔隐修院住持的准许。瞧,这就是他本人。就是那个在走路的。去吧,得到许可后就照吧。"

我沿着两排海鸥之间一条狭窄的路径朝住持走去。要是有一丝闪失,这些海鸥就会随时啄出我的眼睛。我边走边记着助祭教我的请求住持准许的方法:必须把手掌掬成船状,交叉放在胸前,然后恭顺地低下头说:"最最尊敬的神甫大人!请准许。"——接着吻一下他的手。当我正复习助祭夜里教的功课时,修士已经走近了。

我脱下帽子,突然发觉自己的两只手都没闲着:一只手上是照相机,另一只手上是帽子。怎么办?我忘了有海鸥,就把照相机和帽子放在自己身边的草地上,像助祭教的那样,交叉起双手,低声说:"最最尊敬的神甫大人,请准许我给海鸥拍照。"接着把嘴唇凑向那毛茸茸的相当脏的手。但就在这一刻,一群海鸥扑向我的相机,正准备用它们的尖喙啄穿它的皮套。我取走相机,但凶猛的鸟儿就扑向我,要啄我的手,咬我的脚。瞧,不笃信上帝意味着什么:我没有得到准许,就拼命往回跑,跑到栅栏外面。助祭在那里笑得要死。

"我教过你，"他对我说，"要求得住持的准许，而不是每一个修士司祭的准许。只要简单地说：请准许，尊敬的神甫大人。"

这海鸥啄得人多疼啊，至今我都难以形容……

这件意外的事之后我们继续向海峡方向走，并顺利地乘上船，向索洛韦茨基岛驶去。在这里等着我的是两个小小的失望。在岸上我们看到了几头被打死的海豹。刚刚才说过，索洛韦茨基修道院是不杀海豹的，可就在这里，原来是真有捕猎的。怎么会这样？

有人对我解释称，海豹不是在这里被打死的，而是在远些的地方，在海滨。退潮时人们在那里张好网，而涨潮时潮水会淹没网，海兽也会爬上岸，这时人们就吓它们，把它们赶进网。海滨那里人们是猎杀海豹的，而这里，有人告诉我，是禁止的。后来还说，猎鹿也是用网。

这是第一个小小的失望。第二个失望却是这么回事。我们沿着风景秀丽的路径继续往前走，路上有树林和许多湖泊，我头脑里冒出一个念头：顺路随便到哪个苦修长老那儿去，跟他谈谈。我对住持说了这个想法。他对我的天真莞尔一笑。过去最初的苦修者是这样生活的，但是现在即使是苦行修士，谢天谢地，也可以住石头房了，完全同其他修士一样。这就是第二个小小的失望，因为住石头屋的苦修者，我不感兴趣。要知道这样的苦修者随处可见，比如，在我们亚历山德罗的涅夫斯卡亚大修道院里就有，何必要到索洛韦茨基群岛上去呢。我试图要使我的同路人理解我，但是他们不理解。他们缅怀过去的苦修者,但自己却过着另一种生活,并为此感谢上帝。后来,当我看到横穿过路的狐狸,白桦树上的或是湖面上的黑琴鸡时,就不那么特别激动了。不知为什么,我总觉得这里就是有什么不对劲。好是好……当然,这些鸟……但是这毕竟不是真正的鸟……不,是真的鸟……但是……您明白……怎么对您说呢……您知道,我是猎人……而作为一个猎人,我就觉得,每一只鸟在树林里某个地方都有一座小石头屋或小别墅,而且它们有某种义务让路上的朝圣者看见,甚至,也许会因此得到小小的赏赐。但是您不是猎人。您不会理解这种感觉:你寻找鸟儿要打死它的同时,又憧憬着有这样一个国家,那里既不猎杀它们,但也不喂养、不保护它们,人们与它们随意相处,就像这个助祭,我已经向您描述过了,他在白桦树周围跑来跑去捉山鹬,而最后用小石子把它赶走了。继这两件令人失望的事情之后还有一系列其他的事,这之后我们才最终到达索洛韦茨基修道院。现在我给您写此刻发生在我周围的一些事情,这要困难得多。我分片段一部分一部分写。

* * * *

如果您什么时候要来索洛韦茨基修道院,您得一下子就永远掌握一条规则:在这里,吃、穿、住都要像普通的愚昧无知的朝圣者一样。只要稍稍背离这条规则,您就会变为一个垮掉的人,像我一样。要做到这一点,您比我容易,因为您来时还储存着尚未耗完的精力,不像我,已被在丛林和海上的漂泊弄得精疲力竭。

走近修道院时，住持与我道别，并说这里最好的旅馆是主变圣容旅馆，但是里面住的是各个阶级的祈祷者：下面是普通房间，上面干净些，中间一层有些小房间有沙发和镜子。假如我穿得干净些，就可以得到单独小间，但是……住持从头到脚打量了我。我急忙对他说，在我箱子里有一套常礼服，而箱子，毫无疑问，现在已经到了。

"那么就让上帝保佑你。"住持说，"有些小房间非——常——好……"

他祝福我，我吻了他的手，我们就分手了。我向海边一座白色的大建筑物走去，去主变圣容旅馆。在已被路途的劳顿和不眠之夜弄得疲惫不堪的我看来，与肮脏的祈祷者同住就是下地狱，而单独住一小间就是莫大的幸福——在那里可以好好休息，可以写写东西，可以想想途中的经历。不，无论如何我都要搞到小单间……

我直接走上二楼，坐到一张沙发上，等候分配朝圣者住宿的修士。等了很久，我的注意力越来越集中，完全就像考试时等待顺序一样。但是，好像有意作对似地，一个房间的门微微开着，可以看到天鹅绒沙发的边，沙发上放着一顶非常漂亮的插着羽毛的女帽。从我左边的凉台可以看到修道院那古老的围墙和大海。阳光明媚，天气非常好，大海碧蓝碧蓝的。可以以为，我不是在北极圈，而是在意大利的某个地方。如果我穿得漂亮些，那么我几乎就像是身处南方的疗养地。瞧这顶有羽毛的帽子……可能发生的事还会少吗？不只在森林里才有美好的国家。如果神奇的面包圈转到另一个相反的方向，会是怎样呢？

后来我知道，帽子是省长夫人的，省长也在这里。但起初我不知道这些，我只看见一个小单间，看见天鹅绒的沙发边和插有羽毛的女帽，我看见自己穿着黑色的常礼服。

"你在这里有何贵干？"我听到一个严厉的声音。

我面前站着一个管住宿的修士，他用那种很不友好的、怀疑的目光望着我。

"你有何贵干？"

"能否给我一个小单间。我是旅行家，我是游客。最好能给我一个小间。"

他首先打量着我的背囊。

这是用包褥垫的红色条纹粗呢做成的袋子，它是我自己的发明。我往那里放进所有的必需品，拽在背上，当需要在什么地方过夜时，就把所有的东西都拿出来，塞满草啊，苔藓啊，就美美地睡了；那里放着我所有的东西：换洗的内衣，一块鲑鱼肉馅饼，鲑鱼是海民们送的，还有戈尔戈法隐修院做的五块圣饼、一瓶白兰地、空子弹盒、钓钩、金属片……

修士厌恶地看着我的背囊，用靴子踹着它。子弹盒发出了响声。

"那里是什么东西？"

"这是……我这是……我这里有箱子。"

但是他没有听，而是仔细地长久地打量起我的衣服来。这衣服使他困惑起来：又脏又破，可是式样……

您知道我在国外买的Jagdrock①。就是这一件,可是已不成样子,沾了树脂……

修士很困窘,甚至用手指头摸衣料的质地……

"到这儿来,"他朝一个穿灰衣服的见习修士学徒喊道,"带到上面去,住统间!"

解决了难题之后,他像什么事也没有发生似的,已然彬彬有礼、恭恭敬敬地朝我微笑,并亲切地问:

"你尊敬大名?"

我也对他微笑着,同时向那放着女帽的单间,向凉台以及使我想起南方疗养地的大海,投去最后告别的一瞥,接着我跟着见习修士走了。

* * * *

与我同住的是七个肥胖的鱼商。他们的七个妻子也同样肥胖。妻子们住在对面房间,但是老是在丈夫身边忙着烧茶炊,摆弄鱼肉馅饼……

我没有写完一句,就忘了。商人们要我收起墨水瓶,并提议与他们一起喝茶。我们加上女人一共十五人,坐在桌旁喝茶。我们几次喝光了茶炊的水,又好几次用毛巾擦去脸上的汗水。现在他们去祈祷了,而我继续写,然而那句话忘了。所有的商人都回答了我的问题,说他们是来还愿的,但有一人说漏了嘴,称既是来还愿,也顺路买鲑鱼。于是大家就嘲笑他,开始劝他

---

① 德语:猎人的上衣。——译注

相信，还愿就不顶用了。他们百般拿这个不幸的人开玩笑，到最后还哈哈大笑起来：

"许愿一件事，可他倒要做两件……哈，哈，哈……"

他们笑了很长时间，而且就这样带着笑声去了教堂。

* * * *

我到过教堂。祈祷者众多，大多是科斯特罗马人和维亚特卡人。他们脸色虽然疲惫，但洋溢着幸福。人群中我发现一个茨冈人家庭：一个像变老的卡门的妇女，两个非常黑的穿着蓝色带线短上衣的茨冈人，和五个小孩——小男孩和小女孩……

他们怎么会到这里来的？圣岛上也有到处漂泊的人！这有点奇怪……难道他们也是来还愿的？

祈祷后我们所有人沿着长走廊向用餐室移动。在一扇门旁，修士相当用劲地在背上推了我一把，我便进入一个摆放着许多长桌和壁画的大厅。其他的祈祷者则继续往某个地方走去，我发现，在他们这群人中，有几个穿得比较洁净的人也进了这个厅。我本想朝一张桌子走去，因为我发现那里坐着一群衣着体面的人。但是一根手指的有力挤压使我朝另一个完全相反的方向走去。我坐到一群与我同房间的商人和一个海军士官的旁边。多好，我没法弄清楚整个祈祷人群分成了多少等级，但看起来有好多等……

* * * *

在圣湖旁我与祈祷者们交谈了很久。我了解到，这些茨冈人是从卡尔戈波尔来的,他们放弃了漂泊生活,现在也买了房子,就像所有的东正教徒一样,到这里来还愿。奇怪的是,卡门没有要为你占卜,而茨冈小孩也没有来强要给钱。在我与他们交谈期间,有一个修士走到跟前,怀疑似的盘问了我很久,问我从哪里来,是干什么的。原来他受过相当高的教育,照这里人的说法,是"很有文化的人"。知道我的职业后,他劝我立即向院长作自我介绍,让他相信,不然可能会逮捕我,因为现在这里常有些形迹可疑的人。

我穿上常礼服,尽了所有的礼节。院长过去是海边的渔民,原来也是地理协会的会员,因此很快就理解了我,允许我拍摄所有我想拍的事物。他有着保养得很好的高级僧侣的仪表。从院长那里回自己房间时,我又遇见了曾怀疑我是蛊惑分子的修士。

我穿着礼服,他大概都认不出来了。

"您在哪个房间?"修士非常赞赏地问我。

"在上面,与商人们一起住。"

"唉,那些人真没出息,唉,那些人真混蛋。"修士不安起来,"这么一位先生,却被安排到三楼去了!"

过了几分钟我就住到单间去了,离省长一家不远……

* * *

夜里我睡不着,便出去溜达溜达。当绕着修道院被炮弹击坏的古老墙壁走时,我听到了孩子声嘶力竭的叫喊和极其凶狠的斥骂……我急忙朝那里走去。在圣湖的湖岸上我看到了这样的景象:卡门用一只手把一个女孩的头按向地面,另一只手拿着一枝折断的大蜡烛，我想说，有普特重，用足力气打她，不是打，简直就像用连枷拼命揍这个不幸的孩子，而自己谩骂着。等我赶到那里，虐待已经结束，茨冈人全家沿着圣湖湖岸往某处走去了。

我问一个老妇人，这是怎么回事。原来，小姑娘失手掉下了买来的贵重蜡烛，折断了，因此受到惩罚。老妇人告诉我事情的原委后，气愤地说：

"我对她说，蜡烛断了，烧一烧，化一化，就可以粘住它，这样上帝也比较容易接受，总比咒骂好……她不听……破口大骂着……"

祈祷者们坐在湖岸上。大概待在修道室里他们觉得室闷。而夜如此明亮，完全和白天一样。

* * * *

现在我明白了，为什么人们把索洛韦茨基群岛的土地称作是圣地。

一艘轮船抵达了，船上挤满了朝圣者。老远就从海上飘来了船上那令人厌恶的臭味。当我看到轮船上塞满多少人，看到这肮脏，这对人的真正虐待……我震惊了。但是接着他们就走上岸了。他们脸上容光焕发。这时他们已忘了途中的一切困难，一切痛苦。

后来他们中有一部分人去圣湖里洗澡，而另一部分人就朝教堂的圣门走去。我看到，有一个穿灰色厚呢外衣的庄稼汉久久地用又宽又大的十字架画着十字。

"神赐的福地!"

这种纯朴的民间信仰如绿色森林一样使我激动。同样,当你热衷于打猎,并且成为那些生活在每一棵树下的林中生物一员时,大自然也是令你心神激荡的。

是的,一定是圣地。

我认识的这个庄稼汉就是从乌拉尔到这儿来的。路途把他折磨得疲乏不堪。这从他发红的眼睛和凹陷的双颊看得出来。但是他坐着,洋溢着幸福。他坐在海鸥窝巢旁边,跟母亲和孩子们分着一块素馅饼,一边嘀咕着什么,兴致盎然地与鸟儿交谈着。难道这不神圣,难道这样的人会对谁行恶,会打死谁吗?我走近他。

"喂,怎么样?"

"很——好!"

他那整张疲惫的脸神采奕奕。

我不过是想从他那儿汲取一小部分幸福。

"到底什么好呢?"我问他。

"安顿得很——好。吃得也很——好!"

这就说完了……再没有说什么。据我所知,他自己并没有享用这种物质上的安排,但是他赞赏的正是物质上的东西。他是在小农经济中长大的,也许他表达的正是他的理想世界。

亲爱的朋友!我就要结束这封信了。轮船马上要载我离开索洛韦茨基群岛,并且一个星期后我会到拉普兰,到居无定所的人那儿去。

您了解我。所以您不会认为我的信是修士轶事集。相反,我写信告诉您这一切，不是为了嘲笑他们。索洛韦茨基，真的，是块圣地……但是……但是……只是在我与祈祷者们一起喂海鸥时，我才相信这一点。而一来到隐修院的修道室，尤其是到自己的小单间时，这一切马上就消失了。我想要写高雅的东西，结果写出来的是轶事……

能不能好歹从另一个角度来解读它们……您试试吧。再见，亲爱的。

第三章　白日之夜

　　索洛韦茨基的海鸥跟着我们飞了很久，它们是与我们作告别的。后来海鸥一只接一只落后了，而随它们一起，一种沉重、阴郁的感觉也落在后面了。迎着轮船出现了一个长满树林的荒岛。有人对我说，那里住着两个猎人。

　　"就他俩？"我问。

　　"就他俩。两个卡累利阿人。"

　　"那他们生活得怎样？"

　　"没什么。很好。"

　　这时我想起了，我有猎枪，我是猎人。在修道院时我感到心情不舒畅，因为人们到那里是去做祈祷……而我……我是跟着神奇的小圆面包逃到那里的。

　　离修道院越远，自我感觉就越好，越是走得远，大海边上就越是布满了荒岩，时而光秃，时而长满了树林。这是卡累利阿——真正的卡列瓦拉，那个至今仍被阿尔汉格尔斯克省卡累利阿乡村的民间行吟诗人歌颂的地方。拉普兰群山出现了，就是那个阴沉沉的波赫波拉，那个《卡列瓦拉》[①]的主人公差点牺牲的地方。

　　科拉半岛——这是至今唯一一个几乎尚未被研究的欧洲一角。拉普族是被整个文明世界忘却了的民族，可在那并不久远

---

① 《卡列瓦拉》：卡累利阿-芬兰的民族史诗。——原注

(十八世纪末)的时候,欧洲还在讲述着有关他们的可怕故事。学者们不得不推翻一种普遍的看法,即认为拉普人长满蓬乱的头发和硬硬的体毛,独眼睛,带着自己的鹿如浮云般地常常从一个地方转移到另一个地方。完全可以肯定的是,至今人们也无法说清,这是个什么样的民族。大概,是芬兰的民族。

我必经的从坎达拉克沙到科拉的这段路程相当长:步行加乘船要二百三十俄里。这条路穿过森林、高山湖以及拉普兰的俄罗斯部分,该部分几乎毗邻挪威北部,并被斯堪的纳维亚山支脉与高高的覆有积雪的希比山山脉隔断。路上有人告诉我,那里鱼和鸟数不胜数,告诉我,在我要去的地方,拉普人以猎取鹿、熊和貂为生。

我被这些故事里那真正的猎人的战栗笼罩着,越来越感觉我变成了那个小孩,想逃往那不为人知的美丽国度。

有时,正是在这些有教养的人身上流淌着这滴滴野性的血液。冬天的夜里,当人们还来不及察觉那早已开始了的向春天的过渡,就已有幻景:太阳开始闪耀,亮光闪闪的绿叶之桥眼看就要延伸到那头,一直延伸到森林那里。

绿茵茵的林边,宽宽叶子的青草,高大的树林撑向天空,从未见过的花朵,还有机智友善的飞禽走兽。

没有名称,没有领土的国家!

曾经某个时候它那里有……一切都熟知……一切都被忘记……

幻景又将闪现——于是平凡的冬日早晨降临了,理性,切合实际。但平凡之上存在些什么?这是什么?啊,是的,很快就是春天了,云彩将闪耀光芒。

这滴滴野性的血液流淌在有教养的人身上，流淌在狱中囚徒身上，也流淌在孩童体内。

没有名称、没有领土的国度！

这就是那时我们这些小野人想要逃往的地方。因为无知，我们一会儿称它亚洲，一会儿非洲，一会儿又是美洲。但是这个国家是没有边界的，它起始于教室窗户里望得见的那片森林。我们就逃往那里。

经过长时间的游荡，大人们把我们这群林中的小流浪汉抓住了，关了起来，惩罚、规劝、嘲笑我们，竭力向我们证明，没有这样的国度。但现在就在古松耸立的石头墙边，在这荒野的拉普兰附近，我心里万分悲痛，认识到这些大人是多么不对。孩子们寻找的国度是有的，只不过它没有名称，没有领土。

* * * *

就这样，尤其在路上，处处都要明白：只要使自己的注意力和意志集中于固定的目标上，就立马会有助手出现。

看到拉普兰，我就努力回忆起我所知道的关于它的一切。当地的居民立刻来帮助我：一位是在拉普人那里生活了二十年的神甫，一位是从他们那里购买毛皮的商人，一位是沿海居民，还有一位是阅历丰富、四处漫游的亚美尼亚人。他们告诉我他们所知道的一切。我想到什么就问什么。我想起了一个学者们长期争论不休的可笑的问题：拉普人是白人还是黑人？有一个旅行家一看见黑发男子，就把所有的拉普人称为黑人，另一个看见的是发色淡黄的男子，就把他们称为白人。

"为什么他们，"我想，"就不问问邻族的当地人呢？应该试试这个方法。"

"他们是黑人还是白人？"我问沿海居民。他笑了。真是个奇怪的问题！他一辈子都能见到拉普人，可是却没法说，他们是什么人。

"他们什么样的都有，"最后他回答说，"和我们一样。脸也长得与我们相近。瞧萨莫耶德人，他们就不是这种样子，他们两眼间的距离很宽，不是都说嘛，萨莫耶德人的嘴脸。而拉普人的脸要尖些。"

后来他讲，他们的妻子个子小小的。他还说到了他们的生活情况。

"生活！拉普人的生活！拉普人的生活方式很简单，他们全都随身带着鹿啦，狗啦，他们捕鱼。支起个帐篷，生起小火炉，挂上锅子，这就是全部生活。"

"不可能，"我笑着对海民说，"人的生活不能只有吃和鹿。人们有爱，有家庭，要唱歌。"

海民接过话说：

"他们唱的什么歌呀！他们干什么活，乘坐什么，就唱什么。有鹿，就唱是头什么样的鹿；有未婚妻，就唱穿的是什么衣服；我们乘船，他们就唱：'我们乘船，乘船。'"

问过沿海居民后，我就开始问神父。

"拉普人，"他说，"民风纯朴。"

"这是指什么？"

"风气很好，你到他们那里，他们马上就这样那样地请你坐下。他们也很爱家庭、孩子。孩子，可以说，是很开心的。他们是民风纯朴的人，不过很羞怯胆小。他们不直盯着人看，稍稍响起桨声，马上就竖起耳朵听。再说这是个什么地方：荒凉，僻静。"

"拉普兰在北极圈内，"我想，"夏天那里太阳是不落山的，而冬天太阳又不升起，昏暗中闪耀的是北极光。是否因为这缘故那里的人才胆小？我还没有体验过真正的白日之夜，但是白海的白夜已经使我感觉像换了个人：又是激动又是疲倦。"我发现，这里一切都以另一种方式存在：植物一直显现着紧张兮兮的绿色，因为它们根本不休息，光锤日日夜夜地锤打着翠绿的叶子。大概，动物、人也是这样。这位神父，他自我感觉怎样呢？

"没什么，没什么，"他回答说，"这是习惯。我们也不觉得……"

"您怎么样？"我问商人。

"也没什么……只不过有人说，似乎有个包工头在南方雇用工人，要他们从日出干到日落。"

大家——海民、商人、神父、亚美尼亚人——都哈哈大笑了。

"别相信任何人讲半夜的太阳，"四处漫游的亚美尼亚人对我说，"没有这样的太阳。"

"怎么没有？"

"那里哪有什么半夜的太阳……太阳就是太阳，就跟我们高加索那里的一个样。"

坎达拉克沙

六月十二日

我在北极圈了。如果登上克列斯托瓦亚山，就可以看见半夜的太阳，但我不能再劳顿了，因为早晨要去拉普兰。从坎达拉克沙到科拉的二百三十俄里路程中，有相当一部分必须得步行。

有关这种半夜的太阳和黑夜我想了很多。我躺下来，闭上眼，就漆黑一片了……我现在在拉普兰，而这个俄罗斯卡累利阿的小村子里却没有一个游牧人，这多奇怪呀。在两个部落的边界上总是有些流动人群。但是这里只有俄罗斯人和卡累利阿人。我要途经多山的拉普兰这条道更是神秘莫测。在坎达拉克沙没有一个拉普人，也没有一头鹿。似乎，我正在看全景画的圆形大厅门口：背后是一条街道，但是我会立即买好票，走近窗玻璃，就看到另一个与我们完全不同的世界。

海民主人帮我装满打山鹑和松鸡用的子弹盒。我们在几个子弹盒装上子弹，以防遇上熊和野鹿。

尼瓦河和伊曼德拉湖

六月十三日

从拉普兰腹地，从伊曼德拉高山湖到坎达拉克沙，尼瓦河奔腾三十俄里，瀑布接连不断。步行者的路就在森林中河的旁边。另一条正在建设中的行车路线则在穿过河的一侧。我和向导一度走的是第二条路。后来我离开这条路，朝尼瓦河边走，想在那里找找飞禽。我们分开了，森林包围着我，寂静又陌生。不论同伴是怎样的人，他至少会说话、微笑、发个哼哼声。但现在他走了，顶替他说话的便是这荒凉无人的地方。没有一息声响、一只鸟儿，也没有一丝簌簌声，踩在柔软的苔藓上连脚步声也听不到。但是仍然有什么东西在说话……荒地在说话……

又舒心又痛心。舒心是因为，在这片寂静中你期待着高尚、纯洁的真理。而痛心是因为，一些平庸的念头犹如长尾巴的小兽突然从遥远的过去窜了出来。

这北方的大自然之所以令人激动，之所以令人思念，是因为它深藏着远古的豪迈，几乎是死亡紧靠绿色的青春，并与它窃窃私语，而且一个不离开另一个。

我就这样走着，终于听到响声了，好像是火车的声音。我不由地等候汽笛声划破宁静。这是尼瓦河在发出喧响。它在树木的映衬下，在远处可见的古老高丘背景中显现在我面前。我觉得它像个野蛮、怪异的孩子，不知为什么他割自己的手，从血管中放出血，从高高的凉台上跳下去。"拿他怎么办，拿这个孩子怎么办？"河边的老人们光溜圆乎的脑袋在想。一个个庸俗的念头如山间弥漫的雾从一个脑袋蔓延到另一个脑袋。或者是这雾像念头一样蔓延着。我不知道，但是拉普兰岸边的悬崖完全像老人们的脑袋，雾则像古老的念头，而河上的瀑布却像是个不正常的孩子。

　　我在尼瓦河旁的森林中走着，时而回头打量，时而猜想，从某块大石头开始会展现出一幅美景：一排排云雾缭绕的山岗，或直泻而下的水流夹带着无数白色泡沫的小舟奔向白海。

　　没有蚊子。我曾多次被告知会有蚊子，可一只也没有。我可以安心地仔细观察，那些小山丘山脚下的枞树和松树如何约定好往上延伸，如何延伸至山峰。眼看就要攻占拿下山头了。但是不知为什么，就在山顶附近它们总是变稀疏了，衰弱了，全都渐渐死去，一棵不剩。

　　会有这种情况：我就这么站着，突然脚边会飞出一只鸟来，鸟不住啼叫着。这是普通的山鹬，也是普通的啼叫。但是在这里，在陌生森林的寂静中，在河上瀑布湍急的水流声中，我在这啼鸣中听出的不知是粗野的笑声，还是无情命运的警告。我朝这黄白色斑点射击，就像朝童话中的女巫开枪一样，往往都被我击中。

　　我继续向前走，一直往前。森林的寂静，尼瓦河的狂放，等待那拉普兰巫师的鸟儿的飞起——这一切都是我想象的。想到这一切我心里好像绷紧了弦，音越来越高，最后都已经消声了：腿和身体大概还在走，而我自己却在某处游荡。我能感觉到自己身体的每一个部分，但却不知道自己在哪里。要是能捕捉到、

第三章　白日之夜

抓住、描绘在森林中分散了的身心有多好。但这是不可能的。

突然随着一声可怕的啪啪声直接从我脚下飞起一只松鸡，紧接着又是一只。

这种鸟总让我觉得神秘莫测、不可企及。有一次，很久以前了，我记得是在森林中，夜在等候着这位北方森林之王的歌声。记得，为等候它的歌声，沼泽、松树都醒来了。后来，在微微高起的地方的一株干枯小树上，一只鸟张开它扇形的尾巴，好像在等候日出时为留住黑夜而奋斗着。我走近它，离它很近，冰凉的春水几乎没及了我的胸口。但还是有什么惊扰了它，它飞走了。从那时起我再也没有见过松鸡，但是保留着对它的回忆，把它当作一种孤独神秘的夜的保护神。现在两只大鸟完全是在明媚阳光的照耀下从我脚下飞起来的。只是在河流转弯处，一棵高高的松树旁，两只鸟消失以后，我才醒悟过来。它们在那里，大概是坐在草丛中，会稍稍定定心，然后走向河边喝水。

只是在这时，在这时我终于才神秘般地穿越到几千年以前。这一瞬间我们是无法捕捉的。也不知道，这一刻什么时候来到。这一刹那仿佛是一束绿光，是一股巨大的足以治愈一切的力量。让那些有教养的人嘲笑我们这些猎人吧，让他们觉得这是一场无害的消遣。但是对于我来说，这是秘密，这无异于灵感、创作。这是向大自然内部转移，向有教养的人为之呻吟和饮泣的世界内部转移。我觉得，从笼子里逃出来的野兽也会有此感受。它会跑向森林，停下来，沉思一会，然后就向密林奔去。

我是一头野兽，我有野兽的一切本事。我会躬起身子，会从一个草丘跳到另一个草丘，我会敏锐地看着脚下的干树枝。

现在，当我想起这一切时，不知为什么嘴里就感觉有针叶的味道和香气，以及松树皮的气味。还会感到肘部的笨拙。为什么？这就告诉你为什么。松树不知隐没到哪里去了，我已经不是在走，而是沿着又尖又有刺的障碍向一株看好的树爬去。我爬到了，把猎枪伸向前，扳起扳机，慢慢地抬起头。

没有河流，没有飞禽，没有森林，但是眼前却是无比的安宁，可以美美地休息！我忘了打鸟，我明白，这根本不是那回事，我没有对自己说："这是伊曼德拉，高山湖泊。"不，我只是陶醉于这永恒的宁静，也许，尼瓦河仍在喧嚣，可是我没有听见。

伊曼德拉——这是母亲，年轻而又安详。也许，我曾经在这里出生，在这荒野寂静的湖边，湖的四周环绕着隐约可见的黑森森的山峦，山峦夹杂着点点白斑。我知道，这湖泊高于陆地，现在这里的太阳不会从天空落下去，这里的一切都清澈明净，这一切是因为它高高地凌驾于陆地之上，几乎是在天上。

没有一只鸟儿。这是拉普兰的巫师所为，他想从美好的方面来显示自己那阴沉的波希奥拉。

湖岸沙滩上升起一股烟雾，烟雾旁有几个一动不动的身影。当然，这是人，因为野兽是不会生火的。这是人，如果走近他们，他们不会逃到湖里去。我走到柔软的沙滩上，不出声地移步走近他们。我看清楚了：一个小锅吊在叉架上，叉架旁围着几个男人和女人。现在我明白了，这些人大概是拉普人，但是这明亮的清朗和静默让人太不习惯了，总觉得如果突然用劲大喊一声，这些人一定会立刻消失得无影无踪，或是逃到水里。

"你们好！"

他们全都朝我转过头来，就如同森林中的畜群发现一只像狼的陌生狗走近时作出的反应那样。

我仔细打量他们：一个小老头，完全秃顶了，一个老太婆，长有一张尖而长的脸，还有一个抱孩子的妇女，一个年纪轻轻的姑娘正用一把芬兰弯刀把鱼收拾干净，还有两个男人，他们就和俄罗斯的沿海居民一个模样。

"您好！"

他们回答用的是纯粹的俄语。

"你们是俄罗斯人吗？"

"不，我们是拉普人。"

"你们这里可以弄到鱼吗？"

"会有鱼的。"

老头站起来。他完全是小矮子，身体很长，罗圈腿。另外两个男人也站了起来，个头要高些，但也是罗圈腿。

他们是去捕鱼。我跟着他们走。

我从来没有见过这么清澈的水，好像它应该是很轻很轻的，没有重量的。我忍不住尝了尝：很冷，像冰一样。他们告诉我，伊曼德拉湖里的冰才化了两星期。水冷还因为从山上——左边是丘纳苔原群山，右边勉强可见的希比内山脉——整个夏天不断地流下融化的雪水。

我们坐着船，在明净的空气中，在清澈的水面上滑行。拉普人沉默不语。应该跟他们谈谈。

"多好的天气！"

"是啊，圣灵赋予好天气！"

他们又沉默了。天气很好,但有点奇怪。大概在洪水过后,即水刚开始回落的时候,才有这样的天气。那里,在下面,整个这罪孽深重的土地都被水淹没,剩下的只有这些夹杂着点点白斑的黑乎乎的山顶。一切都安息了,因为一切都死了。而永恒的太阳光穿透的正是这死一般的沉寂。我们的诺亚方舟在寂静中滑行。水,天,山顶。现在要是放飞一只鸽子有多好!也许,它就会衔来一根绿色的树枝。不,还为时过早,这一切都还隐没着,在那清水的深处。

我取出一枚小硬币,放进水中。它变成一片亮闪闪的绿色小叶子,开始从那水的这一边荡到另一边,后来荡远了,沉到了深处。它闪烁着碧绿的光,并没有消失。它那绿色的小眼睛从那被淹没的花园和树林中望向这里,望向上面,望向日不落的国家。

也许,现在应该放鸽子?

从高处向那里,向下面的某个地方,向苹果树之间稠密蓬乱的草丛,向漆黑漆黑的夜顺流而下有多好呀。

"波乌奇[①],波乌奇!"突然,老头对划桨人说。

"这是什么意思?"

"这是说:高速快驶。"

马上又说:

"谢克[②],谢克!"

---

① 原文是 поуч,此处为音译。——译注
② 原文为 cër,此处为音译。——译注

我得知，这是指：低速慢行。

我们的船停在捕鱼用的流钩旁，现在我们开始察看它。这是带有许多钩子的可放入水底的长绳。一个人划船，一个人就拉起带钩的绳子，同时一直说着："波乌奇——波乌奇，谢克——谢克！"

在这个北极圈的高山湖里应该有些特别的鱼类，我像许多带枪的猎人一样，不太喜欢捕鱼，但是在这里却急不可耐地等着捕鱼成果。很长一段时间收起来的只是空钩。最后有点发绿的东西，完全就像我的硬币，在深处闪着光，一会儿变得非常大，一会儿缩成一根带子。

"波乌奇——波乌奇，谢克——谢克！"我高兴地喊着。

大家都笑了。这根本不是鱼，而是钩子上的一小块白色"诱饵"。

"谢克——谢克！"我扫兴地说。

大家又笑了。

现在我明白，这是怎么回事，我把它当作对自己的命令，并重复着："波乌奇——波乌奇，谢克——谢克！"

拉普人像孩子一般高兴，想必，在这荒寂的湖上不吭一声他们也感到沉闷。

后来我们一条接一条拖上来银光闪闪的鲑鱼。

红点鲑——鲑鱼一族，极地水域中的鱼。

鳟鱼——几乎与鲑鱼一样大的鱼。

列氏红点鲑……

全都是稀有珍贵的鱼。

"这条叫什么……白鲑吗？"

老头没有吭声，皱起眉头，被什么吓着了，注视着我们。

"波乌奇——波乌奇！"我说。但是我的方法不灵。吓坏了的老头从自己身上扯下一颗纽扣，系到白鲑身上，将它放入水里，同时喃喃说着什么。

这会是什么意思？

但是拉普人没有吭声。黑黝黝的鱼背很快在水中消失了，但是纽扣在下面漂了很久，犹如一只明亮翠绿的蝴蝶。

这是什么意思呢？这就是波希奥拉，一个巫师和矮人的国家。这才是开始！

在捕获二、三十条珍贵的鲑鱼和鳟鱼后，我们才恢复了原先的友善关系。主网检查完毕后，我们就返回驶向岸边，那里可以看到篝火的烟雾。

我们靠岸了。那些人还是完全原来的姿势，坐着，也不动弹，连锅子也依旧吊在叉形支架上。这整整两小时他们做了些什么呢？我察看起来：那姑娘膝盖上没有鱼。这就是说，在这段时间里她们吃了鱼，而现在吃饱了，还像先前那样望着荒凉的伊曼德拉湖。

"波乌奇——波乌奇！"我向他们致意。

她们都朝我笑。在拉普兰说俏皮话多么简单呀！

现在该煮鲑鱼汤了。这就是生活，这就是生活，篝火上烧鲑鱼汤的生活。这就是我们孩童时寻找的那妙不可言的自由生活！但是现在更好，现在我会关注一切，会思考。在伊曼德拉湖畔等着喝鲑鱼汤可真好！

我从背囊里拿出自己的锅。这是一只平常的蓝色搪瓷锅，但却产生了何等效果！他们全都站起来了，围着我的锅子，用他们自己的话急促地谈论着它。后来，当姑娘用自己那把弯刀为我收拾鱼时，大家又像原来那样围坐在篝火边。我的小锅被当作一样从未见过的怪东西，从一个人手里转到另一个人手里。然而我还有带套的铅笔、精致的墨水瓶、刀子和可以钓任何鱼的带钩鱼形金属片的英式钓具。这些东西从一个人手里传到另一个人手里。当有人拿的时间久了，我就说："波乌奇。"于是大家就笑起来，很快东西就围着吊有锅子的篝火转了一圈。这有点像玩绳子的游戏，只不过发生在拉普兰，在伊曼德拉湖岸上。

如果没有忘记带桂叶和辣椒，那么拉普兰的鲑鱼汤就会无比鲜美可口了。我吃着，而年轻的拉普人主妇向我指着锅里的玫黄色鱼块，请我吃：

"拿吧，拿吧，你吃！"

为表示感谢我给了她一片桂叶，她闻着，舔着它，又把它递给其他人。大家对桂叶都感到惊奇，显然他们都很满意，因此我也趴在篝火旁的沙地上，一块接一块贪婪地吃着他们那美味的鱼肉。

在伊曼德拉湖上

从坎达拉克沙到科拉的环拉普兰的路仍然像诺夫哥罗德殖民化时期那样。当年诺夫哥罗德人到摩尔曼,以及近年北方沿海地区的渔猎工人,都完全是这样走的。

现在沿途各处都盖起了木屋、车站;每个车站附近都生活着一群拉普人,一部分人在希比内山区猎取野鹿,一部分人则在湖里捕鱼,兼顾养鹿。

要想多多少少了解一点当地的生活,就必须得放弃依靠旅行指南的传统,给自己设置一些未在指南上设定的障碍并克服它们。这就是我的定则。

"如何按自己的方式度过这里的时间,"我想,"应该穿越这条路,稍微了解一下人们的生活,熟悉一下大自然……是不是要经过希比内山脉到养鹿人那里去?在那里的帐篷住上些时间……"

我跟瓦西里老头商量这件事商量了很久,差不多已经决定动身穿过希比内山脉,但他的儿子不赞同。拉普人若迁离了那里,我们可能会白白浪费一个星期。渐渐地形成了这样一个计划:我们沿伊曼德拉湖坐船去鹿岛,瓦西里的另一个儿子住在那里,看守着他的鹿群;在那里我们稍微住些日子,然后就去希比内山里打猎。

朝我们吹来的是顺风。何必全家都与我一起去呢——多一个向导就多花一份钱。我劝老头留下来。他却恳求我带上他。

"钱嘛，"他说，"可以不要，而一起去快活些。"

这听起来多奇怪呀！我已经走了多少路，却一次也没有听过这样的话……我仔细打量着老头，寻找俄罗斯人的狡黠……丝毫没有……有的只是冒失而富于幻想的神情，好像这不是个老头。

我们大家一起出发。两个人划桨。风帮了点忙，船微微摇晃着。我面前的小板条上坐着两个女人：老妇人和她女儿。她们的脸完全不像俄罗斯人。假如可以这么简单地解决民族学问题，那么我就会说，老妇人是欧洲人，而女儿是日本人——个子小小，皮肤黝黑，斜向的眼孔。她那双黑眼睛神秘而执拗地望着，像是强制性地眨一下眼，又望着，久久地凝视着，直到看乏了，又眨了眨。她头上戴的是拉普兰人的"沙姆希尔"，很像帕拉斯-雅典娜的头盔，红色的。我们刚巧正向着太阳行驶，船微微摇晃，我看到，姑娘那闪闪发亮的奇怪头饰随着太阳的移动而变换色彩。这是波希奥拉的的女儿，《卡列瓦拉》的主人公跟着她走到了这里。

当有人盯着你看，而一句话也不说，这有点令人不快。我发现姑娘的头饰上有几颗珍珠。它们是从哪里来的？我仔细打量，还用手指头触摸。

"珍珠！你们这儿哪来的珍珠？"

"她从小河里采集的，"父亲代她回答，"我们这里的珍珠一百卢布一颗。"

"有人肯出价吗？"

"没有，没有人出过，只是这么说说。"

"多漂亮的珍珠啊，"我对波希奥拉的女儿说，"您是怎么弄来的？"

她没有回答，而是从口袋里掏出一团脏兮兮的纸，递给了我。

我把纸打开来，是几颗大珍珠。我把它们放到掌心，在伊曼德拉湖里洗了洗，再用笔记本里的白纸把它们包起来，递还给她。

"谢谢，是好珍珠。"

"不用谢……给你。"

"那怎么行！"

我惶恐地望着老妇人，但是她郑重其事，认可地点着头，瓦西里也表示赞同。我接受了礼物，等过了一会，vice pour service①，我送给姑娘英国产的那质量上乘的带钩鱼形金属片渔具。姑娘容光焕发，老妇人又郑重其事地点着头。瓦西里也是，伊曼德拉湖笑了。我们把渔具放入水中，我在一边，波希奥拉的女儿在另一边，等着鱼儿上钩。大家说，这里是鱼多的地方，一定会钓到的。

很快就出现了丛林密布的湖岸，我们沿着它行船，拉普人跟我熟悉了，也就不再拘束，用他们的话聊个不停。我时不时地打断他们，问他们在说什么。他们一会儿说圆圆的岸边悬崖，一会儿说山间积雪的凹地，一会儿说干枯的松树，一会儿说大石头。说到他们曾经在某个地方打死过一只野鹿，那里树上曾挂过它的肉，以及在某个地方他们找到了自己的母驯鹿和小鹿。

---

① 法语：以礼还礼。——原注

这就像我们一边在街上走,一边聊天,聊熟悉的房子和饭店,聊不知为什么总是在同一地方遇见那些人。这里的一切他们全都了如指掌,一切都是形形色色,千姿百态,可是我能抓住的就只有山峦的雄伟气势,蔓延的森林长墙,以及一望无际的湖面。

我也没有时间对一切都观察入微。我的注意力都被耗在宏观上。我必须握着纤绳,时刻准备好,因为稍有推力我就应该放它下水,止住船,不然鱼就会扯断锚;我得拍照,还得问拉普人各类东西的名称并记录下来;我得准备好猎枪,说不定就有什么东西从森林走到水里来。

突然,坐在船头的拉普人异常激动,一边低语着,一边拿起猎枪,向我指着远处前方的一小片白雪地,就在那岸边。

"野鹿!"

我加快卷起纤绳,仔细察看,发现一个白点在移动。稍微近一点后,我便看清楚,是一头犄角尚未长大的白鹿。瓦西里用别旦式步枪瞄准了很久,突然又放下了枪,没有射击。他怀疑这是喂养的(驯养的)鹿。要是再远一些,在山间,他向我坦白地说,这没有关系,可以把喂养的鹿当野鹿打,而在这里则不行:这里马上就有人知道,打死的是谁家的鹿,因为耳朵上有记号。我们的船驶近了,鹿没有跑,甚至还走到岸边。再驶近些,于是大家都笑了,很高兴,原来是自家的鹿。我们胜过了塔拉斯孔的达达兰。这是瓦西里放到苔原地的鹿群中的一头,因为岛上地衣(鹿吃的苔藓)很少。我准备好相机,拍下了那被枞树和松树环抱的伊曼德拉湖岸上的白鹿。

拍完照,我请求他们送我到鹿那儿去,但是它突然转动短尾巴，头上一簇角缠住了拉普兰枞树枝，后来它跑了起来，在苔藓地上就像在弹簧上一样弹跳着，而后消失在森林中。过了一会我们看见它已经在高于森林的地方，在一块光秃的岩石上，成了隐约可见的一个点。

"蚊子叮得它难受！"瓦西里说，"它喝了水，就又跑到上面苔原地去了。"

这就发生在伊曼德拉湖白湾附近的一个地方。

我们本该在这里停留，接着应由其他拉普人送我走。但是为了完成自己的计划，我们又稍稍向前驶去，到鹿岛。在这里我又把我带钩鱼形金属片放到水里，因为，照瓦西里的说法，这里一定能捉到鳟鱼。

我放着鱼形金属片，它像小鱼似地转动着，闪烁着，在清澈的伊曼德拉湖水中很深的地方还能看得到。我放下去有三十俄丈。其余的绳索缠在桨架孔插着的转轴上。没过几分钟，一股有劲的推动力拖拽着我手中的纤绳，绳轴一下子倒开了。

我无法想象，鱼挣扎得这么用力，因此向拉普人喊：

"停船，停船，钩住了，要挣断了！"

"鱼，鱼，拉上来！"他们回应说。

我拉着，但那里没有丝毫反抗，显然，纤绳绊住了石头，而现在脱开了。

我把这情况告诉拉普人。他们也表示怀疑，但还是没有再拿起桨，与我一起望着。突然离船十步远的地方，水面上露出了一个巨大的鱼尾巴，由于事出意外，我觉得它不比鲸的尾巴小。鱼抗争着，又重新拖着纤绳往水中游去。一个个大圆圈在伊曼德拉湖面上散开来。

"鳟鱼，鳟鱼！"拉普人说，"绕绳吧。"

这就又一次，同刚开始行路就看见松鸡那样，我的整个身心儿都沉醉于大自然，也许，正是沉醉于那个儿时梦见的国家。

我对付这条鱼用了整整一个小时。我与它搏斗着。而一个小时就像一秒钟，一秒钟就好比上千年。终于我把它拖到船舷边，看到它那又长又黑的背。现在怎么办，怎么把它拖上来？正当我琢磨的时候，拉普姑娘从腰间拔出刀子，向鱼砍去，接着用双手把硕大的银光闪闪的鱼拖进了船。

活活被打死的动物身上的滴滴鲜血常常使我心头不安，也往往扫了打猎的兴。但此时我却没有注意这一点，因为我占有着这条鱼，为这占有而感到幸福。

我非常想知道，这条鱼有多重，它鲜不鲜美，很想确定我那所有物的意义。它好像超过一普特重，而拉普人说，它有半普特。我与他们争论着。他们同意我的估算，并笑着。

"那哪一种更好，"我问，"鳟鱼还是鲑鱼？"

"看什么样的鳟鱼，什么样的鲑鱼。不过鲑鱼终究要好些，鲑鱼就是鲑鱼。你要说，鳟鱼和白鲑，那就随便……"

这时我突然想起了那条老头起先捉到的，后来给它系上纽扣又放了的鱼。这是什么鱼呢？

"这是白鲑，"他说着，神色黯然起来，"白鲑不能用鱼钩钓，而要用网捕。我父亲也这样用鱼钩钓过白鲑，却淹死了。在他之后母亲也……"

"淹死了？"

"不是，她是自然死亡。她生了两个孩子，上帝喜欢她这样的人。我这个孤儿就苦苦挣扎着，挣扎着。"

我还想问，这纽扣表示什么，但是下不了决心，大概，是给水王的贡品。

"有没有水王？"我旁敲侧击问。

"水王！怎么没有，有……我们不是总祈祷：'天王，地王。'"

"也向水王祈祷吗？"我很惊异。

"不，祷文里没有水王，但只要有天王、地王，这就是说，也有水王。"

我继续询问瓦西里有关他的信仰，原来他是个虔诚的基督教徒。自从圣特里丰来到拉普兰那时起，所有的拉普人都是基督教徒。起先人们待特里丰不好，甚至还揪他的头发。后来他们归顺了，但是上帝替圣徒惩罚了拉普人，于是他们都成了秃子。说到这里，瓦西里为证明这点摘下了自己的帽子，让我看他的秃顶。

但是，瓦西里说，至今有些地方拉普人信的不是基督，而是"妖怪"。有高山，他们就把鹿从那里扔下去，当作上帝的贡品。有的山上住着巫师，于是他们就把鹿带到他那里。在那里用木刀宰了它们，而把鹿皮挂在杆子上。风一吹，它就摇摆着，腿也晃动着。而如果下面有苔藓或沙子，那么鹿就像是在走路……瓦西里在山里不止一次碰到过这种鹿。完全像活的一样！……看起来真可怕，还有更可怕的，是冬天天上闪烁着火光，地上地穴洞开，从棺材里走出妖怪……

瓦西里还讲了许多有关妖怪的可怕而有趣的故事……

他讲的一个故事是一个拉普人很想到天上去，他刨好了刨花，用粗席包起来，坐到上面，点燃了篝火。席子飞了起来，于是这个拉普人就到了天上。

我听着拉普人上天的奇遇，突然理解了瓦西里，理解了他为什么多话，为什么虽然是老头但眼神依然流露出想入非非的神色。

鹿　岛

六月十五日

在鹿岛岸旁我们惊扰了一只松鸡。我成功把它打死了。要尽快在草丛中找到它，尽快把它拿到手中。

我走到岸上，但我碰上了黑压压的一群蚊子和小蚊蟒。应该尽快跑，找到那只鸟，然后回到船上去。但是我磕磕绊绊地不时碰到些干树枝啦，石头啦，草丘啦。蚊子像一窝蜜蜂似地叮咬我。我头脑中闪过一个念头：它们会叮死我，这是件严重的事情。我爬起身，没有找到松鸡，羞愧地返回船。拉普人中有人找到了松鸡。

绕过岛，我们终于驶近了一个地方，那里应该有帐篷（拉普人的住所）的地方。我发现有两个帐篷：一个是尖顶的黑色小帐篷，有两阿尔申半高，另一个高些，长些。

"一个是人住的，"瓦西里说，"另一个大些，给鹿住，因为鹿比人大些。"

现在蚊子也跟着我们到水上来，好像岛上所有的蚊子都朝我们涌来，飞到船上了。这种痛苦是不堪忍受的，我不停地挥手赶蚊，不停地在脸上打死了许多蚊子，我没有勇气拿出放在背囊底的防蚊罩，那是在坎达拉克沙时我就备着的。要是等我找到它，用上它，蚊子早就把我的血吸光了。

而拉普人虽然脸上、手上都被叮出了血，却还是忍耐着，平静地经受着考验，甚至还说，伊利因节之前每打死一只蚊子，上帝会新加一筐蚊子，而伊利因节之后打死一只蚊子就会减少一筐蚊子。

从船跳上岸，才敢睁开眼，就拼命向帐篷奔去；我打开门，在昏暗的帐篷里看见的不是人，而是鹿角。我走进了养鹿的帐篷。这些兽类不怕人。我仔细观察它们。这里，这些树枝一样的角是弯弯的，这是可以理解的。在这里，在拉普兰，有多少弯曲的线啊：弯弯的垂向地面的枞树枝，弯弯的白桦树，拉普人的弯腿，鞋尖向上弯的鞋。这里有白鹿，有灰鹿，还有非常小的幼鹿。这一群鹿约有三十头……

人住的帐篷像一座小金字塔，比我的个儿稍高些，是用木板搭建的，包着鹿皮。我打开小门，钻了进去。小门在我身后重重有力地关上了。

在我观察鹿群的时候，拉普人已经全都聚集在帐篷里了。在我熟悉的同伴中间，我又认识了一个年轻的拉普兰男子和一个妇女。在这个帐篷中他们全都一个样，都坐在鹿皮上，靠近那烧着黑锅的火旁。有人在鹿皮上给我挪出一个地方,我和他们一样坐下,也和他们一样沉默不语。我在驱蚊的烟旁休息一会,然后就开始打量起来。

这里完全不像一些人描写的那样糟糕。这里空气很好,通风也良好。就只有一点让人不舒服,就是不能站起来,只能坐着。

在火的一边,我发现有一块隔断的地方铺着针叶,那里放着各种家务用具。这是最神圣的地方,连妇女都不许跨过。

休息了一会儿后,老妇人就开始拔松鸡毛,其余的人都看着她。我开始从瓦西里那只鞋尖向上弯的矮勒皮鞋谈起。我一一询问那些衣服、用具的名称,并全部记下来。他们骑鹿,吃鹿肉,睡在鹿皮上,穿的也是鹿皮。这是些游牧的拉普人。

"为什你们叫做游牧人?"我问他们。

"就因为是游牧的,"他们对我说,"有的住在石头旁,有的在地衣针叶林,有的在铁岩上。春天,住河边的拉普人捕鲑鱼,到伊利因节他们就搬到湖上住,九月中旬又住到河边。临近圣诞节了,就迁到村镇去,迁到村郊。拉普人之所以游牧,是因为他们靠鱼、靠鹿过活,炎热的时候鹿要躲避蚊子,向大洋边迁移。拉普人就跟着它们走。是上帝这样指点我们的,是他主宰我们,他是缔造者。"

我立即明白,这里,伊曼德拉附近,生活的不是真正的养鹿人。在这里,他们把鹿放到外面,放到山里去,他们更多的是猎取野鹿和捕鱼。

当女主人把松鸡剖洗干净,并把它放到火上的锅里时,他们就对我讲起狩猎野鹿的事,不过,这种狩猎很快将从世界上绝迹了。

拉普人带上狗和雄鹿去山里寻找鹿群。一年中这个时候野鹿过着一种特殊的生活：雄鹿变成一种可怕的野兽，它的脖子会胀大起来，变得和身体一样粗。强壮的老雄鹿在森林中把一群母鹿集合在自己身边，守护着它们，不让别的鹿靠近。但是森林中别的雄鹿一直关注着它。只要它稍有所衰弱，另一头雄鹿就开始与它搏斗。拉普人正在这种时候去打猎。狗引导着靠近鹿群。家养的雄鹿迎着野雄鹿走去。拉普人就躲在自己的鹿后面，走近野鹿，先打死一只，然后再向惊慌失措的鹿群开枪。他们把鹿肉放到湖中，让它在那里"发酵"，而拉普人则又去捕猎别的鹿群。秋天里拉普人坐着自己的"雪橇"，滑着融雪去山里，把鹿肉从水中取出来。

在煮松鸡和鱼汤时，瓦西里对我讲起了拉普人的生活。其余的人都注意地听着，有时插话作点说明。女人们沉默着，很持重，受人尊敬，像荷马笔下的女人，做着自己的事：一个照看着鱼汤和松鸡，另一个用鹿筋缝鞋，还有一人则管着火。

猎人们的生活讲完了。现在大家都看着我：我的生活是什么样的？但是该如何问这个问题，他们谁都没有勇气。他们可以打猎，有鹿群和森林，我有什么呢？"在别的国家里有森林吗？"我听到篝火的那边有个声音问。

"有啊。"

"真的吗？"

这是共同发出的感叹，表示对我们那里也有森林感到惊奇。

接下来的另一个问题是："有山吗？"接着又是："真的

吗?"后来谈话完全像在真正客厅里的谈话那样转到了政治上。他们知道国家杜马,甚至还选了代表,只不过选的是俄罗斯人,而不是拉普人。我感到气愤:从这里出现诺夫哥罗德志愿军时起,俄罗斯人就残酷地让拉普人成为酒鬼,并抢光他们,现在却还在杜马中代表拉普人。我进一步询问,原来,早就有人代他们决定了选谁做代表。

"碰到这种情况你们喝酒吗?"我问,"请你们喝吗?"

"喝,怎么不喝,喝得痛快,"瓦西里露出那副轻率的神情,回答说,"而要是选了我,"他继续说,"我就悄悄地在国王耳边说,拉普人过的什么日子。"

"你会对他说什么呢?"我问,同时想到了扮演总是拿着一块脂油的沙皇的一撮毛①,"你会对他说什么呢?"

"就说我们湖里有许多白鲑,最好由公家出钱把它们熏制了,运往彼得堡。我还敢说什么呢!"

"给他们什么呢?"我以拉普人对之低声耳语的国王身份设想着,"基督教徒的布道吗?这已经有过了……拉普人现在是基督教徒。圣特里丰正是作为拉普人的启蒙者而扬名于世的。佩琴加修道院富裕了,破产了,又开始重新富裕起来,但拉普人仍然这样,而且还更贫穷,更不幸,因为俄罗斯人和济良人中的强盗渗入基督教徒那里比渗入多神教徒那里容易些。归还他们,让他们自由进步?建设铁路和接受教育?一个国家缺少未开化的人似乎也是一种缺憾。谁知道,也许,为了克制一个

---

① 旧时对乌克兰男人的蔑称。——译注

国家冷酷无情地发展,必须留存游牧民族,万一需要,就可以到那里进行查询。"

我想起了要把北冰洋与大洋、把阿瑟港与亚历山德罗夫斯科耶连接起来的宏伟举措,想起了这里拟议修建的铁路。然而这些都不是为了他们。这与拉普人又有什么相干呢?

"怎么样,"瓦西里对我说,"到时候拉普人就带着自己的白鲑去彼得堡。"

瓦西里笑着,像个孩子一样,对这想象中的机会感到高兴。其余的人也笑了,甚至连女人也笑了,我也很高兴,因为作为一个公民我是满意的:这是一举两得的事。只不过教育这事难办。但是教育好歹也会这样出其不意地办到。

"应该教会拉普人,"有人提到,"他们也会成为这样的人。"

"什么样的?"我问。

他们对我讲了一个拉普人受教育的传闻,作为答复。

有一个拉普人带着一群鹿,前往阿尔汉格尔斯克,在那里走丢了男孩。他卖了鹿,回到苔原地,没有了孩子。而实际上有人找到了小拉普人,培养他,让他接受教育,他成了大夫,而且有传闻说,他在某个地方给人治病治得很出色。

"瞧就是这个拉普人,"讲故事人最后说,"成了大夫。"

我被拉普人的情绪所感染。在这上方只有一个出烟孔的木头帐篷里,我突然开始觉得文明进步的世界如苍穹一般无比美好,辽阔,浩瀚。

而我,无疑是这个世界的一份子!

我真想对篝火边这些不幸的人们说些好话。应该说什么呢?

我们那里什么最好?当然,是繁星满天的夏夜。

"我们那里,"我说,"白天之后就是夜晚,黑黑的夜晚,冬天我们那里也有白天,有黑夜。"

我看看表,又说:

"现在如果我们那里天气好,星星会闪耀,月亮会发光。"

我的话产生了极佳的效果。女人们很感兴趣,其中一个不懂俄语,别人还给她翻译我的话。现在整个厅里的人都被我吸引住了。大家都久久地仔细地打量着我。在外省的家庭里,主人与客人接近的时机便是当女人们加入谈话、孩子们也敢于开口说话的时候。最受尊敬的女主人开始说话了:

"你有小孩吗?"

"有啊。"

"是吗?"她不相信。

我要她相信,甚至还形容了他们的样子。

"真的吗?"老妇人感到惊奇,并把我的话翻译给她那不懂俄语的女邻座。现在他们说的是拉普兰语。我觉得,他们说的是,瞧,这多令人惊奇,这么个不同寻常的人,也能像他们一样,像任何一种动物一样,生儿育女。

"这又有什么特别的,"最后我打断了我听不懂的谈话,"想必这里也有俄罗斯人跟拉普兰女人结婚的吧。"

"没有!没有!"大家异口同声地回答我,"哪个俄罗斯人会娶拉普女人?一句话,没有娶拉普女人的!"

这跟我听到的完全相反。而且我口袋里还有一封神父写的信,这位神父在拉普兰生活了二十年,这封信是给他那跟拉普女人结婚的儿子写的。信上甚至还有收信人的姓:"世袭荣誉公民 K 收"。

"这是怎么回事……瞧。"我说道,而且讲了这个人的姓。

"这是拉普人,哪是什么俄罗斯人。"他们回答我。

"是荣誉公民,神父的儿子。"

"反正他是拉普人,因为他捕鱼,牧鹿。他是拉普人。"

我现在明白了,我之所以被他们看作超乎寻常的人,不是因为我的外表,我的穿着,我受的教育,而不过是因为我所做的是他们不知道的事,与他们做的事相反的事。一个退休的商船船长和一个电报局的小官员原来也被看作这种超乎寻常的人,我就更明白这一点了。那两个人都追求瓦尔瓦拉·科比丽娜。关于这个未婚妻,还在白海上行船时就有人对我说过。她是个富裕的拉普人的女儿。她家住在苔原地区,放牧着一大群鹿。父亲要为女儿找夫婿,也需像她一样,是个拉普人,因为他一个人很难照管一大群鹿!这时他必须花相当长的时间,与女儿一起待在阿尔汉格尔斯克卖鹿。就在这段时间里,这拉普人心爱的独女一下子爱上了两个俄罗斯人:商船船长和电报局小官员。还有一些别的追求者——一千头鹿可是值一万卢布呀——但是她只爱这两人。父亲好不容易才把她带走。现在她在苔原地以泪洗面,苦苦思念,勉强度日。

"嘿,怎么能设想一个拉普女人嫁给一个俄罗斯人。"讲完这事后,所有的拉普人都说,并坚决表示那是不行的。

苔原的这个爱情故事对女人、对我都非常有吸引力。我在这里感觉非常好,而且好像我不是在拉普人的家里,不是在荒凉的地方，而是在一个不熟悉的大城市，在唯一熟识的倍感亲切的家里。

女主人忘记了松鸡。但它自己却出人意料地让我们想起它。它的脚爪顶起了锅盖，把它推到火里，水溢出来了，发出咝咝的响声。松鸡煮熟了。

这提醒了我，我的背囊里还备有一瓶伏特加可以招待拉普人，拉普人可是酷爱伏特加的。

"喝伏特加吗？"

"不，不喝。"

可是双眼却流露出求之不得的神情。我倒满一小杯，照人家教我的那样，先是献给女主人。出于礼貌，她先是犹豫了片刻，然后就拿起酒杯，向我致意说："好吧，祝你健康！"接着就庄重地喝了它。紧跟着她，所有的男人和女人都接连喝了，而且都一样一脸庄重向我致意："好吧，祝你健康。"轮到像日本女人模样的年轻的拉普兰姑娘了。我看出来，她苦恼、犹豫着，带着厌恶的神情喝了一口。杯子围绕着篝火又转了一圈，又停在日本女人手里。她用眼睛向我恳求，她的母亲也是。

"这么说，不要喝了？"我问。

"不行！"老妇人说，"要喝。不能不接受客人的好意。"

"瞧多么奇怪的习俗！我不知道。请原谅。"

"也许，您也不要了？"我问尊敬的母亲。

"不，要喝。"她回答说，祝我健康后，就代女儿，也代表自己喝了。过了一会，我们大家围着放松鸡的木板坐下，吃着松鸡：有的吃腿，有的吃翅膀，各吃各的。女主人的样子变了：

她那严峻、铁板的脸活泼起来,眼睛滴溜溜地转,嘴唇也松开了。

"啊呜——呜啊——呜哎——克契!""啊呜——呜哎——呜啊——克契!"

我明白,这是拉普人的歌,在船上时我曾邀请他们唱歌,邀请了很久,但是枉然。但是这不像歌,更像是茶壶里或者锅里什么东西发出的咕噜声,混杂着烟雾,向上方飘去。

"啊呜——呜哎……"

歌曲出其不意地以感叹"卡什卡拉雷!"而告终。

这会是什么意思呢?

瓦西里乐意翻译给我听:

"伊万·伊万诺维奇经过女异教徒身边……"

"怎么,难道你们这里也有伊万·伊万诺维奇这个人?"我怀疑翻译的正确性。

"到处都有伊万·伊万诺维奇,"瓦西里回答说,"耶万——耶万——内利特,就是伊万·伊万诺维奇。"他又继续说,"伊万·伊万诺维奇经过女异教徒身边,经过可怕的女异教徒身旁,前往坎达拉克沙,他想,女异教徒会不会跳出来呢?伊万·伊万诺维奇坐着船,脚掌舵,手划桨,给心爱的人送去长袜,白色的长袜,还有花边手套。而这时女异教徒会跳出来并叫喊起来,伊万·伊万内奇,伊万·伊万内奇,卡什——基什——卡拉雷!"

"伊万·伊万诺维奇又发生什么了呢?"

"没什么,歌到这里结束了。"

家庭音乐会后,木板上清理干净食物,接着一副油腻腻的纸牌冒了出来。每个人都分到五张牌。

"这是不是打'傻瓜'？"

"是打'傻瓜'。"

"那也给我发牌！"

他们很乐意发牌给我，我打牌心不在焉，结果成"傻瓜"了。

我很久很久没有听到过如此热烈的笑声，没有料到会有这样的结果。瓦西里笑着，女人们笑着，拉普人全笑着，老妇人好久都发不了牌，只要一开始发牌，朝我看上一眼，就跟牌一起，扑倒在木板上了。

在拉普兰当傻瓜真是出奇地开心！一般来说当傻瓜总是不开心的……可是这里却不！我企图再当一次，但是怎么也不成，后来不论我怎么努力，始终未当成，总是有人比我还要傻。

在打"傻瓜"时我忘记了我在拉普兰最感兴趣的事：看见半夜的太阳。从帐篷孔里飘进来的几滴雨让我想起了这件事。

"下雨了。"我说，"我又无法看见半夜的太阳了！"

"下雨了，下雨了，"拉普人响应着，"要快点搭库瓦克舒！"

库瓦克舒——这是一种特别的旅行帐篷。它可以用帆做成。瓦西里很久以前就对我说过它，而且保证，我在岛上会睡得比在家里舒服，他知道有一种办法，能使蚊子一只也不敢钻进我的库瓦克舒里来。

过了几分钟，帐篷搭好了，它很小，只能躺一个人。我躺在温暖的鹿皮上，盖上床单和鹿皮。舒服、暖和，呼吸也舒畅。我开始寻思我所得到的印象，寻找它们之间的联系。有一种怪味，既不像烟纸味，也不像煤气味，更不是烂棉絮味，这气味打断了我的思绪。这是怎么回事？气味越来越浓，烟雾刺眼。我跳起来，打量帐篷，发现在帐篷角落里有一只冒烟的黑锅子。一些腐烂的东西或是干菌在冒着烟，帐篷里充满了这些刺鼻的烟味。我明白了：这是瓦西里的惊人之举，他这是履行诺言——不让一只蚊子钻入我这里。我下不了决心把锅拿到雨底下，怕盛情的主人感到屈辱。我探出头侦查。现在那里有蚊子……下着雨……鹿一只一只从自己的帐篷里走出来，走到树林里去。

在我，拉普人帐篷和鹿帐篷之间的三角形地挤满了鹿群，它们试着先啃了啃草，但是什么也没有发现，便一只跟一只消失在树林里了。现在我把锅拿到雨底下，又躺下，听着雨点打鼓似的敲打着帐篷的声音，听着拉普人帐篷里爆出快活的孩童般的笑声。他们还在打"傻瓜"。

当地人普遍认为，这个民族在退化，会绝种。学者们也在争论。根据这孩童般的笑声，我觉得，他们一定会退化，绝种。成人是不这样笑的，而孩子难道能抗争？再过若干年，这里就不再有一个拉普人。

我曾在某处读到过，拉普人必将从地球上消失得无影无踪。没有一个诗人会去歌颂他们的卑微生活。在拉普兰不可能有"最后一个莫西干人"①。这些几乎生活在地球边缘、被全世界遗忘的人居然能笑得像个天真的孩子，想到这一点，我就觉得奇怪。治理国家的人一定得关心保护游牧民族。而以后，当城里的人们不会笑的时候，就开始让这些游牧的人教他们吧。

---

① 原为美国作家库珀的小说名，喻某衰亡种族最后的残存者。——译注

希比内山的白日之夜

"起来吧，"我叫醒拉普人，"起来！"

但是他们睡得像死人一样，全都睡在一个帐篷里。

"起来吧！"

代替回答的是，从最近一株枞树的垂向地面的树枝下露出的一个矮子的光脑袋。

"瓦西里，是你？你怎么在这里？"

老头一夜都睡在枞树枝的天幕下。那里很干燥，完全和在帐篷里一样。拉普兰的枞树往往长成帐篷的形状。大概，它们让自己的枝梢下垂是为了更好地抵御大洋上刮来的寒风。

他们生篝火，烧茶壶水，煮鱼汤，吃点东西，准备好一切，就过去了很长时间：白天已经降临，蚊子开始叮人了，鹿群回来了，太阳也晒暖和了。但是这里的白天不是名副其实的：太阳没有给大自然带来声响，它照得太亮，可是寒冷刺骨，这绿色也有点太浓，不自然。白天不是真正的白天，而是有点像水晶般的清明。这些黑乎乎的山仿佛是古老的动物化石。在伊曼德拉湖上总的来说就有许多这样的动物化石。瞧，海象、海豹从水里冒出来了。

瞧，我们船经过的地方有一只大黑鲸露出了长长的身体。

"沃尔萨—克杰契！"一个拉普人指着鲸鱼并仔细倾听着。

所有的人都同他一样，举起桨，听着。桨上的水滴击落水面，发出汩汩声，鲸模样的石头附近还有一些不协调的拍溅声。

这是轻微的拍岸浪把白色泡沫推过"鲸鱼"光滑的脊背，因此才有这不协调的拍溅声，而湿漉漉的石头在阳光下闪闪发亮。

"是沃尔萨—克杰契发出的响声！"瓦西里说。

拉普人这种慢劲儿可真让我恼火，我很想快点行船。我受旅行的惯性影响，总是想向前进。拉普人对我意愿的无动于衷，很让我着恼。

"这又有什么好奇怪的，"我回答瓦西里说，"弄出响声就弄出响声好了。"

"是没什么……这样……啪啪响。天气不好前常会这样，常会这样。"

他想对我说什么。

"沃尔萨—克杰契，意思是鲸鱼—石头，父辈们说，这是巫师……"

于是他讲起传说来：

"在伊曼德拉湖附近两个巫师碰到一起，争论了起来。一个说：'你能变成野兽吗？'另一个回答说：'野兽我不能变，但是我会像鲸一样钻到水里，你就看不到我，我就到树林里。'他一转身，就钻进了水里。一会儿，他没有游到岸，露出了背。岸上的巫师看到了，喊了一声，他就马上变成石头了。"这是关于鲸的传说。

"那么这是海象吗？"我问。

"不，这是石头。"

"那这是鸟吗？"

"也是……石头。就在科拉湾，那里有人化石。女巫从大洋上把岛拖来，想堵住科拉湾。然而有人看见了，喊了一声。岛就停住了，女巫变成了石头，村庄里所有的人也都变成了石头……"

我们的船驶近了山峦。我觉得，如果现在好好地大喊一声，那么我们也一定会像山峦一样变成石头的。我屏足力气喊着。山峦回应着。拉普人提起桨，呆住了，听着回声。

开他们个玩笑，怎么样？船底下，我的脚边有一个系着绳子的大石头锚。我拿起石头，就径直在姑娘旁边把它扔进了伊曼德拉湖。扑通！

我没有一下子明白是怎么回事。我只看见，姑娘站在一旁，抓住刀，但是其他人拦住了她。

水里漂着桨。

拉普姑娘吓得朝我扔过桨来，没有击中，她想劈人，但是别人阻止了她，现在她歇斯底里发作了。

"我们的女人，"瓦西里责备地对我说，"是不能吓的。我们的女人胆子小。这可会发生不幸的……"

过了些时候，姑娘恢复了常态，而那些拉普人像什么事也没有发生似地笑着。就像说趣闻轶事一样，他们对我讲了这样一件事：一个俄罗斯士兵唠叨着走进了毡包。家里没有别的人，只有一个婆娘抱着孩子坐在锅旁。士兵也坐了坐，开始望着火。当兵的想跟婆娘开个玩笑，伸出手指头，指给她看火炉里的火舌，同时大喝一声："库罗巴契！"拉普女人把孩子扔到火里，拿着刀就向士兵扑去。等这个士兵躲开身、抓住她时，孩子已完全烧死了。

"还有一件事,"老妇人讲起来,"还有……就在洛沃泽罗村……就在基利金村……"他们告诉我许多这样的事,而且全都说:"我们的婆娘胆小。"

"这是为什么?"我问。

"上帝才知道。"

听了这些故事后我也不想再开玩笑,不想喊叫了。我觉得,如果我现在再大喝一声,那么这些石兽、石鱼、石鸟都会吓着的,会醒过来,也会因此发生某些事,所以就会马上感到很可怕,但是这是什么事——不得而知。

"在山里,"瓦西里说,"有些湖泊,那里的拉普人不敢说话,不敢敲桨。所以那里有这样一个湖,叫巴尔德湖。"

他用手指了一下阴森森的伊姆-叶戈尔峡谷。这个峡谷是山里的裂罅,是希比内山脉这座巨大的石头城堡的入口。

明天我们就要到那里去猎野鹿,但是今天我们要顺路去白湾。那里有生活在毡包里的拉普人,那里还住着电报局的小官员,可以从他那里搞点黄油和面包。

* * *

阴森森的希比内山山脉就像是但丁《地狱》的布景,它的山脚下,伊曼德拉湖旁,住着电报局小官员。他像是钟表机械上的一颗小螺丝钉:山如此雄伟,他是如此渺小。

命运把他抛到这儿,抛到这个阴森森的国家,他也认命了,开始在这儿生活。他与那修铁路于此的提议,与连接大洋和北冰洋的宏伟计划有着某种关系。计划在上头早就落空了,但是底下的事情依然按惯性继续进行着，因此，螺丝钉也仍然拧在原处。

我害怕在旅行中碰到当地人，特别怕见到官员。这种生活对他们个人来说全都有利害关系，他们也如井底之蛙般地看待这种生活，时而生气恼怒，时而自满自信。他们全都深信，我们这些局外人什么也不明白，而要想明白，必须得像他们一样，如螺丝钉一般拧在那里几十年。

我在什么地方读到过，所有的旅行者都认为拉普人是成人了的孩子，天真无邪，忠厚轻信，而所有的当地人则狡猾凶恶。为什么是这样呢？

假如我是学者，我会考虑到这种人和那种人的观点，但是我不是学者，没有专业的目的，我最珍重的只是自己的真实感受。

我去小官员那里搞面粉和黄油，我有点怕他，因为我要警惕地保护自己独立的观点，这是我与大自然、与拉普人单独相处时得到的。这是我孩提时代起就心之所向的旅行，我要保护所有我那亲切的旅行感受不被人劫掠。

我和小官员先是谈黄油和面包的事，后来谈到他正在尝试培植的土豆。不知怎么的，谈话自然而然地就谈到拉普人……

"这是些野蛮、愚蠢、残酷、凶恶的人，"他对我说，"这是些退化的人，很快就会绝种。"

"这可没有证实，"我试着为他们辩护，"也许，不会绝种。"

"不，会绝种，"他回答说，"他们在退化。"

不能跟他争论，因为他知道得更清楚。

他骂拉普人骂了很久，又抱怨一个文明人在这里过冬有多困难，甚至太阳都不升起。黑夜茫茫，风从地板下刮来……真可怕……

我觉得自己仿佛哪儿都没有去过，因为无聊寂寞而与人一起对拉普人评头论足，议长议短。在这个螺丝钉面前，我甚至惶恐地感觉到自己的不公正，毕竟他是被迫拧在这里的。而我之所以能免受这种遭遇，只是因为好心的婆婆为我烤制了神奇的小圆面包。我走到外面，迎面是那宁静山湖的温暖平坦的水面。

我要睡个把小时，然后观察在这神秘莫测的白日之夜里发生的一切情况。

驿站的房子是按拉普人住的样子安顿的。里面有火炉、条凳、窗户。因为我的到来，所有的拉普人都聚集在屋子里，现在他们坐在条凳上，等着我。屋子里弥漫着烟雾。这是为了驱蚊，他们想杀死它们。我躺到条凳上，想睡上个把小时，想一个人待着。但是他们十来个人全都默默地打量着我，等待着什么。我下不了决心请他们出去，便躺着，希望他们能明白。但是他们不明白，一直望着，望着。我真想对他们说，真想高喊一声，但是我不能这么做，我躺着，望着他们，他们也望着我。我的旅行中断了。

我是如何又是为何到拉普兰来？这些人像我们乡下农夫那样粗鲁、平庸。我们的庄稼人牧牛，而这些人牧鹿。这算什么猎人呀！但是现在我们那里是夜晚，那里多好呀！现在我家里：一片黑暗，伸手不见五指。但是为什么有人不断要我睁开眼睛？我不睁，我不睁。也不用睁，只要稍稍抬起睫毛，你就会看到，我们的夜晚多么美好。我睁开眼睛，整个伊曼德拉湖一片火红。

是太阳。而我梦中见到的黑夜，犹如长着火红羽毛的黑色大鸟掠过湖，向南方飞去了。

拉普人不在了。烟雾散尽了，死蚊子乱躺在窗台上。

才晚上十点钟，但是山峦已经沉睡了，盖上了层层白色的被子。伊曼德拉湖在燃烧，在梦中烧得通红，在午夜的太阳之国，神奇的梦幻时刻临近了。现在这些人梦着什么呢？是啊，他们当然也能看到我现在看到的景象，这全是梦。

在湖上有一个人坐着独木舟。他在等待什么，他是第一个到这里的人。瞧，树木，山峦都延伸到静静的湖边。野兽从树林里走出来了，鱼儿从水里游上来了，月亮依偎在白桦树枝头。太阳开始出现在城堡窗口。

响起了坎捷列琴的弦声。那个人唱起了歌。

他唱的是陈年往事，唱的是万物起源。

* * * *

我醒来了……我的窗口已经看不到太阳，它已经高高升起。我又没有看到半夜的太阳。瓦西里坐在火炉旁，正往木模型里铸造打野鹿的子弹。今天我们要在山里过夜和打猎。

山里有一个湖，我忘了它的名称。拉普人对这湖怀有一种迷信的恐惧。这个湖四面八方都有山作屏障，因此几乎总是寂静、安宁的。高耸于湖之上的地方有个洞穴，那里住着许多恶魔。这个湖有许多鱼，但是很少有人敢在那里捕鱼。不能捕，稍有一点桨声，恶魔就会从洞穴里飞出来。于是有一位芬兰科学考察队的年轻学者把拉普人召集到这个湖上，用猎枪朝洞穴开枪从那里飞出一群群鸟,数不胜数,有黑,有白,但是什么事也没有发生。

从那时起拉普人就不怕在那里划桨了,而且捕到了很多鱼。

要能待在这洞穴里,从那里看半夜的太阳倒挺好。但一是这洞离这儿很远,二是到这洞里去几乎不可能。瓦西里就建议先到伊姆–叶戈尔峡谷来实现这种愿望,那里也非常阴森,但是可以抵达。我们会在这个峡谷里住一夜,再经过它进入希比内山区,沿着戈利佐瓦亚河再回到伊曼拉湖。

当我们装满子弹,准备好食物,收拾好后,伊曼德拉湖已经又在准备迎接黄昏和白日之夜了。

难道又会发生什么事,为什么我不会再看到白日之夜呢?是有雨,有雾,还是仅仅因为我们来不及从森林赶到山里?为了走出峡谷,需要坐两小时左右的船,登三小时左右的山。现在是六点钟……

"快点,快点!"我催促着瓦西里。

我们的船在寂静的湖面上滑行:没有一丝声响,连海鸥也没有。老远就可以看到峡谷:它在上面切割了一排黑黪黪的山石。从下面,从湖上看,它根本不像人们说的那么阴森,这不过是一扇大门,是进入这黑色城堡的入口。山脚下的这片森林要神秘阴森得多。那些山是死的,而这森林是活的,但仍然像是死的。

我们靠了岸,走进森林,死一般的沉静!这里没有流浪者想念的那颗绿色愉悦的心脏,没有鸟,没有草,没有太阳光斑,没有绿色透光。脚下踩着的是某种软软的垫子,好像一块长满了苔藓的墓板,脚可以感觉到垫子下面的石头。

与我一起进山的是两个拉普人：瓦西里和他的儿子。其余的人留在伊曼德拉湖岸边生篝火，他们围坐在篝火旁，开始打牌。明天他们将在戈利佐瓦亚河河口迎接我们。

我戴上防蚊罩，这样一来森林显得更阴暗了。我们在这北方的墓地上，从一块石板到另一块石板，攀爬得越来越高。打"傻瓜"的拉普人爆发出的阵阵笑声则越来越远。难道这里能笑吗！这是奇怪而可怕的笑声。

我们带着装满子弹和霰弹的猎枪，走进森林深处。在这里的每一分钟我们都有可能遇上熊、野鹿、狼獾；想必也会遇上松鸡，马上就会遇上的。但是我甚至都没有准备猎枪。我这里重温着很久前就会背的诗句：

走过生命一半历程，

在苦闷沮丧的时刻，

我走进了原始森林。

这是但丁《地狱》的入口。我不知道，我们是在第几圈。

蚊子现在不像平常那样发出背信弃义的哀怨声了，而是像恶魔的军团那样战斗着。我那长着罗圈腿、穿着鞋尖向上翘的鞋靴的小维尔基利不是在走，而是跳跃着。他的整个脖子血迹斑斑。我们奔跑着，被但丁《地狱》里的魔鬼追逐着。

密林里有时候会透光，小溪奔流着，它旁边有一片林木，很像苹果园。必须走得很近才能弄明白怎么回事：这里白桦树长得完全像苹果树。

在这样的一条小溪旁我们发现了一条小径，正好和我们朝圣者以及其他徒步者在田野边铺设的路一样。这是鹿走的小路。现在我们就沿着这条小径跑，指望着能碰到被蚊子追赶的鹿。但是我根本没有想到打猎；不知为什么我觉得，这条小路一定是朝圣者铺设的，那上面有修道院。我头脑里又冒出了那个太阳山，这山是我在白海岸，在索洛韦茨基修道院的戈尔戈法山上曾想过的。瞧，现在它就要到了，就是这山顶。我们只要一跑出树林，就将是一切的终点——光秃秃的山崖和不落山的太阳的光芒。我根本没有想到飞禽，也没有想到野兽。突然有一只鸟，是山鹑，跑到我们面前的小路上，它跑得很快，但不是逃离我们，而是向我们跑来。我从来也没有见过这种情景，无论这多么令我奇怪，多么令我惊诧，我还是服从了那种打猎时瞬间能使一个文明人变成野蛮人的返祖的力量，我扳起扳机，把猎枪瞄准了向我们跑来的山鹑。

瓦西里阻止了我。

"它有孩子，不能打它，应该怜惜它。"

山鹑跑向我们，一边啼叫，一边用翅膀扑打着地面。应着这啼鸣声跑出了另一只也是这样的山鹑。两只山鹑商量着什么，然后一只径直向树林跑去，另一只在小路上往前跑，回头看着我们，似乎召唤我们去什么地方。我们停住脚，它也停下来。我们走，它也就在我们前面快跑，就像神奇的小圆面包一样。就这样它把我们带到一片林中空地上，空地长满了青草和像苹果树的白桦树。它停住了，回头看着我们，点着头，就消失在草丛中了。它欺骗了我们，把我们引到某个神奇的长着真正像我们那里的青草和苹果树的林中空地上。

"它在那儿，瞧，它就钻到那里去了。"瓦西里笑着。我仔细察看，看见逃走山鹑的后面仍有青草摆动遗迹。

"它跑回去了，跑到孩子们那里去了。不能射杀它们！那是罪过！"

假如不是拉普人阻止，我就会打死山鹑，不会想到它的孩子。因为保护野生动物的法令只在它要绝迹的地方才生效，颁布这些法令不是出于对鸟类的同情。当我打死鸟的时候，我没有同情的感受。当我想到这点……但我没有想。难道可以想到这点吗？反正这是杀害，打死一只鸟或是带孩子的鸟，多一只或少一只，不都一样吗？如果要想，那就无法打猎了。打猎是一种忘却，是回归到原始的自己，回归到黄金时代开始的地方，回归到我们童年时逃去的那个美丽地方，回归到不会去想同情，也不会感到罪恶的打猎的地方。这个未开化的人的罪过意识是从哪儿获得的？他是从圣特里丰这样的正人君子那里得知的，还是人自身就有对幼雏的怜悯心？有些奇怪的是，我身上的狩猎本能是从对太阳、对绿叶、对像鸟像鹿的人们所怀有的如此纯洁而富有诗意的爱开始的，如果我完全醉心于打猎的话，一定会以小小的杀害、以无辜牺牲者的滴滴鲜血而告终。这两者之间真有点奇怪。但是这本能是从哪里来的呢？是不是从那与拉普人也相距甚远的大自然本身中来的呢？

在蚊子的嗡鸣声中我思索着我那不屈不挠的、能净化心灵的狩猎本能，而鹿径上不时地跑出鸟来，有时则带着它的一大家子。甚至有一次在枞树的天盖下有一只母松鸡从窝里跳了出来，羽毛乱蓬蓬的，不知所措地停在离我们十步远的地方，像什么事也没有似地望着，犹如一只大母鸡。

"喂，打吧，怎么啦，打呀！"瓦西里向我指着它说。

"那是罪过，它有孩子……"

"没关系，什么罪过呀……往往是，打也打死了，也就会过去的。"

树林变得越来越稀疏，树木则越来越低矮。我们走进了但丁《地狱》里新的一圈。

我们的后面仍是密林——这是森林的过渡，而前面就是苔原地。这个词我们自己用的含义是萨莫耶德人所理解的：不彻底融化的大沼泽，而拉普人用的这个词，相反，是指完全干的，覆盖着为鹿食用的苔藓的地方。

我们想在这里休息、生火，哪怕稍稍摆脱一下蚊子的嗡鸣。过了一会儿篝火就烧旺了，蚊子消失了，我摘下防蚊罩。太阳仿佛从乌云里钻出来了，周围显得非常明亮。下面是伊曼德拉湖，湖上现在冒出了众多岛屿，而湖后面是丘纳苔原山脉，山上覆盖着条条白雪，犹如肋骨。下面是森林，而这里是布满黄绿色地衣的苔原，像一块灌满月光的林中旷地。

地衣——这是一种干燥的植物。它生长十年，就为了覆盖几俄寸的岩石。瞧这株小白桦树，大概，已经长了二、三十年了，瞧，还有一只灰色的小甲虫在爬，大概，它也是没有血、没有汁液的，也是不会长大的。万籁俱寂。缓慢的、微微腐烂的生命。这里一定会有修道院，一定住着修士。这种枯燥无味的生活甚至不会搅扰最严守修道的苦行僧。如果他还能在这里发现不知何因飞来的蝴蝶，那么可以再往高处攀登。稍稍往上走就是些光秃秃的黑岩石了。谁都无法逾越它们。这里的某个地方住着死神，它藏匿在阴处，与岩石融为一体，只要这里一直有光，它就不露面。而当冬夜来临时，它就出来，开始闪烁着极地的亮光。

圣特里丰是在这样的一座山上得救的，这山比较远，更靠近大洋。他称这些山为"北方的肋骨"。

我们在篝火旁休息好了，就顺着光秃秃的石头往上走。伊姆－叶戈尔峡谷现在已经不像是处在山间的切口，而是黑洞洞的狭长的大门。如果走进这大门，那么我们一定会看到但丁描写的那野兽中的一种……

又过了一会，我们已经在峡谷里了。没有但丁描写的豹，但是从雪里——这里有许多雪和石头——冒出一头鹿来，它穿过整个峡谷向希比内山山里奔去。我们没下决心开枪，因为枪声可能会使这些不坚固的棱柱中的一根柱子倒塌。

我们沿着厚实的雪地穿过了峡谷，指望着在那个方向会见到鹿，但那里只有一望无际的岩石，一片沉默不语，冷酷如石的汪洋。

晚上十点钟。

我们在下面采集了许多苔藓，生起了篝火，因为这里近旁全都是雪，很冷。就这样我们要在这里度过一夜，因为这里没有一只蚊子，而第二天一大清早我们还得上路。天上没有一朵云彩。终于，我看到了半夜的太阳！现在太阳很高，但在伊曼德拉湖的闪光中，在山峦的阴影中，仍然有某种夜晚的气息。

而我们南方最后的阳光照在树干上，烧成了深红色的斑斑点点，田野上的人想尽快走进树林，而那些在林中的人则想走到田野上。现在我们那里的时间暂时停止了，夜莺一只接一只沉默下来，黑鸫也用最后一支歌宣告晚霞的终结。但是过一会儿，蝙蝠就会在池塘上空盘旋，全新的特别的夜生活就开始了……

这里会怎么样呢？我会等待。

* * *

拉普人没有想太阳的事，他们喝着茶，非常满足，因为他们可以不受限制地喝：我送给他们整整四分之一俄磅茶叶。

"你们这里太阳落下去吗？"我问他们，让他们也和我一块去想那午夜的太阳。

"滚下去的。就滚到那个山头后面。在那里！"他们一只手指向丘纳苔原山。这就是说，他们住在下面，在山脚下，因此看不到山后那不落的太阳。在这个"蚊子猖獗的时节"他们是不会去猎鹿的，因此也不会在午夜看到太阳。

* * *

太阳上有什么东西动了一下，大概，是第一缕阳光熄灭了。我觉得，似乎有人在峡谷后的山里喊了一声，然后像孩子似的哭了起来。

这是什么呢？

拉普人有一种迷信：如果姑娘在荒地里分娩，那么孩子会哭，而且会请求路人施行洗礼。

也许,这孩子在哭呢?

也许,这是他们的神灵?他们有自己的哭神。恶魔在荒地里碰见了姑娘,占有了她,因此生下了永远哭泣的神灵。也许,这是荒漠之地的神在哭泣?

"这是什么?听见了吗?"

"是鸟!山鹬!"

这大概是极地山鹬的叫声。但是在一片寂静中,在逐渐黯淡的太阳红光照耀下是很容易弄错的。

* * * *

十一点钟以后,光线一点一点昏暗下来了。拉普人喝够了茶,眼看就要睡着了,我自己也竭力与自己抗争着。一定得睡觉,还是会发生什么特别的事。可不能没有时间概念!我想不起来,今天是几号。

"今天是几号?"

"我不知道。"

"是哪个月?"

"不知道。"

"哪一年?"

他们抱歉地微笑着。他们不知道。世界停止了。

* * * *

太阳几乎是暗淡了。现在我望着它,眼睛也根本不感到刺痛了。那是没有生气的红红的大圆盘。只是有时候有一线光颤动一下，抗争一下，但马上就熄灭了，就如同死者的抽搐。我看见在黑幽幽的山崖上到处都有这样的没有生气的红红的圆圈。

拉普人望着猎枪上红红的余晖，说着他们的话，争论着。

"你们在说什么？是说太阳还是说猎枪？"

"说的是太阳。我们说，今年它比较温和，大概能稳定下去了。"

"那么去年呢？"

"滚下去了。就在那山后面。"

仿佛我身体的理性部分沉睡了，剩下的另一部分只能去无限广阔的空间、远古的存在中自由翱翔。

瞧这只硕大的黑鸟，现在它正横飞过红色的圆盘，我曾经在什么地方见过它。它有带蹼的大翅膀，大爪子。瞧还有，还有。黑点一个接一个闪过。这不是鸟，这是时间掠过那里，掠过下面，掠过被窒息的森林所包围的人们生活的罪孽深重的大地上空。或者，这是人们长年累月一个接一个不停地在街上奔跑？他们沿着两条拉直的绳子向前奔跑。我从窗口望着他们，我看到，长着罗圈腿的凶恶的矮人想抽掉绳子。看着多么胆战心惊，看着又多么可怕！会发生什么事呢？人们可不能没有它生活。瞧一条绳子，瞧另一条绳子——全都搅在一起，全都相碰了，血，血，血……

这不是梦，这是在看到如血一般红的午夜的太阳时解放了的灵魂的徘徊。瞧拉普人坐在篝火旁，没有睡觉，但他们也在什么地方徘徊。

"你们没有睡？"

"没有。"

"刚才在太阳那儿飞过的是什么鸟?你们看见了吗?"

"这是鹅飞向大洋。"

* * * *

太阳早就暗淡了。我早就不算时间了。湖上、天上、山上、枪杆上到处都染上了血一般的红色。黑糊糊的山石和红盈盈的血色。

要是现在出现一个巨人,他站了起来,以新的方式,自己的方式来点燃荒漠,那就好了。但是我们是弱小无能的人,是微不足道的人,只是坐在山脚下。我们无能为力。在太阳山上面我们可以看到一切,但是我们却什么都不能……

大自然里就是这样一种对巨人的思念!

* * * *

在太阳停止运行的情况下,无法记录、无法捕捉灵魂的徘徊。我们是弱小者,我们等待着,请求阳光为我们照耀,使我们摆脱等待复明的这些时光。

这一下我看到了光线闪动起来了。

"你们看见了吗?"我问拉普人。

"没有。"

"但是刚才又闪了一下,看见了?"

"没有。"

"那就看着山上!瞧,多么明亮!"

"山明亮了。真的！这是太阳开始闪光了！"

"现在我们来打个盹，歇上两小时光景，好吗？"

"好，好！应该睡个觉。这里很好，蚊子也不叮人。我们睡了一会，等太阳升到自己的位置，我们就上路。"

从伊曼德拉大湖到科拉城还有一连串小湖和河流。我们有时走密林，有时坐船。越是接近大洋，由于海洋的暖潮，气候也就越温和。我是从鸟儿身上发现这一点的。在拉普兰季亚里面，鸟儿都孵着蛋，而这里却经常碰见一窝窝雏鸟。不过，也许我并不对，过去是没有注意雏鸟，因为全部身心都沉浸于打猎。这里无论走到哪里，总能见到一窝窝山鹑和黑琴鸡，但我们不打它们，我们吃鱼。一天一夜过去了，又是一天一夜过去了。太阳没有从天上落下去，一直是白天。越往北接近大洋，太阳停在地平线上空也越高，半夜里也照得越明亮。在大洋旁它在夜里也几乎和白天一样。有时候你醒来，好久都弄不明白，现在是白天还是夜里。鸟儿飞来飞去，蝴蝶扑来扑去，被狐狸惊扰的山鹑妈妈忐忑不安。是夜里还是白天？忘了是几月几号，但时间在消逝……

由于意识到这下生活可以没有过去，可以开始某件大事，刹那间突然会感到很高兴。但是什么也没有开始，荒野静卧着，没有生气的眼睛停在地平线上空，敏锐地注视着，别有哪个死人在这里站起来。

第二部
走向瓦兰吉亚人那里

第四章　在卡宁诺斯角相会

码　头　上

七月九日

我又在阿尔汉格尔斯克，在德维纳河三角洲的岸上，在春天的五月里，在我那神奇的小圆面包曾经停留过的那块石头旁。这里又是三岔路口：一条路去索洛韦茨克－拉普兰季亚，一条路去萨莫耶德苔原地，一条路去大洋。又是那些人：海民和朝圣者。我已经与朝圣者一起旅行过了。现在我心里比过去更加明确，我觉得他们的徒步朝圣是对那模糊不清的黑乎乎的圣像的崇拜，而圣像上闪烁不定地颤动着火的反光。而午夜的太阳，我觉得，就是在死气沉沉的荒野上点着的长明灯。

我想有普通的感受，想与自由普通的人交往。

许多帆船唤起我的无数回忆，把我带到梅因·里德[①]小说中的幻想很容易实现的时代：只要逃跑就能实现幻想。在这个似乎不那么幸福但终究是珍贵的可爱的时代，我总是乘帆船到处漂流。但是后来幻想消失了，轻捷优美的帆船漂到人所不知的虚幻飘渺的远方，而这里近处，取代它的是噗噗放气的资产阶级的怀疑主义者——轮船……

[①] 里德（1818-1883），英国作家。——译注

阿尔汉格尔斯克的海滨是令人愉快的：这里有多少真正的帆船的桅杆呀！

绳索吱吱作响，帆鼓得足足的，几十艘船驶来或离去，几百艘船则抛锚停泊在岸边，潇洒地晃动着，在平静的水里现出倒影。

这里的人心灵是不会变老的。我在竖式绞盘一端看见一位上了年纪的受人尊敬的人。他在缠绳子，眼看就要扑通一声跳进水里，我看见一个像上帝的侍者尼古拉的白发苍苍的老人。他从船舷上挂下自己的腿，手里拿着酒瓶，大声唱着一支快活的歌。至于小伙子们更没有什么可谈的了，就这样他们在桅杆上爬上爬下个不停。

我看到船上题着名——"圣尼古拉"，"圣尼古拉"，没完没了。"这是为什么？"我想，后来想起了圣人尼古拉是主宰海洋的。我回想起，在壮士歌《萨特科》中，他甚至下去找水妖，救出了诺夫戈罗德的商人。为什么水手们用这位上帝的侍者的名来称自己的"小船"，这显而易见：这是表示对他的尊敬。但是我不过是想跟水手们聊聊，因此就问他们：

"为什么你们把自己的船叫作'尼古拉'？"

马上他们就围着我，笑着并解释着：

"之所以叫'尼古拉'，是因为船一出大洋，天气马上起变化，波浪掀得像山一样高，这时你就会祈求上帝的侍者尼古拉，抓住他向上帝祈祷，因此就把船叫作'圣尼古拉'。去吧，试一试，你就会想到的，不然就忘了。"

他解释完，望着我，哈哈笑着，还有其他十多个人也哈哈笑着。我也笑着。他们全都劝说着："试试吧，试试吧。"后来一个接一个讲着大海怎么折腾他们。有一个人抓住绳索，用脚抵住石头，做给我看，在暴风雨中他怎么掌舵。而其他人则笑着，发出响亮的笑声。每个人都准备着讲一个故事。

"试试吧，试试吧！"

"我马上就来试……"我说。

"也好，这也行。"水手们认真地回答我，"你去请求，任何一个船长都会带你到海上去的。"

我想到，其实，既然我想要了解北方人的生活，那么首先应该了解大海。

"要是想出去时间不长，这怎么安排？"我问。

"很简单，"一个年轻人回答我，他晒得黑黑的，有一双大海般蔚蓝的眼睛，"很简单。您跟我去大洋捕鱼，十个昼夜，您就会知道我们的海上生活。我有一艘船，虽然是蒸汽发动的，是'拖网渔船'，但是船员全是从帆船上来的……"

年轻人是船长，一艘不大的英国蒸汽发动的渔船，也是俄国北冰洋上第一艘拖网渔船的主人。他每十天作一次航行，在卡宁诺斯角附近捕鱼。

我听到了他的提议，像孩子那样高兴。我觉得，我仿佛要逃到美国去似的。当然，我同意了。

"不过您要记住，"船长对我说，"要是您在海上得了病，除了送往季曼苔原带找萨莫耶德人治，我们无法把您送往别的地方。"

"没关系，"我回答，"没关系……"

"那就试试吧，"水手们又笑了，"试试吧，试试吧。"

大家和我握手告别，虽然并不认识。怎么是不认识！当然，等下次会面时我未必能认出他们，但是他们一定会认出我并提醒说：

"码头上你问过，为什么我们把自己的船叫作上帝的侍者尼古拉……喂，怎么样，试试吧，现在你认识了吧？"

白　夜

"这不是旅行，这是爱情故事，而且还是跟奥尔加大公夫人。"日前我的一位熟人在听完我讲去大洋航行的故事后，对我说。

"是啊，"我回答说，"只不过奥尔加要是真的就好了……"

下面就是我讲的故事。

与拖网渔船的船长约好以后，我就去自己的旅馆。服务员把茶炊送进我那落满尘埃的房间，道了晚安，就关上了门。只剩下我和茶炊。旅途中的这种孤独让人愉快和激动。明天就会遇见新结识的有趣的人们，明天就会有不熟悉的新生活吸引我。但是今天，瞧这到处是灰尘的房间……还有，除了船长，全城没有一个熟人。

在天花板上、墙上布满了密密的灰尘和蜘蛛网。一只蜘蛛从上面爬下来，受到茶炊放出的蒸汽的惊吓，又急忙向上爬去。我拿起信，一封接一封看起来，接着我自己也写信，竟没有发觉，白天渐渐地停止了，阿尔汉格尔斯克夏天明亮的夜来临了。有一封信使我很气恼，我把它撕成小片，打开窗想扔下去。这时我发现，虽然已经是夜里了，万籁俱寂，但是明亮如昼，不过一切都变了，因为一切都停滞了。我把纸片放开，它们往下飘去。可以听到，它们掉到石头上时发出奇怪的沙沙声，停在那里，默默地望着你，但是它们在下面比在旅馆房间里更让我感到不快。我怀恨地看着它们，它们也看着我。

突然我旁边的一扇窗吱嘎一声开了……我打着颤，怀着针刺般的恐惧，看见自己旁边有一个人头……

没有什么特别的。不过是个邻室的房客对我这些纸片感到好奇而打开了窗户。

"您吓了我一大跳……"

"对不起……"

我们俩都望着纸片。但是在万物无声的白夜这么并排坐着，不吭一声，已经是很尴尬的了。

"您要去哪里？"他问。

"卡宁诺斯角。您呢？"

"新地岛。"

我们的交谈有着共同的语言，共同的兴致。过了五分钟，新相识就到我房间来了。

我们的交往如这白夜一般虚幻。也许，明天我们就像陌生人一样分手，永远不会相见。但是现在我们很亲近，我们准备彼此敞开心扉。

我的新相识去新地岛走的是和我一样的航路,他坐的是一艘漂亮的"奥尔加大公夫人"号大客轮,而我坐的是"圣尼古拉"号小船。我们推测有可能在大洋上相遇,都对此感到高兴。他是动物学家,去研究鸟类。他不是普通学者,而是自己事业的诗人,浪漫主义者。他将在新地岛住帐篷,完全孤独地在那里度过整个夏天。

"那里有几个萨莫耶德人,"他说,"好像是政府让他们居住在那里的,只是……他们会帮我打野兽和鸟。"

他讲得起劲,就邀请我去他的房间,给我看一只金属盘子,他准备以后就用它来煮鱼汤、熬稀饭、炸鸡,还让我看帐篷、几件毛皮衣服、猎枪……

"全了?"我问。

"全了……"他笑着说,"我就将这样生活……"

他对我微笑着,仿佛感到不好意思,因为他脱下了学者、成人的衣服,变成了一个想拿着猎枪在极地的荒岛上找消遣的小孩子。

就像第一次在阿尔汉格尔斯克码头上时那样,我又觉得,哈滕拉斯船长[①]的时代回来了。我感到,这不是旅途中偶然结识的人,而是我小学时代的一个小朋友,我曾与他尝试要偷偷潜到一个不为人知的非常美好的国家去……

我们长久地谈着糖啦,小面包啦……在新地岛生活三个月

---

① 儒尔·凡尔纳作品的主人公。——原注

需要多少食物？这计算起来很复杂。要不要带上腌肉？新地岛上有不可胜数的鹅群，养着许多鹿，常能碰到白熊，何必再带腌肉呢？打死一只鹿，就够吃上好久了。新地岛上好像没有腐烂的细菌，因此，肉可以保存很久。能不能用海豹油炸鹅？这倒是个问题！不过可以就用鹅油来煎鹅！我们俩还回想着，童年时不知为什么大人给我们抹鹅油，好像是为了防冻。再说还有鱼油，大西洋鳕鱼的油，用它也可以炸东西。

我们就这样聊着，消磨着时间，忘记了明亮的没有星星闪烁的阿尔汉格尔斯克的夜的运行。我们的房间是相邻的。后来分手时，我们也仍然说个不停。

这样的夜里很难入睡……睡不着……我回想起我们的孩童时代，那时我们把书包放在城市公园的灌木丛下，坐上船沿河漂向不为人知的美好国度。

这国度叫什么名字？我竭力回想着。我们把它叫作美洲，但有时候也叫作亚洲、澳洲……这是没有领土、没有名称的国度，那里住着我们必须战胜的野蛮人，那里有善良的和凶恶的动物，有绿色的阔叶植物……我们坐着船漂行，弯弯曲曲的河流一会儿为我们打开绿色的大门，一会儿又关上。夜里，那是我们那里满天繁星的夜，我们走上岸上的草地，用马刀砍长得高高的芦苇，完全像是跟野蛮人战斗……我们把芦苇扔到船里，而在草地上生起篝火，试着用铁钎来烤打死的海鸥……但这时在草地上又有人生起了火，坐了下来，个子魁梧，黑乎乎的，背朝我们，大胡子的脸朝火。有人在草丛中动弹，离我们很近，并开始爬过来……我们奔向船，在干芦苇上坐好，就向河中央漂去。但是从草地向岸边始终有人爬过来，草丛中也一直有人发出窸窣声并注视着我们……

墙那边我的新相识没有睡着，不断地打哈欠，辗转反侧。我想起了，忘了向他建议带上旅途中很重要的东西，少了它就无法喝萨莫耶德人的鱼汤：应该带上胡椒和桂叶。

"您没睡吗？"

"没有，我在给窗户挂上东西：太亮了，不习惯……"

"您要带上胡椒和桂叶。"

"啊，对了，谢谢。您在想什么？"

"想童年时我们出逃去的那个美好的国度。"我讲给他听。

"这国度叫什么？"

"没有名称，"我笑着对他说，"也没有领土。"

"我也曾想去那里。"他说。

"为什么没有去？"

"有个原因……真遗憾，没有去。现在成为自然科学工作者，对任何国家的领土都做过精细的研究……现在已经不会逃了……那个时候是需要的，不是现在。您知道吗？那里是会消踪匿迹的，不论怎样，会是这样，完全……"

"得了，可不是这样，"我说，"马上我们又要去新地岛，去大洋了。晚安，明天我和您就分手了，我们一定会在卡宁诺斯角相遇。您想想：'圣尼古拉号'和'奥尔加大公夫人号'在卡宁诺斯角相会！"

出 发

"圣尼古拉号"和"奥尔加大公夫人号"的交情是这样开始的。明亮的夜里我们就犹如希腊奥林匹斯山的神决定了它们的命运,而两艘船并排停在岸边。"奥尔加"还默默无语,"尼古拉"则很激动,冒着蒸汽。第二天我们走近它们,要向船长请求在卡宁诺斯角相会。水手们在"奥尔加"的甲板上,手拿地图谈论着。我们不用请求,他们已经在谈论这次相会的事了。"奥尔加号"上有几个旅行者,男女都有,船长想让他们高兴:看看拖网渔船在大洋里捕鱼。而"尼古拉号"船长是个讲究实际的人,他请求"奥尔加号"给他带盐来,因为他船上的盐不多,又没有时间去购买和装运。

他们手拿圆规在地图的大洋上徘徊,要确定相会点,好像是大洋中卡宁诺斯角外三十海里左右的地方。

"会相会的,会相会的。"一位船长对我们说。

"只不过不要有雾。"另一位船长有所疑虑。

"常鸣笛,我们会听到的。"

"要是被潮流抛到雾中呢?只不过未必有雾。"

这时旅行者——几位太太和男人也走近来。他们想去新地岛,请船长给他们看看"奥尔加号"上的房间。我们就一起往下走,去舒适的客舱,往松软和有弹性的沙发上坐了坐,到处都这么好,这么舒适。拿着黑风衣、肩挎旅行包的一位太太揭起了钢琴盖,弹了和弦……这些音符不知为什么久久地留在我脑际。与太太们的愉快谈话和钢琴声与我的新朋友要去新地岛的心情完全不相称……

"我们走，"他对我低语说，"去看看'尼古拉号'，再说也是该起航的时间了。"

"没关系，"我安慰他说，"他们不会留在新地岛的。"

"是啊，但是终究想有个比较合适的前奏，这玩意可以在家里享用嘛。"

因为不习惯而冒着掉下水的危险，我们在狭窄的跳板上走着，登上"尼古拉号"。甲板上依然穿着绅士服的船长和大约十五个水手在忙碌，准备出发。船长给我们看自己的小轮船并讲了自己的经历：他出生于英国，童年和少年之初是在故乡度过的，而在最好的年华，八岁的时候，来到俄罗斯；拖网渔船老化得很快，用三十年就已经像个衰弱的老人了，因此要利用时间，每隔十天就去大洋作一次航行。船长告诉我们，小轮船不像想象的那么颠得厉害，虽然它比较小（一百十英尺），但是它吃水深，装载六千普特煤的情况下吃水达十四英尺。这样的负载量总是稳定的，因为煤烧掉的同时补上了捕获的鱼的重量。船长还对我们讲解了捕鱼的技术，但我没有好好听，因为有整整十天我可以看到他们捕鱼。我一直仔细观察着水手们晒黑的有趣的脸。

后来我们去了厨房，从那里沿着黑幽幽的几乎是陡直的梯子向下走，去客舱。那里我觉得比预料的要好一些，只不过有点拥挤。小房间宽和长约有五步，光线来自上面的舷窗。中间有一张固定的桌子，上面是一盏吊灯。柜门兼作房间的墙，柜里是驾驶员、驾驶员助手、航海员的小床。船长和他的当少年水手的兄弟有一个单独的比较宽敞的双位的柜子，光线也是从上面舷窗而来。其中一张床指定给我。这里是船尾，安置的是享有特权的船员，而在船头部分，同样也是这样的船舱，住的是水手。

"真棒，我羡慕您，"动物学家对我说，"不过会让您受颠！"

听了这些话，我觉得，这里似乎有一种特别的气味，在这个浸在水下、光线从上面这么微弱地照进来的小房间里有点奇怪。眼看着就要晃动起来。

"没关系，"船长回答说，"大船晃得还要厉害。如果没有风暴，就这样稍微有点摇晃也很好，就像躺在摇篮里。"

这时我发现，我的一颗领扣绷掉了，在地板上滚着。我开始寻找，却找不到。我们大家找了很久，仍然没有找到。最后，船长说：

"没有时间了，先生们，该起航了。没关系，以后会找到的，牛奶不会溢出船的。"

"什么牛奶？"我没有领悟。

"这是我们这儿的俗语，"他笑了起来，"婆娘们从岛上运牛奶去阿尔汉格尔斯克，大概是她们想出来这么说的，而现在我们大家都说这话。走吧，先生们，该起航了。"

我又一次扫一眼这水下的小房间，真的，牛奶无论如何也不会从那里溢出来的，我好像有点不高兴，感到苦恼：要在大洋里受颠簸，住在这个充满海腥味和奇怪地照亮的小房间里十个昼夜。"都说水手有自由的生活，"我头脑里冒出这个念头，

"可这里却是这么小又摇晃的房间……"但这只是一瞬间的想法。在甲板上迎接我们的是太阳,辽阔的大河和忙碌的水手……

动物学家跟我们握了手,走上了岸。他走后立即就收去了跳板。

"尼古拉号"鸣起汽笛,发出咝咝蒸汽声。但载着一群旅行者的"奥尔加号"却默不作声。

"再见!"我向他们致意。

"再见!"他们向我还礼。

"松开绞盘!摘下绳盘!解开绳索!锚起了吗?"

"起了。"

"再见!""奥尔加号"上的人朝我们喊叫着,挥舞着头巾。

"在卡宁诺斯角再见!"我回答他们。

动物学家和旅行者很快就消失在木驳船后面,只有站在船头、穿黑风衣的太太还能看到。

我们升起旗帜,向"奥尔加大公夫人"致意,它也向我们还礼。

"再见,'奥尔加大公夫人'!"

"再见,'圣尼古拉'!"

沿着迈马克萨河航行

不知为什么我过去以为,阿尔汉格尔斯克就在海边,完全忘记了德维纳河三角洲是个三角形,西面有三十五俄里长,东面有五十俄里长，这里有许多岛屿，许多支流，因此没有地图完全不可能弄清楚这个迷宫。这些岛上有些地方可以看到有小村庄，如旅行指南所指，还有诺夫戈罗德人在北方楚德人国家里建的最早的小镇。但是大部分岛屿没有人去占据，许多岛屿布满沼泽，根本不适于居住。

"这里有许多鸟！"水手马特维对我说，他体格健壮结实，翘鼻子，是新地岛的猎人，"这里的鸟非常多，有野鸭、绒鸭、鹅飞下来。"

这个马特维比其他人早引起我的注意，他那张开朗愉快的脸讨人喜欢。他手中有猎兽的猎枪，挪威的瑞明顿式打字机从不离身。

"这里的海上，任何东西都会碰上，"他对我解释说，"髯海豹、环斑海豹、白鲸、虎鲸。"

"难道像虎鲸和白鲸这么大的动物，也能用子弹打死？"我表示怀疑。

"应该知道打击点，"他说，"打中心脏，就能打死。只不过就沉下去了。你打死了，它吼叫着，就沉下去了，很少能逮住。"

他发现我怀疑他能击中移动的点，就瞄准一只飞着的海鸥，开了枪。长着黑翅膀、雪白脖颈的大海鸥在空中跌跌冲冲，掉进了水中。

而马特维依然非常平静，因为心理完全是健全的，像开枪前一样微笑着。我觉得，只有心灵上没一丝损伤，那里一切都简单平静地生长，充满着温暖，袒露在外，才能做到这样成功的射击。

"我很热,"马特维说,"我们不习惯热。"说着就脱下了上衣。其他的人也脱了。大家都觉得热。但是我根本就不觉得热,我甚至弄不懂在这亮得刺眼的北方太阳照耀下怎么会感到热。

我们行驶在蜿蜒曲折的小河迈马克萨时,我认识了全体船员,给我感兴趣的人照了相。这些普通的人多么喜欢照相呀!……我甚至觉得,这样做有某种严肃的含义,就像对我们来说写书一样,可以在自己死后留下一点痕迹,体现自己。实际上,哪怕就拿穿爱尔兰裤子的这个老头来说,这里大家都称他大叔。他的脸表明,他曾十次溺水,人家救了他,他也救过别人十次,如果他扑通一声掉进水里,除了水面上一时会有些圆圈,什么都不会留下来。而现在我给他照了相,他就会把相片挂在"干净的"房间里铺着网纱桌布的小桌上方。圣佐西马和萨瓦季以及西林鸟就会从角落里望着他,而涂了蓝色的木雕的鸽子,"犹如圣灵",将从天花板上看着他。这样在这个只有在郑重纪念的时节主人才会朝那里看的干净的房间里,就会挂着海员老头的画像,以后是儿子和妻子及孩子的画像。慢慢地在这个挂着透花窗帘和古老圣像的干净房间里就会有非常有意思的家庭画像廊。

这就是为什么在稍微了解了阿尔汉格尔斯克的生活后我乐意为这样的人照相的原因。穿着爱尔兰裤的老头很腼腆。他不知所措,转来转去,不时瞟我一眼,最后走近来,问:"多少钱?"还问我是否去穆季尤加他家,是否能给他和妻子照相。

"你为什么要照相?"我问。

"怎么为什么,不然就这么死了,谁也不知道你了。"

我对准照相机,他吓坏了,他要梳理头发,抹点油,为的是"该怎么样就怎么样"。他在下面忙乎了好久,走到上面来时梳着分头。照片上的他姿态做作,脸部表情紧张,令我们大为吃惊。我给他照了相,他对我深表谢意,亲近地坐到我旁边的缆绳上。沉默了一会,他问:

"从哪里来?"

"彼得堡。"

"家乡呢?"

我讲了名称。他开始不吭声。

"你出来做什么事?"

"拍照。"

"就做这事?"

"就做这事。"

我们又闭口不言了。

"有妻子吗?"

"有的。"

"有孩子吗?"

"有的。"

"好,谢天谢地。"他最后说,完全心满意足,坦率真诚。

我同样询问了大叔。他是从穆季尤加来的,那是个做生意的白海边的村子,离德维纳河湾不远,在冬季海岸上。这个村子的富裕村民与挪威做生意,他们就乘我在阿尔汉格尔斯克码头看到的那种帆船去那里。穆季尤加出了许多勇敢而富裕的,或者照大叔的说法是"富足的"航海人。拖网渔船的船长也是穆季尤加人,原来还是我这位老人的侄子。"这就明白爱尔兰裤子是从哪里来的了。"我想。但是,不对,大叔是亲自在英国买的。我们这条船的所有水手都到过国外,所有人的服饰都有欧洲影响的痕迹。在缺少文明的大叔和马特维以及完全是欧洲人的绅士船长之间存在着一座阶梯。我很想弄明白这种转变,取一个中间的情况,于是我认识了少年水手,即船长的弟弟。他是船长学校的学生,外表上看还完全是个男孩,但是他却做着水手应该做的一切。他有无数愿望,本来他能去伦敦和巴黎,那里已经为他安排了在外国船上工作,月薪五十克朗,但是兄长不放他去,因为那样的话他就得不到照管。

"那您是从哪儿来的?"他问我。

我告诉了他。

"那里夜莺啼鸣,您看见过夜莺吗?见过巴黎、意大利吗?"

另一个年纪大些的少年水手走近我们。他已经到过各地,他的样子也显得非常自信。他问我,他应该在什么杂志发表自己的作品。他还没有开始写,但是一定会写的,他要把他所知道的大洋的一切写出来。这个年轻人看来很有意思,很有毅力。他告诉我,在进船长学校和成为那里的第一名优等生之前,他经受了多少苦难。

"首先我当过炊事员,照你们的说法,也就是厨师。"

"就像这样的?"我指着厨房里一个年轻小伙子对他说。那小伙子十分肮脏,张大着嘴,手指在挖鼻子。

"不，"他笑起来了，"这是沃洛格达的厨师，他们是从沃洛格达省来的，习惯大海生活时已经是成人了。而我生来是沿海人，小孩时就开始乘帆船了。在帆船上什么都得做，不光是做饭。稍有什么没有做好，马上就会挨揍。那里可不能像这样用指头挖鼻子的。有时候，起风了，主人醒来了，搔着头皮，伸着懒腰，起来看看大海，打着哈欠，说：'西北风！万卡，生好茶炊！'他又搔搔头皮：'等一下，不用了。'他又躺下了。等再醒过来：'茶炊在哪里？我对你说过要生好茶炊的！'说完就是一顿揍。'生茶炊去！'他喊道。我急忙跑去生茶炊。'站住！拿克瓦斯来！'就这样差来差去，一会儿做吃的，一会儿腌鱼，一会儿缝帆。没有一刻歇息。哪怕是刮风，哪怕是风暴。很少有人能当上航海员的，一般就这么当水手一辈子，必须得非常机敏！"

他又指给我看一个沃洛格达的厨师，并笑了起来。

"唉，这样的人能有多少出息。假如我自己不清醒，我就会一辈子永远当个水手。父亲，他已故世，把我交给索洛韦茨基修道院当一年见习修士，在那里我审视了自己。期限结束了。我对父亲说，不，我不能像您这样生活。我就离开了家。我就这样打定了主意。我周游了全世界，与英国人、挪威人、德国人一起航行，曾经在新地岛捕过海兽，了解所有海上的事情，现在我要以第一名优等生毕业，只剩下一个夏天进行实习。"

"而他的父亲，"我想，"大概也像这个穿爱尔兰裤子的大叔一样，是一株坚固的根，他认为钻出地面是莫大的罪孽，一辈子就在黑暗中坚守着光明点，一直使自己变强壮和生发出来,直到另一个时代降临。"

"我们这地方富饶,有取之不竭的财富,"少年继续说,"我们的大海有非常多的海兽,只要你动手、伸手。我们的老人,就像这位大叔,站在冰上漂着猎海兽。难道可以这样捕猎吗?他们不怜惜自己,也不懂。他们就这样待在冰块上在大洋里漂着,直到风把他们刮到岸边。如果每个弟兄卖海兽能得个二百、三百卢布,就很高兴了。可美国人、挪威人越过他们,从自己船上开枪,运走的是值几万卢布的海货。"

我听着少年讲,心里想,在这里他的发展能达到什么高限,会以什么而满足,他的前程又会以什么而告终呢?

迈马克萨河狭窄的河岸上的冰雪在融化,无边无际的白海的远方呈现在眼前,这仿佛是对我的回答……

在 白 海 口

我整天没有离开甲板,在阳光照耀的向阳处,在透着寒气的北海旁边,感觉非常好。而到晚上根本不能出来,我们要驶进白海口,驶进通向大洋的狭窄通道。我们会看到拉普兰季亚的捷列克海岸,应该驶过北极圈穿过的索斯诺韦茨岛。那里,在一年的这个时节,太阳已经不会落下去,就可以看到午夜的光耀。但是大叔说肯定会有雾和颠簸。他有预兆:如果汤过咸了,那就是说,会有雾和颠簸,如果汤非常咸……

我就这样站着等待太阳停止运行和升上来。微微的东北风袭来,有丝丝寒意,波浪不大,浪峰绿莹莹的,闪着光,洒落下去像一个个白色的扇贝。左边有一些沉甸甸的白色光带晃动着。

"这是雾吧?"

"不,不是雾。这是太阳开始从岸边爬上来。瞧,雾!"

老头用手笔直指着前面。远处那里,显现出白蒙蒙的一排山峦,像是要挡住太阳似的。

"哪里有雾?"

"瞧这垛墙就是雾,"他手指着那一片茫茫山峦,说,"我们这儿有征兆:一刮起北风,迟早会有雾。一定会有的。之所以会有,是因为风从冰上,从新地岛上把雾赶过来了。"

我凝视着那垛墙,它迎着我们而来,非常迅速地移近来。瞧,太阳变红了,变扁了,光芒四射,仿佛融化在雾里了。周围笼罩着一股潮气和死气沉沉的白茫茫的朦胧,风吹来新地岛的冰块。

就这样行驶了很久很久。

"混沌浓重的大雾!"大叔说。

"现在我们在什么地方?"我问。

"上帝知道在什么地方……索斯诺韦茨,大概,已经驶过了……"

他对我讲关于这些地方的可怕的故事。莫尔若韦茨岛、三岛、戈罗杰茨基角、奥尔洛夫角、圣角这些名称中的每一个名称,在他心中都写下了无数船舶失事的事件,也留下了许多美好的传说。

在白海口大洋的水遇到了白海的水,形成了极为危险的旋涡。大叔曾被涡流卷着绕着莫尔若韦茨岛转了几次,或者,用他的话说是"经受考验",而且不是在帆船上给他"经受考验",甚至也不是在船上,而是在冰块上。这老人在冬天带着七个像他一样无所畏惧的伙伴,选择一块大冰块,下到冰上,就这样完全服从自然的力量、上帝的意志,在海上漂行……冰块由风和潮流冲着走,猎人们打着海兽,等着上帝把他们带回岸边。通常,上帝宽恕他们,把他们留在"自己的海上"。但是,有时候他也会发怒,就把他们"冲到"这里——白海口。这时就会让他们绕着莫尔若韦茨岛"经受考验",把他们冲到大洋里。剩下一个希望——到卡宁诺斯角。但是,如果连卡宁诺斯角也冲过了,那么就得抛弃一切尘世的念头,只寄希望于上帝身上。有时候,他会把他们带到新地岛,甚至到遥远的伯朝拉……

"什么情况都有,"老人说,"上帝给生活在这块土地上的我们,这些有罪的人,送来各种各样的考验。有时宽恕,有时惩罚。我们能知道他上帝的路线吗?只不过我们许许多多人是在这里牺牲的。不计其数……去年谢苗也是在戈罗杰茨基附近被浪打下去的……"

他说,在一个黑夜谢苗的帆船在三岛附近被打散了,在波浪的闪光(发磷光)下,他们从被打散在石头上的船上看见附近是拉普兰季亚黑黢黢的岩石,于是把绳子系到桅杆上,一个个荡到岸上。他还讲,这条船涨潮时被推到岸边,他们就用它来生篝火取暖。谢苗哭得很厉害,很伤心,因为八百普特的鲑鱼被冲走了，船被打散了。后来他完全发狂了，但是他们马上用网把他捆起来，他才在篝火旁静息下来。

"我们现在到底在什么地方？"我问。所讲的这些往事使我激动不安，我要抗争，又仿佛被面临的神秘的极地力量从四面八方束缚住了。"我们现在在哪里？"

"这个只有上帝知道。周围是雾，看不清东西的雾……"

生活的颠簸

"我们在什么地方？"我走下舱，惊慌地问船长。

"我不知道，"他平静地对我说，"有雾，大概是在索斯诺韦茨附近的什么地方。"

他十分平静,因为他驶过这里几百次,而且完全相信航海员。

上面的舷窗微微发白，因此我看不到船长。我只知道，他躺在床上，因为我看见那里有他抽烟的红色火星。

突然我感到，仿佛我们的船舱翻了，我失去了辨别方向的能力，坚固的不可动摇的空间变得不结实，而且在滑动。

"知道吗，"船长说，"这里是海口，一定会有摇晃。您觉得，摇晃得非常舒服吗？"

我急忙躺到床上，想以此摆脱轻微的头晕。

而船长却像什么事也没有似的高谈阔论着，对我讲他的航海生活。他很想对我这个局外人讲讲自己，就像大叔很想照相一样。

"我们的航海生活，"他开始说，"是不停的摇晃。正像我们这里所有的人那样，我也必须得从当厨师讲起，但是我是与父亲一起出海的，这要轻松得多。父亲怜惜我，不太支持我干活。父亲爱我，只是在去了修道院以后我们才有分歧。在修道院我待了一年，我不太喜欢那里，于是想：无论如何都应该向前闯。我开始按自己的意愿生活，父亲老是不赞成我的选择，埋怨唠叨，可是我自立了，而且能养活全家，房子也盖起来了，他就不吭声了。他在船下面过他的日子，我在船上面过我的日子。哎呀，船晃得很厉害，您还没有头晕吗？"

"没什么。"

"好吧，也许，什么也不会发生。有时候有这样的人，不会生病。小时候我被海浪打得可厉害呢。好……当我自立了，我就想，要是买一艘轮船就好了，就像在挪威那样，我就给摩尔曼斯克的渔猎者运送作诱饵用的小鱼，而风平浪静的时候还可以拖帆船。找到一个资本家，他给了钱，我就去挪威买轮船。一个认识的挪威商人劝阻我。'去买英国的拖网轮船。'他劝我。'为什么？'我说，'难道我们的海里可以用拖网捕鱼吗？''你们那里是可以的。'他说，并给我看一本书。我一看：去卡宁诺斯角一趟就能得到三到五千卢布。就这样吧，我立即租了一条挪威的拖网船。我想，要取得经验，得先拿别人的船来试试。就这样，打着挪威的旗，我到了摩尔曼。扔下拖网，破了。又扔下一张拖网，又破了。这次连长钓索也断了。捕鱼人都冲着我骂，因为我坐的是外国的轮船，而且还弄断了他们的绳索。

他们向省长递了呈文，而我发了电报。那里允许我捕鱼，只是要我不妨碍当地的捕鱼人。我马上离开去卡宁诺斯角，在那里下网。没打到什么。又下一次，又没什么。可时间已过去，要知道一个月要收我两千卢布租金哪！好了，这下您要摇晃了，我差点在这里破产……"

船长讲着，而我集中注意力听他而不是听自己，因为身体里面乱糟糟的，仿佛那里有什么东西在摇晃，甚至还发出轻轻的吱吱声……

"是什么东西在吱吱响？"终于我经受不住这种自我斗争。

"是老鼠在吱吱叫，"船长回答说，"该死的英国老鼠，让它们见鬼去吧，我无法消灭它们，多大多特别多壮呀。您用纸把洞堵住。找到了吗？它应该在您的头上方，最好堵上它，不然，有时候老鼠会跳到床上来……这是它们的孩子在吱吱叫。嗯，好。后来在卡宁诺斯角我的运气就来了：全都偿付了，还赚了两千卢布。这时我就去英国，就因为这些老鼠。我买了轮船，冬天十月里在海上往回行驶。起了风暴，十分可怕，折磨了我们三天。风暴和雾。我们怎么都无法确定方位。这一下出事了：我们差点死掉。买轮船时我没有发现，测程仪是旧的。您知道，测程仪是什么东西吗？是一只转盘，把它系在绳子上放进水里，就能测出行程的数字。我们就靠它来确定。测程仪是旧的，未经检验，它计算得比应有的要少，加上风暴又阻挡了我们，也搅乱了时间。我根据俄里的数字估计，我们大概是在挪威附近，便转向罗弗敦群岛。我们行驶啊行驶……没有群岛。这是怎么回事！煤快要烧完了，我们却不知道自己在哪里。这时雾散了。

"我要告诉您,北方的光芒这样闪耀,我一生中从未见过。而极地的一颗星几乎就在我的头顶上。陆地露出来了。这里会有什么陆地?有一个水手经验丰富,他认出来了。他说,这是梅德韦日岛。瞧我们驶到了哪里,差点就发现了北极了。我们把轮船调向摩尔曼开,只能进入叶卡捷琳宁斯卡亚港,烧完了最后一粒煤,吃完了最后一片干面包……"

船长讲完了自己的故事,静默下来。然后又非常真诚地开始讲起来,只有非常亲近或完全陌生的人才会这样。

"可以说,我干自己这一行已经很有经验,可是却不知道,明天会怎样,这使我很苦恼,难道这是生活吗?像这样,一瞬间一切就可能像船那样翻了,这算什么生活,这算什么事业?您告诉我,您的事业中……您在那里干什么……在做学问的事业中也是这样吗?"

但是这个时候,船光是把我晃向墙,然后又向老鼠洞的方向晃回来,接着使我贴向床边。

我无法像船长那样真诚地回答,对他嘟哝了一声,就走到上面甲板上去了。

海上的颠簸

我肯定,没有什么
比大海更强大更有害。

它能摧毁城堡和

最精力充沛的男子汉……

——《奥德赛》

是的,这是颠簸,真正的海上的颠簸……大洋里还会有什么呢?要是这十天得了海洋病,怎么办?瞧船头被高掀上天——一下子又往下掉,掉到浪涛里。甲板上一小块一小块泡沫化掉了,变成水淌着。我站不稳,整个世界都在移动。我一个人留在这地方不合适。马特维注意地望着我,同情地说:

"大海在折磨您吧?"

但是我没有接受他的同情。我有对付海洋病的自己的一套方法。我没有带任何药,再说这些药也无济于事。医生不知道病的原因,有的说是因为贫血,有的又说是多血,还有说是神经系统的问题。而我觉得,这是因为意志薄弱,海洋病是能把最有意思的旅行变成使人十足痛苦的敌人。因此,我有敌人,我要与之斗争,活着就不向它屈服。首先,不向任何人讲自己恐惧,而要做个快活的人。

"大海折磨着您吧?"马特维问。

"没有,不值一提。"

"您见过我们这儿的坏天气吗?"

"当然见过!"

我又被摇晃起来,我勉强才能抓住绳子。马特维不相信地望着我,而我像是什么事也没有似的唱起了我在这里听到过的歌："黑裙子，白花边，我爱小伙子，但不露声色。"马特维附和着我，接着第二个、第三个都唱起来了。这一下，在浪涛声中，在大海中快活地响起了水手们的歌声："黑裙子，白花边。"我把这看成是胜利，便去厨房。那里有现在对我来说最可亲的人，世界上唯一理解我、我可以向他敞开心扉的人。这就是厨师，沃洛格达的厨师，浑身肮脏、张大嘴巴、长着大耳朵的厨师。还是一早起船长就开始仔细观察他并对我说："我们又要自己做饭了。大海在折磨他。一个夏天，这已经是第四个厨师了。一出海，就躺下来像死了似的，躺上十天。有经验的人不来当厨师，而新手则会生病。瞧，嘴巴张多大。"

船长这么向我介绍厨师，他不明白，对我来说这是最好的介绍。于是现在我为在水手们那里取得成功所鼓舞，走近厨师，用保护人的语气对他说：

"大海在折磨你？"

他负疚地朝我笑着，说：

"有点恶心。"

"没关系，没关系，"我鼓励他，"让我们来学走路。"

我开始与厨师一起在甲板上走起来，确切些说，是爬起来。马特维发现了我们，笑着对我说：

"今天会有风暴。"

"这怎么说？"

"这是说，太阳在西南方，就会有风暴。"

"难道现在这还不是风暴？"

"这不是风暴，这是清新的风。当甲板上抛来沙子，滚来有磅重的石子时,这才是风暴。"

我暗自喃喃着,很像是祈祷,就走到船舱下去了。怎么也得与敌人作斗争。我要试试写信。我拿起墨水瓶、笔,虽然我们离到大洋还远着呢,我却写着:"北冰洋,北纬70度,东经70度。瞧,我的朋友,我到了哪里……"

突然我看见,我的墨水瓶在桌上移动着。我想抓住它,它却跑得更快,掉了下去,消失在我半开的装着内衣的箱子里。我走近箱子,但是被抛到船长室英国老鼠吱吱叫的床上。

风暴来了!现在厨师怎么样?我尽快上甲板。

他站在船舷旁,向大海鞠躬。

"有点——恶——心……"他负疚地勉强说出话来,但是看见我便打起精神来。

我发现他手中拿着茶壶,我很高兴:厨师没有忘记自己的职责。我突然变得快活起来:风暴非常可怕,可是,实际上,我什么事也没有,厨师也没有松开手中的茶壶。我挽起厨师的胳膊,我们像技巧运动员那样灵巧地弯着身子,在甲板上走着,令水手们大为惊讶。

"大海不折磨了?"马特维说。

"你瞧!……"

"嘿,真成了水手!"

胜利了,完全胜利了!现在已经没事了。现在我再也不会生病了。厨师怎么样?厨师也没有松开手中的茶壶。

"水手,是个水手。"总是快活的马特维说。

圣 角

经过风暴的洗礼我已经是个真正的水手,积极参与了决定我们这艘小轮船命运的事。我和船长在下面,喝着茶,商量着。为安全起见,茶壶放在木箱上,而茶杯,我们当然拿在手中。船长很不顺心:我们被扔在雾里,水流把我们冲离了航向,我们看不到奥尔洛夫的灯塔,听不到钟声,也听不到戈罗杰茨基角的强音雾笛声。如果这样继续下去,我们就看不到卡宁诺斯角,那么也就遇不上"奥尔加号",也不会运回去有点腐烂味的鱼。我像船长一样也很想遇见"奥尔加号",因为对于经历过风暴的我来说,像船长一样,鱼的事也变得同样息息相关。也许不是鱼的事,也许是"奥尔加号"上的太太所弹的钢琴的和弦在召唤我们回去?不,不,就只是鱼的事。我们喝着茶,直到听到铃声。这是换班。马上水手会来叫我们去换航海长的班。水手从上面走下来叫我们。

"看不到岸吗?"船长问。

"没有。"水手回答。

"指南针上的方向呢?"

"东北方向。"

"测程仪上呢?"

"没有看。"

"波浪呢?"

"还是这样。"

"水呢？"

"大洋的水。"

"怎么是大洋的水？"

"是这样，大洋的水发绿……"

我们走到上面。像原先一样的黑乎乎的波浪从灰蒙蒙的雾中滚来。船长拿起一段白色的木头，将一枚钉子系在木头上，然后放到水里。这小段木头慢慢下沉着，绿莹莹的，越远越明显，最后在什么地方深处闪烁着非常美的神话般的奇光。

"水是大洋水，发绿。"船长说，显得困惑不解。

大叔舀了点水，尝味道。

"是大洋的盐水，"他说，"咸的。你尝尝。"他向我提议，"用我们白海的盐水做鱼汤要放两汤匙，而用这水放一匙就够了。"

我们走进驾驶室。大叔换下了水手，站到舵轮旁。船长在地图上测量什么。他推测，我们现在正好是在从圣岛到卡宁诺斯角的航线上。

但是我没有同意这种猜测，并非是因为怕危险，而是心里不痛快，仿佛我当了俘虏，仿佛把我当小孩子似的裹了起来，裹在沉甸甸的衣服里，放进马车，我既不能动腿也不能动手，只能发出尖声的叫喊，即使这样也无济于事。谁在这时听到浪涛中的声音了？也许，这里什么地方还有这样一条船在漂行，也许，完全很近。

"如果鸣笛，会怎么样？"我向船长提议。

"可以，您拉绳吧。"他同意了。

我拉了绳。汽笛鸣响着，但是雾吞噬了声音，谁也没有回应。

"要是我们触上暗礁，怎么办？"我问。

"那就待着。吃光所有的食品。也许，会被看见的。"

"也许，看不见呢？"我想，我不能容忍，不能容忍这种状况。

"怎么能这样，"我问船长，"难道不能设法确定方位吗？"

"可以做天文确定，"他回答说，"但是我们现在没有时计表和六分仪，通常我们在戈罗杰茨基附近来确定方位，但现在水流把我们带进雾里，我们在什么地方，无法确切说。"

大叔发现我的困惑，就说：

"这算什么！你要是在帆船上就好了。现在我们在这里，卖弄自己……没关系……地方是危险的，许多船就留在这里了。"

他讲，他那个时候老人们根本不绕着圣角驶去摩尔曼。他们在地上把船拖过圣角，但是不敢绕着驶过它。他们认为，圣角附近水里有鬼怪，吞吃船只。后来哪个圣人对它念了咒，它就消失了。现在大家就绕着圣角行驶了。

"也许，"我对老人说，"这与鬼怪毫不相干，不过是老人们害怕浪涛汹涌的地方，那里经常会遇到涡流，于是便想出有鬼怪的说法来，而年轻人要勇敢些，船也要好些。"

"为什么呢？"他回答说，"也许，是这样。年轻人确实要勇敢些，但是鬼怪还是有的。"

我没有跟老人争论，装作好像同意的样子，而他则讲起更加难以置信的事来。

"海上有这样的人，"他说，"上帝知道他们：他们是什么人，从哪里来，要去哪里，但是风听他们的话。有一次在摩尔曼，是秋天，捕猎已经结束，捕猎者就登上瞭望山[①]，坐在十字架旁，望着大海，等着起风去阿尔汉格尔斯克。他们就这样什么事也不做坐在那里两个星期，一直等到顺风。在海边的老婆们想念着亲人，等丈夫回家。但是没有风怎么上船？捕猎者坐在瞭望山上的十字架旁，喝着酒，等着海风。他们从上面看到，好像海里有船乘风行驶。大家跑到宿营地，一个老人走到岸上，他个子高大，白得像抹了酸奶油。他一块石头一块石头地走上瞭望山。'真奇怪，'捕猎者们想，'哪里冒出来这个老人？'他来了，笑着。'你们这些傻瓜，'他说，'干嘛在这里干坐着，是送时间走吗？''那你这个聪明人，'他们说，'就顶风把我们送走吧。'老人笑着。'我就来送，'他说，'拿酒来。'他们给他端上酒，大家一起喝了。'还要，'他说，'摆上。'又喝干了。'现在去准备船。'大家准备好船，升好帆。'躺下睡觉吧！'老人命令着。而大家都喝得醉醺醺的，一躺下就睡着了。等他们醒过来，就看到阿尔汉格尔斯克了，风驱赶着船。他们驶近沙洲，风马上就变了向，又刮起先前的风来。"

"那老人呢？"

"老人不见了。他们一醒来，就再也没有见到他……"

[①] 在摩尔曼捕猎者从这座山上看海。在瞭望山上总有大十字架。——原注

在测程仪旁

海上的颠簸对我不起作用,但是我也不愿意始终处于这样的精神状态中。心里有一种神圣的苦恼,仿佛马上就要产生一种伟大的思想,但是实际上却甚至不能把两个最平常的念头联系起来。心里也很委屈:在这种状态下精神离低卑已经很近了。眼看一切就要以可怜的、凄惨的结局而告终。

我走到船尾,那里晃得小些,一个人也没有,只有马特维手拿猎枪坐在缆索上,守着虎鲸。我走到船舷旁,吊在舵的上方。在这种情况下我觉得,我在大洋上空飞翔,完全是我一个人,根本就没有轮船。我像海鸥一样在波浪上方飞行,追逐离开我向雾中滚去的波浪。我觉得,大洋是有生命的,波浪也是有生命的。但是在这庞大而坚实的生命中,在浪涛中某个地方却发出哀怨的仿佛是孩子发出的纤细的尖叫声:

"叮!"

"这是什么声音?"我问马特维。

"这是测程仪发出的声音,"他说,"它在计算节[①]……你发现吗,浪变小了。真的,风也变向了。浪能感觉风。"

"波浪怎么能感觉到风?"我说。

"是这样的,"他有把握地回答说,"瞧,现在风是这样的,变小了。为什么呢?有时候风完全静息了,撒一撮烟丝,它就落在脚下,而大海还在晃荡。这是为什么?是因为大海能感觉

---

① 节:舰船速度单位,即海里/小时。——译注

到风,能感觉到天气。"

"这到底是为什么?"我想,"是不是因为,大洋很大,浪要从一个地方推到另一个地方?不可能浪真的自己能感觉到风。"

波浪亲吻着轮船的两侧,从雾里滚出来是黑乎乎的,冲近船舷,洒落下来是白色的,而且露出里面有什么东西是绿色的。"波浪是有生命的,"我想,又吊起来,像海鸥一样在大洋上方飞翔。突然,有一个庞大的黑色怪物从一个大浪里冒出来,越来越大,露出了黑色的尖端,又消失在水中。

"虎鲸,"马特维说,"马上在那里还会出现。"

他把枪朝那里瞄准。

波浪又分开了,在水面上又露出了怪物,像是一条翻过来的大船。

马特维开了枪。

黑怪物所在的地方翻腾着一个白色的旋涡,后来一切都结束了,又像原先一样滚动着波浪,在两个浪之间有什么红色的东西,有一个浪头也是红的。

"是血,"马特维说,"沉下去了。真机灵。是条大虎鲸……有五十普特光景,瞧有多大。打中了心脏,沉下去了。"

我身上猎人的本能苏醒了,我像是被锁住似的,盯着虎鲸沉没的地方,仿佛看见它慢慢沉到洋底即将死去。

"现在鲨鱼会来吃它,"马特维说,也望着那里,"所以它也是用得着的,不然鲨鱼就会伤害鲸的。"

"鲸更大吗?"

"更大，可是无法对付鲨鱼……你瞧……你看见它背上的刺了，它就用这刺去刺伤鲸。而鲸是好鱼，它把大西洋鳕赶到我们这里来。"

"鲸善良？"我心不在焉地问。

"它是善良的还是怎样的，这我可不知道。它也得要吃，要在大洋给自己捕食，这是上帝替它规定的，是鱼还是兽，是坏东西还是什么，它也不傻，也不会放过自己的猎物的。只不过它对人很有用。先是海兽怕它，都躲开它游到岸边来了，接着鱼又怕海兽，也游到岸边了……"

我们早就已经驶过了虎鲸沉下去的地方，但是我还是看着那里，我觉得，它在跟着我们游：稍远处雾中也是这样的波浪，黑幽幽的，它有绿莹莹的颈子，戴着白帽子，就在近处出没，在船舷旁。我觉得，马特维想得跟我一样，他也望着那里，望着大洋深处。猎人的本能像绳索一样，把我们俩拽往那里，拽向深处，现在死虎鲸躺在那里，那里沸腾着完全不像我们这样的大洋底的自己的生活。

"您见过大洋里捕鱼吗？"

"没有，没见过。"

"很有意思。那里什么不能从洋底捕到呀：各种各样的鱼，鲨鱼也会碰上，各种小东西，多爪的虾，就像是一颗星星，海胆，各种海螺，红的、白的。许许多多，无所不有。你会看到的。真有意思。现在，要知道，很快就要到卡宁浅滩了。"

卡宁浅滩

船长和航海员在讨论,这是不是卡宁浅滩。他们争论着,一直分析着航行日志中所记录的情况。我觉得,这个问题解决起来很简单:算算测程仪记下的已驶过的路程数,再用圆规在地图上这个方向比量,这就行了。我插进了谈话,拿着圆规,过了五分钟就确定了要找的点。水手们笑了。

"那水流把我们冲了多少路?"他们说,"比方说,我们朝北方走,把我们冲向东北方有多少路?"

"水手应该知道,"我说,"涨潮退潮的力量,作出修正。"

"我们忙的就是这修正。假如我们是在一个地方,那么就能作出修正,可是在不同地方水流也是不同的,我们怎么作修正呢?"

我在思想上与能遇上"奥尔加号"的想法作告别,甚至暗自害怕,因为什么原因而不能捕鱼。但是水手们继续商量着我完全不懂的事,最后他们认定,这就是卡宁浅滩的开端。围绕着卡宁诺斯角的这个辽阔的浅滩,其平均深度,据他们告诉我,至多五十俄丈①。滩底平坦,铺着沙子,因此这里可以放心在滩底拖网,不会有太大的弄破网的风险。我们就是要到这个浅滩去。

"就是它,"航海员说,"波浪散开了。"

而船长始终盯着水看。

"您发现蔚蓝色的波带了吗?"他问我。

---

① 俄文:俄国旧长度单位,等于2.134米。——译注

我仔细看着，我觉得，就在白色的浪头闪耀着蔚蓝色的斑点……

"这大概是，"船长向我解释，"墨西哥湾暖流的支流，它的水与大洋绿色的水的区别在于，它是蔚蓝色的。我不知道，也许，我弄错了，但很像是北角海流。"

我怀着极大的敬意仔细察看这水流的水。我从童年起就习惯了尊敬湾流①，把它看作某种相当有益和善良的力量。我知道，没有湾流的话，相当一部分欧洲就会变成结冰的格陵兰，但是我从来不知道，湾流这么美丽，是蔚蓝色的。我觉得十分有意义的是：我们竟在这里，在北极圈里很远的地方，在永远冰封的新地岛附近，欣赏到了从热带国来到这里的蔚蓝色的闪光点。这里是浓重的迷雾，那里是蔚蓝色的苍穹。我想起了在什么地方读到过，好像湾流把安的列斯群岛上的植物带到了北冰洋。我问水手们，他们有没有看见过这一类植物。

"没有，这没有见过，"大叔回答说，"就是从北角带来过一些瓶子……带字条的。英国旅游者把带字条的瓶子扔进海的。"

"不，"船长说，"这里漂着的瓶子多半是摩尔曼斯克捕猎纠察队的。他们研究水流。"

船长告诉我，湾流对于大西洋鳕的意义。大西洋鳕顺着它的水流游，就如在一只大木盆里游似的，从北角沿着摩尔曼游，

---

① 湾流：又称墨西哥暖流，大西洋北部的暖流系统。在西经40度附近，湾流汇入北大西洋暖流，后者在西风和西南风影响下，流向斯堪的纳维亚半岛沿岸，使欧洲的气候变暖。——译注

大概在这里转向新地岛。

  为了彻底确信这是卡宁浅滩，我们要测量深度和研究底泥。为此我们迅速地把系在绳上、抹了油的测深锤放下水。测深锤碰到了底，带回了沙子。深度是五十俄丈，是卡宁浅滩……

捕　　鱼

> 谁要是一生中哪怕捕过一次梅花鲈，
> 谁就已经不是城里人了。
>
> ——契诃夫

  原先，水上的一切对我来说都十分新奇，但我对于拖网渔船上捕鱼的技术不感兴趣。但是现在，过几个小时就将在轮船甲板上看到大洋底的生活，各种各样的细节都变得有意思了。原理本身是简单而巧妙的。在水中放下用铁钩固定在钢索上的两只木制大风筝。轮船向前进，风筝在水里就像在空中那样真的飞了起来，由于水的阻力会飞向不同的方向。这两只风筝上，或者照他们的叫法，"网板"上固定着结实的大网，即拖网。风筝飞向不同的方向时，就张大了拖网的口，迎面而来的鱼就进入其中。通过改变绳索的长度和轮船的速度来调整下网的深度。我们的拖网渔船需要放下大概两个深度，也就是一百俄丈左右，这样才能按要求使网几乎就在洋底拖动。拖网、钢索、卷钢索的蒸汽绞盘、为了提起沉重的网兜而设置的滑车系统——这一切全是简单的设备。

我们一到卡宁浅滩，拖网渔船上的真正生活就开始了。

"放绞盘！"船长命令着。

黑糊糊的网板轰响着，沉到水中，越沉越深。

"停！……固定住绞盘！……全速前进！……"

现在，拖网放下去后，一切都停了下来，静候两三个小时。只有控制拖网的人马特维站在船尾，全神贯注，严肃认真。他握着钢索，根据它，就像根据神经似的，来感觉网板是否触及洋底。他应该经常感觉拖网的这种轻轻的推动力。如果没有这种感觉，那就是说，拖网浮得高，鱼不会进去。如果感觉到很强的推力，那就是说，拖网挂住了，需要对驾驶员喊："停！"

"叮！"预报信号响了，经过十五分钟我们要把鱼拖上来。

这真奇怪：在等待提起拖网这段时间里，我没有去想象各种各样的海洋怪物，如鲨鱼、虎鲸、白鲸，我的思绪却远远地离开这里，想象着自己是在封冻的河流冰面上。我和几个普通的但很受尊敬的上了年纪的人在冰上打了几个小窟窿，把带钩的线放到那里。我们站着，颤栗着，跺着脚，让冻僵的脚暖和起来。可敬的老人们的大胡须上结了冰粒。鱼儿扯动一个人的线，那人激动得可笑，抵住钓鱼竿，拽着。这时他的脸泛起红晕，洋溢着一种特别的生气。可以听到城市的喧嚣，沸腾的生活，激烈的斗争。而他这个可敬的人却拽着小鱼，过着自己那种完全是特别的可笑的生活。他这个老人拽着鱼，仿佛是对千年往事作出的回应，那个时候，也许他的祖辈在林中小溪旁徘徊。老人拽着鱼，现在经过了许多许多年，面对着整个大洋，我清楚地看见结上一层薄冰的大胡须和他眼中流露出的亲切、可贵的神情。要是现在我们又能相聚一起，在这里，"圣尼古拉号"的船舷旁，那有多好呀！

"停！收绞盘！"

绞盘转动着，钢索绕起来，拖网在拉近。岗位上只有五个人，这是拉起拖网必需的人数，其余的人应该休息、睡觉。但是他们一个不少全在这里看着水面。甚至张大嘴、手拿茶壶的厨师以及驾驶员、浑身乌黑的锅炉工都上来了。全都不出声，等待着。不知从哪儿飞来了许多鸟……它们怎么会知道有猎物的？先前我几乎没有看见它们。它们游近轮船，很美，像鸽子，只不过要大。

"它们叫什么？"我问马特维。

"傻鸟。"他回答我。

"多美的鸟，名称却这么蠢，为什么叫傻鸟？"

"瞧是为什么。"控制拖网的人说，一边用钢索的断头去砸它们。鸟儿飞了起来，但马上像没事儿似的又落到了原来的地方，甚至游得离船舷更近。

"它们很笨，瞧，不怕……"马特维解释说，"现在它们不会离开我们。此后我们回去时，它们会跟着我们飞上百俄里。真笨……"

终于黑色的网板露出了水面。

"停！"

网板挂在空中。

"用手拖！"船长命令着。

这就是说，最后要用手来拖网，直到网满了鱼的网兜露出水为止。网兜当然很重，达三百普特，要用滑车来吊起来。

"用手拖！"

所有在场的人都抓住网。船舷由于船的摇晃一会儿落下，一会儿升高。船舷下落时，水手们就用胸部压住网，波浪本身已经把网抬起来了；渔民们很快换手抓网，又用胸部压住网，每次大家都盯着深处：网兜是不是露出来了。那是紧张等待的时刻。不仅仅是人们等，鸟儿也在可以看到拖网的地方围成了圈，人和鸟几乎构成了一个正圆形。但是网兜还在深处，网在水面上是黑色的，在水中则发绿，在深处却闪着光，而网兜本身却是看不到的。冒出一些水泡，许多水泡，水翻腾着。

"鱼闹腾着！"有人说。

"鱼闹腾着！"水手们一个跟着一个重复着。

浮起一条有一阿尔申长的白色大鱼，体侧有漂亮的黑色条纹。这是黑线鳕，是大西洋鳕的近亲，昏迷了。鸟群向它扑过去，用它们的尖喙啄它，发出啄击声，叫喊着，叽喳着。大叔拿着带钩长竿，与鸟群争斗着，用钩子拖出了鱼。浮起第二、第三条鱼，但人们对它们没有再加注意，因为在深处可以看到网兜，它很大，绿莹莹的，浮起了一些奇怪的线、草，植物或动物。控制拖网的马特维比所有的人都起作用。他是整个这忙碌的人群的灵魂。我从小小的驾驶室的玻璃窗可以看到，他怎么与波浪搏斗。我看到，他浑身湿漉漉的，从波浪中抓起渔网；我看到，绿色的怪物越来越近地移近来，我不能忍受做一个旁观者。我奔到渔民们中间,抓住渔网,我听到身旁马特维的呼吸,船长的喘气,但是已经没有看他们了:我在拉网。我拉着,把胸部贴到湿淋淋的渔网上,我没有注意到,寒冷的海水透过西装背心渗到身体上,往下淌,灌满了靴子。只要拉近四分之一就好了。

"准备!"

我们伏在船舷上,全都默默地盯着:大叔,马特维,船长,少年水手,所有各种人,现在融合成一个湿漉漉的但是强壮的充满热血和肌肉的整体。

"鲨鱼!"大叔喊了起来。

"鲨鱼,鲨鱼!"大家喊着。

"鲨鱼在哪里?"我急忙问,仿佛怕错过机会和落在人家后面。

"瞧,躺在那里,瞧,翻转个身,那是它的嘴,那是尾巴……"

我仔细看着,在灰色的庞然大物身上分辨出嘴和闪光的绿色小眼睛。有人给我们递来绳索。马特维捆好网兜,把它挂到滑车上。绞盘轰响着,轮船甲板上方是挂着一个装满了鱼的黑色大气球。

我跑去看网里有些什么鱼,但是那里发出一股难以忍受的气味。我后退了。这不是鱼腥味。与这股味相比,鱼腥味还好呢。这是海洋深处,海洋内部的特别气味。仿佛我们在洋底搅动了无数死去的海洋生物的墓地。

"多么娇气!"船长对我的表现感到惊讶,"我们不过是抓了许多海绵动物,就是它们发出的气味。这气味是好的,健康的，你很快就会习惯这气味，以后甚至还会喜欢它。"

真的，后来，在岸上，我回想起这种气味时，几乎是很乐意了。我喜欢牲畜栏里那种令人舒心的温暖的动物气味，它唤起记忆中托尔斯泰小说中的可贵情景。

马特维在网兜下面解开扎，可是随着一声特别的滑落声，鱼像水银似的散落在甲板上。起先很难明白这一大堆东西是什么，它整个儿被一层灰色的海绵动物所覆盖，只有在中间可以看到大鲨鱼钢铁般的脊背、嘴和尾巴。但是现在透过厚厚的一层鱼露出一个凶狠的头，有斑纹的身体。这是狼鱼，是海里的狼，有一普特重。我觉得，有关自然界本身孕育着恶这一点，我从未得到过比此刻看到这可怕的鱼头更生动的证据。这鱼头像老太婆的脸，还带着尖利的牙齿。跟这个明显有齿的恶魔会有多么激烈的搏斗呀！

在海里是这样，而在甲板上有着更为尖利的牙齿。船长不知为什么把狼鱼的头给水手们，因为一个头值五卢布，可是用芬兰刀武装起来的水手首先就等着从灰色的一大堆鱼中露出老太婆似的鱼头来。谁先抓到，谁就用刀割下凶恶的头，并开始侮辱它，像童话里侮辱凶恶的巫师一样：把鱼塞进死鱼头的嘴里，嘴闭拢，鱼就发出脆折声。后来又把头挂在钢索上。大家笑着，割下来的头还活着。这是渔民的娱乐、休憩，他们根本不明白，这有多厌恶。有的有一个头，有的有两个，有的有三个。但是被侮辱得最多的是鲨鱼。它是水手的坟墓，也许因此才侮辱它。少年水手把斧头塞进它嘴里，嘴发出啪啪声。大家把鱼扔进嘴，塞进一根冰串。大叔累了，坐在它身上休息，像什么事也没有似的用袖子擦去脸上的汗水。后来，休息好了，他为自己挑了一条鱼，不知为什么用刀刮它。但是，突然在前面，在船头，他发现乱糟糟的。他忘了身下坐的不是树墩，而是活鱼，把刀往它身上一插，就啪嗒啪嗒踩在鱼身上跑去了。刀留在鱼身上很长时间。鲨鱼似乎对它没有感觉，它是那么庞大，一动不动。它打乱了我原来对这种鱼的概念，照别人的描写，它在船甲板上是乱蹦乱跳的。也许，这是因为那里描写的是南方大洋里的鲨鱼，而这条鲨鱼是生活在深水里的。在这里，船上面，它就完全失去了活动能力。北冰洋的鲨鱼躺在甲板上，像死了似的，直挺挺一动不动。只是稍稍动动鳍，瞪着它那绿色的小眼睛。而在大洋底，它大概是很可怕的。它呈深灰色，这颜色正可以不被发现地悄悄靠近猎物并一下子以巨大的灰色阴影和绿色闪光的眼睛出现在猎物面前。渔民们用刀划破鲨鱼的肚子，要取它的珍贵的肝脏，于是一股浑浊的液体淌了出来，与这液体一起从鲨鱼肚子里滚出来的还有一头不大的死海豹和许多鱼，有的还活着。他们把这些鱼洗干净了，与其他的鱼归到一起。而割下鲨鱼肝脏后，他们把鲨鱼用滑车吊起来，放回到大洋里。它慢慢地沉到水中，绿莹莹的，在最深的地方呈现出奇异怪诞的形状。

  但这毕竟是诗意。船长没有时间来做这样的小事。他用短短的钢钩作工具，一次又一次地将它扎到鱼身上，按品种将它们分别抛在一旁。瞧大西洋鳕——北方的奶妈——是健壮的大鱼，肉富有弹性，犹如裹着城里人裙子的农村姑娘；瞧它的亲戚黑线鳕，带着黑条纹的银色的鱼，不那么粗俗；瞧青鳕，也是那个种类的。比目鱼完全不像鱼，更像是海里的叶片，一面是棕色的，一面是白色的。叶片朝一个方向飞去，大西洋鳕则朝另一个方向。船长很快活，开着玩笑，他估算着收获，约有一百普特。他仔细察看着鱼，突然停下来，朝我挥手。他在一层鱼下面发现了鲽鱼那很有特色的将军般的头。这鱼的样子像比目鱼，只不过一面是黑的，鱼也大，约有五普特重。这鱼贵重，一条就肯定能给船长换来五十卢布。他欢喜地用手掌拍着湿漉漉的鱼将军，对水手喊着：

"给它做个袋子！"

这就是说要把鲽鱼特别放置。水手去做袋子，而船长继续扔着叶片鱼。

对于我这个勉强容忍用蠕虫作饵、用钓竿捕鱼的业余爱好者来说，这种景象并不特别愉快。使我感到莫大欣慰的是，我为自己找到了同伴，也是像我这样的业余爱好者。驾驶员蹲着，手里拿着桶，给自己挑着蟹、海胆、海星，玩着寄居虾，竭力要把它从贝壳里赶出去。他想把所有这些东西风干了，带回家给自己的孩子看。我也加入他那里去，拿了桶，放满了各种海洋生物。所有这些东西，红的、绿的、黄的都有，都竭力要从压着它们的沉重的鱼和海绵动物下面爬出来。我解救了它们，把它们放归水里，它们像是表示感谢，从那里开始朝我晃动爪子、胡须和触角。但是我这和平的解放工作重又受到令人厌恶的景象的破坏。厨师，海上颠簸时我曾鼓励过的手拿着茶壶的那个厨师，把一条小鱼钩在钓竿上，然后甩到鸟群中，得意洋洋地把一只不幸上钩的鸟拖到甲板上。我解救了鸟，但是厨师不高兴了，又开始把一只海绵动物甩到傻鸟群中。这件事吸引了水手们，于是大家开始用海绵动物去砸鸟。叫声、叽喳声、翅膀拍击声、水手们的哈哈笑声，海洋深处的气味，这一大堆动物，无边无际的水域，大洋上空太阳的浑浊斑点——这一切使我觉得是有鱼尾、兽蹄和人头的海洋怪物的舞蹈。要是有伏特加送到这里来就好了，但是船长不允许喝伏特加。

戳起的木块

> 我很久没有享用
> 食物、安宁和睡眠，
> 在摇晃的木筏上
> 我被波涛包围着，
> 耗尽了所有力量。
>
> ——《奥德赛》

我们在抛锚的地方放上插着旗帜的大浮标，以标明我们找到的捕鱼的位置并绕着它开船，每过两三个小时收一次拖网。就这样过了整整一个星期。太阳很难得从雾中露脸，照上两三个小时，红彤彤的，重又消失在雾中，因为不停的北风总是伴随着雾的。终于盼望已久的一天来到了：与"奥尔加大公夫人号"相会。但是相会的希望很少，因为我们终究没有看见卡宁诺斯角，

第四章 在卡宁诺斯角相会

无法确定方位,加上又是个雾天。但是谁知道呢,也许会遇上,会听到汽笛声。我坐在驾驶室里,紧张地凝视着雾中,注意看指南针的指针,不时地拉响汽笛以便与别的轮船相遇。

有一次我看到,大叔在向我挥手,喊叫着什么。是怎么回事?汽笛声!他听到了汽笛声。我就拉响汽笛,但没有回应。

"你听错了吧,老叔?"

"没有,亲耳听到的,就在那边。"

我朝他听到汽笛声的那地方仔细凝望,我觉得,那里雾中有什么黑糊糊的东西闪了一下,闪了又一下,又一下。有一个黑影在波浪上晃动。是船,是"奥尔加号",不用怀疑,这是"奥尔加号"。

我等得多苦呀!要理解我,必须像我这样在大洋上漂行一个多星期,必须睡在老鼠窝旁,耳边轰响着网板,必须湿透全身,沾满鱼腥,发出鱼味,那样才能理解我,我是怎么等待"奥尔加号"的。我看到,雾中的船影在增大。我觉得,我已经听到了和弦,看到了肩挎旅行包、身穿黑裙的太太了。一瞬间酝酿着一个计划:从这里逃走,乘"奥尔加"去新地岛,然后与它一起回阿尔汉格尔斯克。我发出报警的汽笛声,没有回答我,而影子变大了,而且在接近。这不是船,这是一条大鲸鱼游来迎接我们。

"这是鲸吗,大叔?"

他没有作声,注意地看着。水手们也丢下杀鱼的活,望着船头。大叔甚至走向船舷。

"是鲸吗?"我又问。

"不像,保持很久了。"

"那这是什么?"

"漂来的东西。死东西。死鲸,死虎鲸,或是海兽之类的……"

漂来的东西缩小了两倍、三倍,仿佛消失在雾中了。

大叔准备了带钩长竿去抓它,但它变得完全成了一个小黑点。大叔笑着说:

"戳起的木块。"

他用长竿钩住它,拖上甲板的是块木头。这不过是浸透水的一块木头,戳着漂在雾中,不是别的。

"戳起的木块。"大叔又说,并爱惜地用衣服下摆擦它。

"它对你有什么用?"

"对付臭虫用得着,有办法……"

这就是大洋上的幻想创造出来的"奥尔加大公夫人号"留下的一切:一块无用的木头。

突然我清晰地听到了汽笛声,非常近。我回以汽笛声,那里也回答了我。每分钟我们都在接近,彼此不停地拉响汽笛。

"奥尔加号"——现在已经没有丝毫怀疑了。我觉得,"尼古拉号"的汽笛声根本不是那么嘶哑,似乎是高兴得有些打颤。指南针上的指针几乎没有作圆周的转动,而我自己则决定一定要从这里逃走。

轮船从雾里显现出来,有桅杆,有喇叭,这已经不是戳起的木块了。但又过了一瞬间,在我们面前的不是"奥尔加号",而是"尼古拉号",不是"尼古拉号"自身,而是它的孪生兄弟,绝对跟它一样：船侧有网板，后面有斜帆。我甚至感到有点害怕，仿佛出现了幻觉。但是过了一刹那，孪生兄弟"尼古拉号"几乎就在我们的船舷旁了。瞭望台上站着一个全世界都知道的永远不变的塑像：身穿灰格衣，手握喇叭，脸容呆滞，有一副冷冷的刚强的眼睛。这是英国的拖网渔船。英国人问我们，我们是什么人，从哪里来。我们说：是俄罗斯人，从阿尔汉格尔斯克来。当时连他那死板的脸上都流露出惊讶："阿尔汉格尔斯克！"他拖长着声说。在这以前阿尔汉格尔斯克人没有拖网渔船。虽然这里是中立水域，但毕竟外国人是会感到不自在的，因为离国境线很近。英国人向我们提了几个有关鱼的问题，稍稍驶离一点，就把拖网放到水里去了。过了一会儿我们又遇上一个英国人，后来又是一个，再后来是挪威人。我们始终绕着我们的浮标行驶，时而彼此在雾中拉响汽笛。我们的水手嘀咕着，他们认为这水域是俄罗斯的，完全是根据不足的。但我很高兴见到这些邻居。我高兴地想，既然是在大洋里，我们和你们之间就没有这界限。

　　这样过了充满了事件和意外的相见的一天，仍然不见"奥尔加号"。我等了它一整天直至深夜，我拉响汽笛，回答我的是英国和挪威的拖网渔船，但是没有"奥尔加号"。我们的约定没有实现。想到面临着的大洋里无聊孤独的日子，我充满忧愁，走下舱去，仔细地堵好老鼠洞，就在自己床上睡了。

山　风

在海洋上风向的改变意味着什么，我没有概念。假如我能预感到，陆地上刮去的风，"山风"，在北冰洋上意味着什么，那么我就会期盼这风，海上最后那些烦闷的日子也会变得好受些。

早晨一个水手在下面船舱里对我说：

"山风，西南风，您瞧，景色多美！"

我走到上面，我不认识海了。太阳灿烂地照耀着，雾一团一团滚动着，犹如被粉碎的军队，没有丝毫波浪的痕迹，只有缓缓的起伏，仿佛睡着的人的胸脯。远处蓝天中一只白海鸥在翱翔，犹如昨天最后一片漂离的大洋泡沫。但是主要是有风，温柔的、亲切的风。我吸着空气，明显地感到干草、鲜花的香气。但是在这里，大洋上。

"您感觉到香气了吗？"我对航海员说。

"那还用说，"他高兴地回答说，"有一种岸上的气息。刮这种风时，大洋里总是飘溢着岸上的气息。"

岸上向我们送来香气。航海员把自己的理想告诉我。他最想住在岸上，在小湖旁什么地方钓鱼。

我支持他，这真的很好。

我们憧憬着小湖、钓鱼，同时望着船头上。在现在是蓝色的大洋背景上，渔民们坐在翻过来的桶上面杀鱼，他们杀的鱼已经有两千多普特重了。他们把小鱼的头扔进海里，这些鱼头在水中绿莹莹的，闪着光，吸引着鲨鱼，拖网就逮住它们，把它们从海里拖到甲板上。

看到汪洋大海却向往着岸上的一汪水和垂钓,这多奇怪呀!但是岸上散发着自己的气息,独特的土地的芳香,这有什么办法呢!

"我已经迈出了第一步,"航海员说,"结了婚……"

"这样好些吗?"

"好多了。现在我就知道,我要去哪里,为什么要去。过去,一上岸就像一头任性的鹿往前奔。把你灌醉、骗光。分文不剩地爬上船。用绞盘把你吊上去。作为惩罚,下一次就剥夺上岸的机会。而水手怎么能不上岸呀!"

我从上面望着马特维,不能不对他莞尔一笑。陆地上刮来的风和香气丝毫也没有使他激动,他像先前一样平静地补着拖网,但是就这样在他那翘鼻子的红润的脸上也显示出他的健壮。他没有想什么,就只是因为温暖的风而微笑着。

"喂,你呢,马特维,结婚了吗?"

"没——有。"

"怎么不结婚?"

"就这样,没有女人也很好。跟她混混,在岸上待上一两天,就到海上去了。在海上很好,你可以深深地呼吸。瞧,多自在!"

他吸着空气中的香气。但是,除了马特维,所有的人都想上岸,这岸上刮来的轻风都使他们激动不已。大家都向船长作暗示:补拖网的绳子不够了,食品少了,驾驶员也在讲什么机油的事。船长脸色阴沉:没有盐,鱼要坏,而捕得却很好。

"你们怎么啦,一起讲好了似的。"他喊了起来,忧郁地走到下面底舱去了。

"下去吧，下去吧，"少年水手说，"我把有臭味的鱼放到上面去了，你闻闻看。"

从底舱出来时船长显得更加忧郁了，但是已作出了决定。

"西南风！"他对航海员说。

轮船转了弯，全速向微风从那儿刮来岸上香气的方向驶去。

第五章　无政府主义的群体

北方的核桃

从散开的晨雾中出现了黑糊糊的摩尔曼，犹如一个白胡须的老大爷。

我们现在处在与挪威最邻近的地方。摩尔曼这个词就源自挪威的诺尔曼。我们的轮船迎着这位老大爷迅速行使。它孤独地在这里，在北冰洋，守护着我们的绿色田野和城市。雾升得越来越高，在我们面前的已经不是老头，而是古老的石象，把它又大又长的鼻子垂到大洋里吸水喝。土色的老皮有着许多皱折。但是早晨，当太阳驱散了迷雾，石头就富有生气了。黑黝黝的前额变红了，舒展了。它在欢迎我们，尽老石象能高兴的那样高兴着。现在我们已经能在岩石的皱折中分辨出一片片白雪，皱纹累累的前额上不信任的最后痕迹。

"美吗？"我对船长说。

"什么东西美？"

"这些山……一切……"

船长认为，可以称为美的东西只有布满村庄、城市的岸，绿油油但是黑乎乎的摩尔曼……没有丝毫生命迹象的……石头……

"美丽的土地，"他不太真诚地表示着同意，"但是它有什么呢，空芜一片。"

"还有海！"我一边说，一边指着平静的波浪，它在岩石边一定飞起高高的白色喷泉。

"是啊，大海……大海……是啊……"

我对新奇的大自然的兴趣感染了已习见这一切的船长……他凝视着岸，仿佛第一次见到它似的。但是过了一会儿，他就想起，他还有某个实际的目的，需要装卸什么东西，也就忘了大洋上黑乎乎的悬崖的美，便拉响了约好的汽笛。群山呼应着，从裂缝中派出一条船，两条，三条……

"这里有整整一个舰队！"

"这还算不了什么，"有人回答我说，"有时候，人都看不过来，数也数不清，在海上拉开一片，像森林似的，团团围住轮船，犹如一群苍蝇。"

这些船大部分是摩尔曼著名的帆船，捕鱼者驶着它们远赴大洋捕鱼，但常常覆没。这些帆船在北方成为俄罗斯文化落后的象征和邻居挪威人经常嘲笑的对象。在帆船中也能见到像英国船的漂亮的"轻型渔船"，这是比较完备的船，但也已是挪威人放弃使用的船，他们现在采用安全的甲板船。

帆船和轻型渔船紧紧挤成圈，互相碰撞着，包围着轮船。强壮的海民从一只船跳到另一只船，一会儿互相指责，一会儿哈哈大笑：大家都想早一点登上轮船。他们爬上甲板，滚动大圆桶。我看见一个大个子忍耐不住，不等机器帮忙就把一个圆桶举到船舷就……扑通一声扔下水，使下面的船进了一半水……大家都哈哈大笑了起来。

这是一种健康的、快活的、自由的生活,是中部俄罗斯居民,甚至也是索洛韦茨基修道院对面夏季海岸上白海地区的村民完全不熟悉的生活。到摩尔曼这里来的只有白海西岸上的海民,其实在北方称他们是沿海居民。

"好!"我对我们的船长说。

"没什么,"他回答说,"人好,只是有些粗鲁。不过这没有关系。北方人是核桃,需要咬碎他。"

"到他们那里去,"老人建议说,"瞧瞧。过一星期会有轮船来,你再乘船走。"

"一个星期!"

"一个星期对你算什么,反正得走一辈子。"

"真的,"我想,"一个星期算什么,与我要去的挪威相比,在这些身材高大的人,即诺夫戈罗德公侍卫的后代中间生活一段时间是很好的。"我拿起自己的箱子,向下走去。

"可以让我过去吗?"我问了一个又一个人。

谁也没有回答。一个人撑着我的肩膀,跳到另一条船上去,另一个踩着我的箱子,在这些人中间我变得很是渺小,像是不存在似的。

"坐吧……坐下就坐着,坐着,坐着!"

他们运送着,登上"山下"边光秃的山岩,这里把山和山之间不大的水湾叫做"山下"。

"这是宿营地吗?"

"不,这是山,宿营地远着呢,两俄里。"

"我请你们送我去宿营地!"

"你请求,我们可没有请求你。你自己坐下的。你这是干什么……你是个粗壮的汉子,把箱子放到肩上,就爬山吧……开步走!有一条小路,很好走,会走到的。这就是小路,祝你成功!"

我穿得像个老爷,在任何别的地方,为了得到二十戈比硬币,人们会为我做一切的。

可是在这里,他们没有丝毫意愿,如果我要给钱,他们肯定还会嘲笑我的。

这就是他们,北方人……"北方人,"我仿佛还听到船长在说,"是核桃,需要咬碎它。"

咬碎就咬碎,没办法。

我把箱子往自己的肩膀上一放,它有两三普特重,就开始登山。

"就要这样,"我听见身后有人说,"就要这样,走吧,走吧。开步走!小路会通向要去的地方的!"

* * *

这算什么小路啊!光秃秃的石头上不可能有路,这不是步行者的靴子留在黑色花岗岩石上勉强可以察觉的尘迹。我接连不断地找不到足迹,一会儿爬得太高,一会儿又走到了不能穿越的裂缝,又重新回头寻找石头上的足迹。

有一次我登上了大海上方陡峭的山墙,发现在岩石缝中长出一束紫色的风铃草。我对它产生了兴趣:它们怎么会栖息在光秃秃的石头上,怎么能在这里成长?我小心翼翼地向下伸出手去，摘了下来，真正的鲜花即使没有香味也会散发出清香味。它们就安居这里的岩石缝里。我仔细看着花，突然发现，我大衣的一条边一会儿在黑石头的背景上，一会儿在如镜的水面上方。另一条边也在摇晃，手中的风铃草在摇晃，纽扣、表链全在摇晃，这是因为海上的颠簸造成的，但是奇怪的是，我自己望着自己，意识到在摇晃，却没有停止，仿佛这不是船上养成的习惯，而是大洋上方的岩石在摇晃。我急忙走下去，朝绿油油的地方走去。这是一个小湖，周围长着苔藓。小路通向水里，很深，无法穿越。这是怎么回事？我又向上走，寻找我的小路，突然，我明白了，下面不是湖，而是大洋涨潮暂时留下的水。为了弄清楚位置的方向，我登往更高处，突然我看见，我几乎已经走近宿营地了。

两座梯形的高山仿佛是用黑色大石块人工垒起来似的，守护着海湾里的许多船只，山上有八角形的十字架。有十字架的山当然就是瞭望山，人们已经对我讲了许多有关它的故事了。海民们在这里等待船只出海归来，等待着好天气，也在这里举行自己的酒宴。

船非常多，勉强才能看见水，也看不到岸从哪里开始。岸上栖居着许多平顶小屋子，从这里看去既不像茶炊，也不像炉子，因为屋子上面高耸着铁烟囱，还有比这儿更好的地方吗？这里快活、自由。稍稍克制一下自己——我就要把自己的小船靠到这里，美美地生活一段时间。

我的理想在空中翱翔，完全就像这些银白色的海鸥、燕鸥、贼鸥、沙鸥。

香烟一支接一支丢掉了，我觉得不妙起来，冒出了一个念头："北方人是核桃，还须要咬碎它呢。"这时我发现，曾经是边上长有绿苔藓的一个湖，现在成了盖了一层肮脏水草的黑乎乎的地方了。那里可以看到一条小路。

应该继续走，应该去咬碎北方的核桃。

海兽猎人

下面比上面更加难辨认路径。这下好像这里是小路，在两个营地之间穿过。我正走着，第三个营地又挡住了路，屋顶上一个男孩把脸盆当鼓一样敲着。另一个则在脚底下溜过。这里挂着大网，那里风干着气味难闻的鱼，还有抹着松脂的桶、锚、船。一下子看得出，这里没有人收拾，这里住的光是男人，没有妻子。我想起来，在沿海地区这些渔民的妻子那里多好：一切都安排得好好的，一切都拾掇得干干净净的，一直等待着一家之长平安归来。

我需要在这里寻找两个人：一个绰号叫"海兽猎人"的有名的海民和移民"维丘尔内"。前者人家向我介绍是个"通晓法律的人"，一个很有意思的人；后者是个移民，就是说，是摩尔曼的常住居民，就是说，他有婆娘能给他煮鱼汤，烧茶炊。

我抓住一个溜到我脚跟前的男孩，吩咐他先带我到海兽猎人那儿去。

原来海兽猎人住在自己的帆船上，帆船因退潮而露在地面上，为免得倒下来，用什么东西撑着。

我往帆船上爬。那里没有人，像漂泊的水手船上一样，一片寂静。

"有人的话，请应一声！"

作为回答从船舱里露出一个头来，像是海象头，但是没有犬牙，接着是伟岸的身躯，穿着萨莫耶德人宽大的鹿皮大袍，脚蹬海豹皮做的靴子。我觉得，他的手上蒙着海象毛，但这是这种手套。

"他就是一只核桃。"我心里想，并报了自己和介绍我来的人的名字。

"那您到底为什么事光临我们这儿呢？"

"我对你们的生活感兴趣。"

"从统计局还是编辑部来？"

"算是编辑部吧。"

我刚说出"编辑部"这个词，这海民就变了态度。

"来，到船舱里来，喝点茶，您是尊贵的客人。我们谈谈，我见得多了，我全部告诉你。"

我下到船里，船舱收拾得很整齐。

这里一下子就看出来，主人是这里的人赋予"海民"这个词特别含义的那种人，海民即类似于贵族这样的人。沿海地区，这不是指白海整个沿岸地区，而只是指几个与挪威进行贸易的富裕村庄。

这是我所知道的俄罗斯唯一一处人们为自己的祖国而骄傲

的角落。通常把海民们看作俄罗斯民族的精华,但是他们自己并不喜欢把自己与俄罗斯联系起来。

海民放上茶炊,自己就说起话来。

"我会告诉你许多事,告诉你许多事。我们沿海地区有人,要是你到那些地方去,你就会见到他们了。"

我说,我见过沿海地区的人。

"是吗?"他精神一振,说,"到过苏马那里吗?"

"到过。"

"看见过那里的铺子吗?"

"见过。"

"有一所房子比较高,白色的,见过吗?……嗨,这就是我的房子!"

只有水手才会这么津津乐道地讲到房子。我一下子想起了典型的长方形的像条船的房子……

"这么说您在沿海地区呆过……见到过……我们生活得好吗?"

"好!"

"这就是嘛!我们可不是靠俄罗斯生活的。俄罗斯给我们什么了:后面是苔藓,前面是水。"

这时不知为什么我想起了沿海居民家中窗台上的花。在见过夏季海岸生活的艰难景象后,这些花真使我感动惊讶。

我对主人说到花,想使他感到愉快……

"我们不会使心灵痛苦!"他骄傲地说,"我们温饱不愁。可以听到说我们生活得怎么样的话!我们不把卢布当一回事:

上帝让我们渔猎,我们就每家每户点起三盏灯。我们光明地生活,整夜都点着灯,老婆们穿的是新鞋、新裙、加鲁斯布料的无袖长裤,短裙就更不用说了……"

我突然感到,我说的沿海地区的话比我的介绍更好。而海兽猎人从这时起也改用你来称呼我了……

"原来你是这样的人,到过沿海地区,那么你是从哪家报纸派来的?"

我讲了是哪家报纸,而海民则在桌上放上了奶酪、黄油、饼。他显得很冲动,急于想说话,仿佛身体里有一股泉水在喷涌翻腾,但是他克制着。最后,他做完了所有的事,便坐下来,信口说起来:

"好,兄弟,我和你来做一件事:你有纸吗?有的,好,你写吧。我来对你讲,你写。像我这样的人,你找不到第二个了。我要告诉你全部真话。纸准备好了吗?好,这就开始!你写吧:'俄罗斯国家的所有公务员都是骗子,他们什么也不干,也什么也不会干。'你再写:'因为他们没有力量,没有体力。'我对你说的话是多么尖锐!而你以为,我没有文化吧?"

"不,我没有这样想,"我回答说,"但是官员们为什么特别需要体力呢?"

"你会知道的。写吧:'体力,因为海洋和陆地应该属于有体力的人,他必须能使锅里有饭吃,头脑不是用来戴帽子、捕苍蝇的。'现在明白了吗?弄清楚了?"

"很清楚!"

"哦!"他像阿尔汉格尔斯克人那样庄重地发出一声感叹,"好,接下去写:'他们没有带来任何好处,因为,第一,把东西提起来需要力气,第二,把东西扔下去也要有力气,所以他既不能提也不能扔。'写好了?念一念!"

我念了并夸了他。

"哦!"他郑重其事地接受了我的夸奖,像真正的大文豪那样沉思起来。"接着写!'我们这个地区是富饶的,资源取之不竭,是最好的北方地区,因为那里的财富没有开发。'你写上,我们这里有各种各样的鱼,许多鱼,鱼的种类非常丰富:大西洋鱼、狼鱼、鲽鱼,常能捕到五普特光景的鲽鱼,还有鳟鱼,淡水鲑鱼,鲑鱼,宽突鳕,各种各样的鱼和兽。"

渔民疲乏地停住话,汗水顺着他红润的脸淌下来。如许多刚开始写作的文学工作者一样,他不会一下子表达自己的思想,因为他大大地夸大了它的含义。他以为,我们报导以后大家都会来注意北方地区,他亲切地看了一眼写满了字的纸,突然高声说:

"也许,你自己就是编辑?"

"这有什么特别的,"我回答说,"我可以当编辑。"

"唉——呀——呀!"海兽猎人嚷着,"好,兄弟,我和你来做一件事。写吧:'我们这里有海兽……'等一下!"

他走近舱口,喊了起来:

"万卡,把海象头拿到这里来!"

过了一会,男孩在地板上堆起了一座海象头的金字塔……

"给编辑先生包上一个!……我把这个送给你,是因为你写得很好。现在你写上:'海兽有三种:海象,其次有海豹,环斑海豹,髯海豹,格陵兰海豹,最后还有白鲸,虎鲸,鲸!'

写了海兽再写上:'石煤、石油,银子。原先还认为有金子。'有人看到过有这么大块的!"

海兽猎人用手掌量出海象头的一半大。

"你接着写,我对已故的省长恩格尔哈特报告过这一切情况,但是他只是笑着,摇着大肚子,因为他不是水手,什么也不懂,而只是写,他明白。后来还报告过彼得堡的一位官员,告诉他北方地区是富饶的,而他烤着手说,他冻坏了,但这是不可能的,因为彼得堡也是北方,那里也是寒冷的。"

"写吧,写吧,"海民重复着说,但是无法写,因为船舱里很暗,太阳大概下山了。

"天黑了……"

"好,够了。明天到沙滩去捉蠕虫做诱饵用,我让你看看北方的人。去吧,睡觉吧!"

维尔丘内

我走到外面。虽然已经是夜里十一点左右,天空仍然很明亮,没有人睡觉,人们滚着圆桶,补着网,敲响着什么,哈哈笑着,互相咒骂着。

"移民维丘尔内在什么地方?"我问。

"就在山上。"

那里台阶旁坐着一个令人起敬的大胡子男人,只有他一个人,但是经常做着手势,像是在划桨似的。

"他干嘛挥动着手?"

"他一直这样划动着手,喝完酒就划,像在海上似的。因此给他起外号:维丘尔内,意思是怪人。"

我们走近去,他没有注意。

"上你住处来了,维丘尔内!"

他仍然划着手,对我喊着:

"小蚊子!"

这时,一个身穿无袖长褂、扎着沿海居民浅蓝色头巾的中年妇女使我摆脱了窘境,她把我安排在一个可以看见海的房间里。

但是我现在已经顾不上大自然的美景了,只想休息。我安顿好,便感到,承受了箱子重荷的锁骨和肩胛骨可以美美地休息了,我看到墙上闪过午夜太阳的光亮……

突然吱嘎一声门开了……

维丘尔内!

他微笑着,坐到我的床上。这时该怎么办?我是客人。人家告诉我,这里有时候连钱也不收的,总不能把主人推出去呀。我再三说明,我累了,就是这样……

他微笑着,划动着手。

我开始抱怨命运,恨起移民来,我想起来,曾听说他们是最卑鄙的人,从沿海地区搬到这里来只是因为答应给他们微小的帮助。

"所有的移民都是这样的!"维丘尔内应答着,"因为是无情的人，就这样……"

怎么办？我小心翼翼地抓住主人的肩膀，带他到户外，让他坐到石头上，而自己则回到房间里躺下。我正要睡着的时候，却听到海鸥的叫声、哈哈笑声，并仍然好像看见墙上的闪光。后来旁边响起了声音：

"老爷，你是没有根据的，我是好人。"

我睁开眼：维丘尔内坐在床上，在叫醒我。我假装睡着了。

"老爷，我是好人，我有鞋穿，有衣穿，吃得饱，有女人，信东正教。老爷，你转过身来！哎！要攒钱很容易，要喝酒花掉就难了。转过身来吧！"

我对自己许下诺言，只要他用手碰我一下，马上就把他赶出去。

"老爷，转过身来吧。你总不是像指南针那样总朝着那边睡吧！"

他把我翻转过来脸朝着自己……我跳起身，无法控制自己，把维丘尔内带到外面。突然我发现门上有很坚固的铁钩，便关好门，感到很是畅快，因为维丘尔内无法进来了，而他在叫喊着：

"小蚊子！在安布尔格大家都知道我，在诺尔维格也都知道我，而你们全是小蚊子，小蚊子！"

应该做一个真诚的人。按照我的计划进行的旅行并不是一件很开心的乐事，这不是生活，而且也不只是带来乐趣。它最像是一个完全独立地想出来要做的事，预先设想有许多的方面，但结果却常常使人不快。随着时间的过去，它的各种意义也都消失了……如果全都算的话，常常有许多不愉快。但是最不愉快的是，我只要睁开眼，一定会看见墙上午夜太阳的亮光。

我现在睁开眼，没有光亮，一片昏暗。我转身朝着窗户：没有太阳。难道它落下去了？……难道这些有太阳的夜晚结束了？……太阳是落下去了，虽然大洋还闪着光，但是空中是昏暗的。白色的鸟一排排地栖息在黑色的岩石上，默默无声，打着盹……

现在我明白了：旅行不是生活，不是事情，这是爱。现在我已经忘了一切，很想与大洋旁黑色岩石上的这些白鸟待在一起。

捕 饵 食

我醒来，从床上就看到，平静的大洋上一根根桅杆远远地延伸到地平线。大洋上无风和出太阳的日子就是节日，今天渔民们穿着黄色不透水的衣服，没有忙碌的事，一群一群慢慢地分散走向山里……

"去沙地，去沙地！"男孩们叫喊着。

"去沙地！"我听出了门外维丘尔内的声音。

他走到我跟前时完全是清醒的，像什么事也没有发生似的，向我递过手来，提议去沙地捕饵食。但事先他希望我一起喝一点约什酒，并立即用伏特加和克瓦斯调和好酒。我认为喝一杯云莓茶好，这是女主人提议的，我们才出发去沙地。

我们的路经过丘陵地，到处是石头，完全和昨天走过的路一样。我们一级一级往上走,也像昨天一样,经常见到岩石缝中紫色的风铃草。渔民们告诉我他们做的事。饵食包括小鱼(玉筋鱼和毛鳞鱼),在这里好像比大西洋鳕鱼还贵,因为没有它就不可能捕鱼。人们把小鱼卡在长立网(这里叫做长钓索)的钩上,饵食也就是诱饵。

我们走近丘陵顶部,突然一垛黑色的石墙裂开了,仿佛有谁用大凿子故意在它上面凿出一个向着大洋的四方形口。下面岸边的浅滩平坦,呈黄色,宛如撒了沙子的槌球场。那里有上千人或者更多的人,分成整齐的一排排。他们既不像在收庄稼,也不像是割草,而像是在大洋旁天然的场地上进行一场大规模的游戏……

"瞧,有多少人,"有人对我说,"帽子掉下去也没有地方!"

这一切从这里看过去非常有趣,我就落在海民们后面,躺在晒热的沙子上,欣赏着这景象。我不知道哪个景象更有趣:是下面密密麻麻的人群还是上面像银色雨点般的鸟群……

人们发现了我。来了个"编辑"的传闻传遍了整个宿营地,于是他们中的贤人一个接一个地走到我跟前来谈一阵话,朝我鞠躬,并说:"在软和的地方躺一躺,让肚子蒸一蒸。"接着就在我旁边躺下了。这全是些受尊敬的人,他们有权不参加干活:昨天的海兽捕猎者,还有伊格纳季老人——他十分像上帝的侍者尼古拉巨人,还有一个老人,他那副睿智的样子令我想起浮士德的形象,非常诱惑人。离我们稍远处聚集着另一群旁观者:穿着领子浆过的衣服、拿着手杖的电报局小官员,几个当地的采购鱼的商人,这是特殊的一群人,大概是保守的人。

我们在左边，他们在右边，仿佛是举行小小的国家杜马会议，只不过转移到这里，大洋边上。

上空的鸟有时候碰撞着，争斗着，叽叽喳喳叫着。但是人们却站成整齐的一排排拉着大渔网，无数绳子交织在一起，但总是能解开，没有首领也没有指挥，他们就自己干着。

这里大概有数百年的经验，掌握了诀窍……

"一直绕圈走，"像浮士德的贤人开了腔，"一直绕圈走，脑袋瓜一直在转，全都仔细想好了。一切正常。"

"编辑先生，你瞧，"海兽捕猎者邀请我，"你瞧，请欣赏。你看到了，超过一千人，干得很机灵，没有人绊住，没有人碍事。不像你们俄罗斯那里，人们受蒙蔽，被奴役。"

"为什么您把自己与俄罗斯分开？"我说，"您自己也是俄罗斯人呀。"

"我们不靠俄罗斯生息……前面是水，后面是苔藓，我们靠自己。瞧，这是什么样的人，一个比一个棒，而你们的人算什么，吃糠咽菜的人，他的种不会被介绍的，他走到哪里，就倒下，而且还不给光明。"

"民族性！"突然海兽捕猎者郑重其事地说，"我对你说了个多好的词，多好的词，可我哪儿也没有学习过。大家都知道，我们是从玛尔法夫人那里得到自由的，义勇兵！这个词从哪里来的？是由诺夫戈罗德义勇兵团而来的。瞧我们没有科学也知道自己的国家，知道得非常详细。我们不需要科学。"

这些话是使我对海兽捕猎者失望的开始。昨天为了报导，他利用了我的劳动，今天却已经感到了自己的民族自豪，否定科学。

"学习是必须的,必须让人民学习……"我刚开始说……

但这时从右边人群中站起来电报局的小官员,拄着手杖,若有所思地凝望着大洋。他那上过浆的衣领吸引了左边人群的注意。

"瞧,"他们对我说,"瞧,……你倒说说,他有什么?喝了点墨水,鼻子就翘得老高!看他翘哪儿去了!我是谁,我干什么的!你的全部本事不过就是有点墨水。把你辞掉,也就完了,而我即使倾家荡产,也总能找到活路的。因为他是替别人服务,而我是为自己,我凭自己的力气和智慧使自己生活有保障。我有自己的训示,我是非常实在的人。"

"目光短浅!"海兽捕猎者说。

"帆上的苍蝇。"浮士德作结论说。

我也不崇拜喝墨水的人,但是我担心,海兽捕猎者在批评这种人的同时也否定了教育。我又重申,必须要让人民学习,不学习是不行的……

"得了,兄弟,不……我就来对你讲,人就像候鸟一样,练成了自己的智慧,你让他这样,一切已都成形了。"

"人就这么回事,"伊格纳季表示同意,"就像河里的水:你堵它,它就挤在一起……"

"滴水穿堤,"海兽捕猎者附和说,"因为人是一种自然力量,我对你说了多好的词,多好的词!"

"堵的是自然力量。"我说。

"得了,兄弟,不对,应该服从自然力量!"

"永远是这样的。"浮士德表示支持,并说他有过一条自己的船,他用它每次运上千普特的鲑鱼,但是后来船被风浪击碎了,鲑鱼也被冲走了。

"剩下孤苦伶仃一个人过一辈子,"好说话的海兽捕猎者代他连续说,"瞧它!"他用手指着大洋,"静卧着,很好。可是海风一刮起来,山一样高的浪开始打来……不,先生,应该服从自然力量……"

我又试了两次企图改变谈话方向,不论我多么想,但都未能成功……

"全部留下了,全都滚走了,全都消失了。"浮士德结束了我们的谈话,于是我们站起来看,捉的饵食多不多。

捉了许多紫色的闪亮的弯弯曲曲的小蛇。捕鱼有了保证。明天所有这些人就要坐上简陋的没有甲板的船向大洋进发了。

当他们将"躺着等长钓索上鱼上钩"时,也许,用他们自己的说法是,"等出现云块,刮起风"时,船就沉没了,这里常常发生这样的事。

"挣钱或是回不了家!"浮士德说。

"应该服从自然力量。"海兽捕猎者重复说这话说了很久。

回到宿营地,剩下的整天时间我们就把饵食装到钓钩上。干这活要求灵巧的男孩,挂饵的人干起来是好手。我也学着干,但是我干得很慢。我跟伊格纳季讲好,明天与他一起去大洋。

老 舵 手

在平静的"平水"季节，在安宁的日子里，北冰洋有时非常宁静，周围的一切都变得晶莹清澈：水啦，空气啦，岸啦，鸟啦，好像这一切永远被浇上薄薄的透明的玻璃料。"海像玻璃似的"，那时海民们会这么说，通常这是在晚上，在有太阳的夜里。早晨刮起山风……大洋就活跃起来，泛起条条波纹。那时就会觉得，仿佛孩子的微笑战胜了老人早已凝固的心，老人也笑了。

如果这时坐上船沿着大洋岸慢慢漂行，那么可以看到，从还是玻璃般透明的水的深处，像人的海兽一个接一个伸出温顺而聪明的脑袋。它们又大又重，试着栖息在水下勉强可见的一块石头上。有两只海兽并排坐着，晒着早晨的太阳，彼此把脑袋贴近对方。"好像在接吻。"你会对海民说。"它们是高兴，"他回答，"因为它们有人的天性。"这显得意味深长：北冰洋生活着像人的海兽，在阳光明媚的早晨它们接吻。白鲸银色的背脊闪着光，黑色的庞然大物——虎鲸突起在洋面，远处升起了鲸的喷泉，在岩石上则散布这一排排白色的鸟，鲱鱼蹦出水面，成片的银色海鸥纷纷扑向它们。

智者老人微笑着。

夏天晴朗的早晨，在天涯海角，在只长着紫色风铃草的岩石嶙峋的岸边，这样丰富多彩、充满智慧的生活开始了。你会非常明确地想到，也非常想相信，大自然和人的生命是没有尽头的。一切不是以死亡而是以平静的智慧而告终。地轴的冰端一极，是智慧的最高成就。

天空照耀着，水面起着涟漪，岩岸下沉着，前面又是海兽，又是鸟……智者老人微笑着。

"谢天谢地，刮的是山风，微风很好，我们的船行得很好！"舵手很高兴地说。

我们坐帆船把长钓索放到海洋里。

我们一共五个人，老舵手伊格纳季，也就是像上帝的侍者尼古拉的"懂法律的人"，我跟他已经不止一次谈过话了。跟他一起的还有三个海民："拉网的渔夫"，是舵手最得力的助手，是个成年的汉子；"快活人"，是个年轻人；"挂饵人"，几乎还是个孩子。帆船上的这支队伍完全是个家庭。也许，这样的组合是建立在家庭基础上的？但是，也许，事情本身要求有各种年龄的人……无论是这种情况还是那种情况，都有可能。这支队伍服从舵手，就像宗法制家庭服从家长一样。还不止于此。摩尔曼有句俗语说："天上有上帝，地上有皇帝，水上有舵手。"但是伊格纳季从来不独断专行，总是要经过协商一致：先问大家，"兄弟们什么意见"，然后再做决定。他根本就不喜欢擅自决定问题。在空余时间，宿营地的年轻人都聚集到伊格纳季的屋子里来，讨论各种事情。老人总是与他们待在一起，但是他多半保持沉默，不被人觉察地指导着他们。曾经有过这样的时候，当时整个摩尔曼就由这样睿智的生平受到颂扬的人来管理的……但是现在……

"现在水上听你的，到岸上就不了。"舵手伊格纳季说，并微笑着，仿佛赞同政权离开老人之手……

我探问老人：这样好还是不好？

"既不好，也不坏，"他回答说，"现在人们比较团结，老人们坚持自己的事，而年轻人跟劳动组合去干。我们很想像年轻人那么干。"

我们绕着岸行驶，驶到大洋里二十俄里光景，不能再往前驶，那样会完全看不到陆地，必须设立一个标记。不然，船不知不觉地就会被水流冲走，就会找不到放长钓索的地方。

这是一根长钓索，有三俄里长，上面挂着装了诱饵的钓钩，把它用锚沉到"浅水"底，而木浮标上的小旗则表明了位置。

我们驶到了停留的地方，准备甩长钓索，但是先要确定标记。老人现在根据指南针以勉强可见的瞭望山作标记。当我们驶到三俄里外的时候，他就要取另一个标记。

标记取好了，海民们朝四面八方祈祷，但祈祷得最卖力的是向东方。

"祝福吧，兄弟们！"舵手说。

"圣父祝福过了，我们祈祷上帝保佑我们。"其余三个马上回答说，并把第一个木浮标抛到海里。

浮标在落到海面之前，一会儿朝我们，一会儿朝岸，一会儿就朝远方，朝四面八方鞠着躬，就像刚才海民们那样。

"看看，小伙子们，注意一下，浮标有没有到位？"

"竖着呢，竖着呢！"

我们向前行驶，放着钓饵的鱼钩一个接一个在我们身后沉下去了，在深水处闪着绿光。

我们又放了几个木浮标，最后抛下了最后一个"公海用的锚"。

长钓索都放好了,现在我们就"躺着等长钓索上鱼上钩",要等六个小时,从涨潮开始到退潮结束,"躺到水退了",就开始拉钓索。

"小伙子们,烧茶壶吧,"舵手命令着,自己却忧心忡忡地等待,一会儿望望天,一会儿望望岸,一会儿又望望水。

我问他什么,但是老人没有听见,也许,是故意保持沉默。

"风让人不放心。""快活人"青年代他回答我。

"是这么回事,先生,你瞧,"过了一会儿伊格纳季说,"你要注意,如果有十字架的这座山对面布满云,那么雾就会在海上筑起一垛墙。但是不要紧……云比较黑,沉甸甸的,这时要起山风了。没关系……"

舵手放心了,我们像没事儿似的开始喝茶,正好现在我们那儿是在喝早茶。假如有人并不知道每年夏天要死多少海民,现在看我们这样,那么怎么也不会想到,在海上有多危险。我们坐着,摇晃着,喝着茶,安详地谈话。另一种情况是,看见雾中有这么一条船,海民们喝过茶后躺下睡觉了。有一天早晨我们驶近摩尔曼时,我看见过这种情境。人家指给我看雾中一条孤零零的船,说:"瞧,都躺着呢!"这是很可怕的。我们驶了过去,因为轮船翻起波浪,小船摇晃起来。没有一个人动弹一下,全都睡着,"躺到水退了"。我久久地望着这个死点……这怎么能睡觉……这样……真可怕……但是现在我们完全像在家里一样喝着茶,聊着天,说到,如果好好向上帝侍者尼古拉祈祷,经常虔诚地向上帝祈祷,那么风也会听话的,"大

第五章 无政府主义的群体

浪"从来不会突然出现,也就不会颠翻帆船。

"上帝的侍者常常是帮忙的,"在大洋里喝茶时舵手说,"有时候,我们作了孽,大海就召你到它那儿去了。"

伊格纳季朝周围打量了一下,摘下帽子,划着十字,说:

"上帝,让我们躺到水退吧。我们的情况是这样的。在水上腿是软弱无力的,还用很久才死吗?突然起风,浪翻腾起来,没地方可躲,就完蛋了。但是这种情况下只是可怕,没有别的。看着同伴觉得可怕,而自己随便怎么样。记得加里夫拉吗,烟草是怎么救人的?"

"哪能那么快就忘掉!"拖网人回答说。

"有过这么一件事。有这么一种说法:湿里长大,还怕什么湿。我们跟这个加夫里拉躺着等长钓索上鱼儿上钩。他还是个孩子,给钓钩上钩饵。天气晴朗,没有风,我们躺到水退一直很好。上帝给了我们许多鱼。突然不知从哪儿突然起了风,波浪打来,帆船底朝了天。桅杆漂着,桨漂着,小伙子们像鱼一样在水里。我没有泄气,指挥着:'抓住桨,抓住桅杆,爬到支架上!'他们从水里爬到了龙骨上,全都一个样,像海兽蹲在石块上一样。我们坐着,颠簸着。大家很寂寞。加夫里拉说,有烟抽就好了。大家猛地想起来,有人怀里有烟草没有受潮,有人有火柴。我们坐着,烟雾缭绕,还有什么比这更好的!这时,又不知从哪儿冒出的风,刮了起来,又使帆船翻了过来。我们弄好了桅杆,撑起帆,驶走了。"

"是烟救了命!"大家笑了起来。

"是烟!"舵手也笑了起来,"好了,说够了。小伙子们,躺下睡觉吧。"

大家开始安排睡觉，帆船的船头和船尾部分有舱，身体相当部分可以藏到那里去，躲开雨。

我和拉网人一起安顿在船头，其余人在船尾。我睡不着，也许，妨碍我睡着的是舵手讲的偶然起风的故事。跟人们一起，我根本没有觉得害怕，但是想到山风就睡不着。就像有时候在家里灯放得离床太近了，睡觉中怎么也会绊住它，把它翻倒。拉网人也睡不着，便和我说起话来。

"没有人比他更坚强，也没有人比他更脆弱。"

他讲起舵手的事来，讲他是怎么失去两个儿子的：

"老人，两个儿子和我躺着等长钓索上鱼儿上钩，一个浪打来，船翻了。我们爬到龙骨上。我们坚持了七个小时，已经开始漂向岸边，还剩下一百俄丈。突然他的小儿子喊了一声：'爹爹，我恶心！'说着就像块拱顶石似的沉到海底去了，淹死了。过了一年另一个儿子去挪威，在瓦尔德附近他已驶过了八十俄里，冲天浪扑来，他淹死了。别人没有直接告诉老人，稍稍漏了点口风。他也一直认为，儿子会回来的，反正会回来的。他到瞭望山上待了很久，等待着。后来他非常伤心。这以后他就做了这样的懂法律的人，全摩尔曼首屈一指的人，总是为年轻人辩护，不给年老的人辩护。他说，年轻人比较好，比较容易接近，而老人们只知道自己。"

我们还谈了些别的。我不记得是怎么睡着的。舵手的声音吵醒了我：

"小伙子们，烧热茶壶，是拉钓索的时候了！"

第五章　无政府主义的群体

但是喝茶这个提议不过是老人的客气话。大家都明白,现在顾不上这个,该拉钓索了。

我们拉起粗绳,一直到拉起公海里用的锚,泛起了许多水泡……

"好,小伙子们,大海在翻腾,预兆着有鱼!"舵手很高兴。

"来吧,大西洋鳕,妈妈,鲽鱼,爸爸!"

大洋深处发出绿色的光芒。它慢慢移近我们,变成了童话中的绿鸟,后来变成了白色的海鸥,最后则是银色的大鱼。

拉钓索的人拉着,快活人沿着布钓索的路线划着船,挂钓饵的人收拾着绳索。

大西洋鳕、鲽鱼、狼鱼,又是大西洋鳕,大西洋鳕,大多是大西洋鳕。

"大西洋鳕来,引来大西洋鳕!"舵手不停地说着。

"行,上帝。补偿我们的喝酒钱吧!"年轻人回答说……

* * * *

"天上有上帝,地上有皇帝,水上有舵手。"贤人伊格纳季在自己的住处喝茶时重复说。他对捕鱼的收获很满意。"人们听我的,在水上尊重我,上帝也保佑。现在到了岸上……在岸上也不亏待我。我们像年轻人一样,而年轻人就像闷在锅里的蒸汽那样受到束缚。"

伊格纳季没有夸口,我亲眼看到,聚集在住处的年轻人对待懂法律的老人很尊敬。

"现在给我念念法律吧!"他把书递给我,请求着。"自己不识字,所以只好请识字的人念。"

是俄罗斯帝国的法典,惩治条例,干巴巴的原始条文对于普通人来说没有任何意义。而对每一个条文都有一整套书来说明。我能向老人解释什么呢?这个不识字的渔民,水上的皇帝,要在这上面为自己找什么呢?

启示录比起法典来要容易得多,解释起来也简单得多。这本可怕的书怎么会到渔民区来的?这里没有长官,前两天我还企望在这里能过上人的自由生活呢。

"你从哪里又为什么给自己弄来这本书,老大爷?"

"那你听着!你知道,我是个正直的人,我要把他们引上真理之路。因为这一点,沿海的人民开始尊重我。进行选举,他们选我当村长,可我不识字,怎么办?我不相信文书,一切都自己来办,根据记忆来记账。唉,算错也不奇怪,最后结果是钱少了。审判我,我,我竟然受到审判!而且还判了,要坐一段时间牢。第一次来传唤,我不去。第二次来传唤,我也不去。"

老人皱起了眉头。我感到不自在,不好意思,很反感。这沿海地区的居民为了某种高尚的东西敬重这位老人,现在却为了算错的几个卢布想让他进监狱。

难道在这里,在北方,也跟所有的地方一样吗?……

老人皱着眉头。

"警察第三次来:'伊格纳季,跟我走!'"

舵手那巨人般的身躯站了起来,波状的大胡须原先像海民为防风吹乱那样藏在上衣里,现在露了出来,披散在强壮的胸前。"天上有上帝,地上有皇帝,水上有舵手。"我头脑里闪过这句话。

而伊格纳季重又向上举起拳头,犹如举起尼普顿①的三叉戟,用足力气打到桌子上。

"不去!"水上的皇帝吼起来。

他坐了下来,后来我注意到,直到叮当作响的盘碟静息下来的时候,老人威严的脸上的皱纹才渐渐展平。我看到,取而代之的是眼角上出现了完全不明白的可笑的鱼尾纹。屋子里变得越来越明亮了。

"结果就没有去!"老人像孩子似的笑了起来。

"哈——哈——哈!"年轻的海民们的笑声回荡着。

"没有去?"

"没有。"老人哈哈笑着。

大家笑了很久,歇了一会,又问:"结果就没有去?"海民,舵手和我又哈哈大笑起来。只有那本官气十足的咖啡色书皮的俄罗斯帝国法典眯起眼,看着我们,恶狠狠地悄悄嘀咕着:"我要给你们点颜色看看,我要给你们点颜色看看!"

斯列图哈

天空有雾,混沌而不浓重。大洋上方笼罩着半透明的轻纱般的天幕,上面开了一扇天窗。

"秃顶照耀着!"海民们指着太阳说,"明天会有海风,

---

① 尼普顿:海神,即希腊神话中的波塞冬。——译注

坏天气前出太阳，就会有强暴的海风。"

他们就没有出海。

海风就是摩尔曼的节日，维丘尔内说。从昨天起他就喝了许多酒，整夜都敲着我的门，喊着："小蚊子，小蚊子！"

这一夜海浪翻滚，早晨时就波涛汹涌了。瞭望山附近腾起白色的水柱，溅起的水花一直飞到十字架上。浪涛的喧嚣声中不时冒出纵酒作乐的海民们的叫喊声，我很厌恶。在普通农村人们纵酒作乐就不太好，而在这里则完全是另一回事。这里没有妇女、小孩、田野、树木，没有丝毫亲切温柔的感觉。不喝酒的人这里也无处可藏身：山里没有一株灌木，只有狂风……

我想到瞭望山上去，看看咆哮的海洋。但是还没有走到十字架，我就退却了：被岩石击碎的波浪像雨点一般飞过瞭望山。我转身向后走，但这里迎接我的是谁投来的几块石头。这是那些出海少年，他们也像大人一样饮酒作乐，喝得有些醉意，便用瞭望山上的石头打起仗来，一群对一群。我急忙蹲在一块大石头后面。

出海少年——这是未来的海民。他们在这里接受严峻的自然的磨炼。他们像鸟、像兽一样成长。

仗打得正炽热，许多人受伤了。难道应该立即奔向他们，对他们喊叫，制止他们吗？我下不了决心，因为我不了解在摩尔曼长大的这些孩子，我有点害怕。突然一阵风把一只美丽的乌贼鸥刮过瞭望山送到他们这里来。这只鸟为了躲避坏天气，迅疾地往下飞，落在石头间的裂缝中。出海少年发现了鸟，便结束了打仗，全都像凶狠的野兽，手中拿着石头爬着，悄悄地

第五章　无政府主义的群体

接近着……他们落空了：鸟飞走了。现在做什么呢？有一瞬间他们朝周围看着，而看到一个方向时，就向下面、向营地飞奔而去。那里，从一间像茶炊的小房子里窜出两个老人，互相撕打着。一个是跛子，拿着拐杖，另一个几乎是赤裸着身子。在另一间屋子旁也有人在打架……

我小心翼翼地走回家，下定决心坚决闭门不出，待上一天、两天、三天，直到海风停息。我刚来得及搭上门钩，就听到窗下的喊声："斯列图哈，斯列图哈！"女主人跑了过去，用不像她自己的声音喊着："斯列图哈！"一群出海少年奔过："斯列图哈！"海兽捕猎者也敲着窗："老爷，出来看，斯列图哈！"

我走了出去。下面洋面上白色的轮子奔跑着，轰响着撞击着岩石，飞来了石块和水花，传来了喊声和骂声。整个营地发狂了，整个大洋澎湃了。

白色的轮子在洋面上滚着，仿佛每一个轮子里都有一张海民的丑脸。它们滚向瞭望山，啪的一声！——全都洒落了，一点也不明白：网，屋子和桶，白色的轮子和野兽的脸。全是白的、黑的——转动着、冲击着、拍打着、翻腾着……

"海风，这就是斯列图哈——摩尔曼的节日。有海风，就有斯列图哈，"海兽捕猎者对我说，"稍微等一会儿，它们会狂暴起来，我们就用网去缠它们，用水淋它们，它们就会静息。狂烈的斯列图哈！凶猛的海风！"

海兽捕猎者很快活，哈哈笑着。

"血气方刚！有勇有种！一个老头伤及了跛子，而跛子是勇敢的人，用拐棍使劲一打，老头就掉进水里去了。他打出了青紫斑，打得青一块紫一块。"

"那警察……警察做什么呢？"

"他站着，像我们一样看着。他有什么办法？瞧，什么样的人民！海民！血气方刚，有勇有种……我们的骠骑兵就是这样的。跛子暴怒了，打斗中转了五个圈。"

离我们不远处乱哄哄的。有人跌倒了。

我走近去看。一个人俯伏在地上。

"这是怎么回事？"

"瞧，挺直了。"

"什么？……怎么回事？……"

"完蛋了，血从喉咙口涌出来了。"

* * *

海风静息了，斯图列哈也平静了。像小孩子似的，早晨海民们互相走动，有的是取帽子，有的要腰带，各有所需。维丘尔内被打得遍体鳞伤，用颤栗的手配制着摩尔曼的约尔什酒。三个身材魁梧的海民走了进来，一起喝着酒，喝得醉醺醺的，叫维丘尔内乘船绕过瞭望山去沙地。

"见你们的鬼去，小蚊子！"

大个子们坐上船，驶出海湾。风停息了，但冲天浪还没有平静下来。白色的浪峰追逐着船。

"要完蛋的！"主人平静地对我说。

我觉得，他想说别的话。

"不会完蛋的！"我纠正说。

"会完蛋的。马上就会完蛋,因为冲天浪打下来。不喝酒的人总是躲开冲天浪,而喝醉的人就不躲。会完蛋的。"

白色的冲天浪打在船的上方。

"完了吗?"

"没有,逃过了这个浪,逃不过另一个!"

"瞧!"

"完了!"

"快派船!去救!"我喊道,"人要淹死的。"

"救谁?"有人平静地对我说,"你见到了,什么都没有,既没有船,也没有人,大洋可不是水洼。"

我跑向岸边的一堆人群。大概,他们在那里想要去救助。但是我听到有人平静的对话:

"他们顺着风的边缘行驶。"

"水是平静的。冲天浪也已变弱。喝醉了就没有理智了。命该这样!"

"是上帝的惩罚!"

"上帝……啊,瞧你说的!也许,给他们定下的就是这样的死法。"

"自作自受……"

"自己有错,别怨天尤人。"

人们站了一会就散开了。营地静默着,大家都到沙地上去。最后一些白色的轮子有时还滚到岩石上。再过了一会,大洋安宁了,沉睡了,平静如镜。但是现在那里是人们,不是白色的轮子。好吧,就算是敲响了钟声,做追荐亡灵。

这里也没有人哭：没有妇女，没有爱哭的小孩。这没有哭泣的可怕的男人生活显得多么沉重呀。

警察磨磨蹭蹭地朝邮局走去。

"刚才三个海民淹死了！"

"我知道，我知道，正去给沿海地区发个电报。"

现在有人哭泣了。妻子们在那里日复一日提心吊胆，等到的就是这封电报。我在夏季到过这些默默无声的大村庄。当时那里的隐秘生活令我惊讶。收拾得很洁净的屋子，窗台上摆着鲜花，仿佛随时都在等待着某种可怕事情的降临。我记得在水边玩小船的小孩子，我问他：

"你的爸爸在哪里？"

"爹爹淹死了。"

"妈妈做什么？"

"没做什么。哭爹爹。"

我走到一个妇女跟前，问及她的生活。这一下她悲痛万分，大声号哭起来：

"真苦，真不幸啊。命运倒是低声提醒着：你瞧着吧，你瞧着吧。有人淹死，就更苦，更不幸。死在床铺上还好些，要好受多了。"

这妇女好不容易才平静下来，擦干眼泪，开始安慰自己说：

"海上的死者在上帝面前更虔诚。"

"为什么是海上的死者呢？……"

"因为他们用不着躺在那里，他们的骨头也被冲着洗着……"

妇女又泪如雨下,因此我当时未能知道,为什么海上的死者更虔诚。现在我明白了:没有人们的丧葬的同情,但有更多的寡妇的泪水。

伊格纳季走到沙地上来。

"听说了吗?"

"什么?"

"海民淹死了。"

"这又有什么,我们这里常有这种事。我们这里是不哭泣死者的。"

去瓦兰吉亚人那里

我终于亲眼看见太阳落山了。我到瞭望山上等轮船,它要载我去挪威。恰好,在我登上山顶走到十字架旁时,太阳落到大洋里去了。在另一个瞭望山上,在岩石台阶上,昏暗开始变浓了,紫色风铃草一一隐消了。一只大白鸟悄没声儿地落到黑色的台阶上,接着第二只,第三只……一只接一只降落下来,一下子变成长长白白的一列,平静地望着火焰般燃烧的大洋。

我身在昏暗之中,与白鸟、紫色风铃草一起昏昏欲睡,在这里,大洋边上,可以向往一切:市民大会的钟声,诺夫戈罗德的自由逃民……

海兽捕猎者走近我身边并默默地坐到我身旁,我不太高兴。

我知道，他想进行一次绝顶聪明的谈话。我的其他朋友伊格纳季、浮士德，也这样想。我已经体验了摩尔曼的生活，向往着去挪威，向往着回到自己习惯了的生活，从事自己的工作……因此意识到必须进行一场经过周密考虑的谈话，感到非常难过。

"喂……"我终于对浮士德说，"你现在想什么？"

"什么都想了一下，"他高兴地开腔说，"想这个想那个。一切都在脑袋里转呀转……"

"总是在原地转。"我代他说出他喜爱的想法。

"老是停在那里！"他应声说。想了一下后，他又说："您是有学问的人……"

"得了……"

"您是否能变得年轻呢？"

"不能！"

"就是嘛……"

我们静默了一会。我感到，浮士德脑袋里转的是回忆片段，没有完整的想法。这些想法浮现出来，转动着，翻来覆去转动着，绕了一圈，又依旧开始，又停在原地。浮士德是个受尽生活折磨的人。海兽捕猎者则完全与他相反，他六十岁左右，可看外表只有四十岁。

"要是到你这个年纪我也这样就好了。"我说。

他很惊诧。

"你会更好。您不干活。"

"我怎么不干活？"

"就这样……人们是因为干活而变老的，而您干什么？您不干活。"

"我怎么不干活？我整天都在干。一直在干！"

海兽捕猎者笑了。我发急了，不知为什么想无论如何都要向他证明，我是在工作……

"我用脑袋干活。"

"用——脑——袋，"他拉长了声说，"这算什么活？这是要滑头。"

我无数次碰到过人们不理解知识分子劳动这一堵墙。但是我从来也没有像现在这样想为此而辩护。

"用——脑——袋……"海民继续说，"我用脑袋想得还少吗？你是个渴求好奇的人，既狡猾又有影响，就这样。你到我们帆船上来干干看。"

换在别的时候，别的场合，我也许会为他这种说法感到困窘。但是在这里……我刚刚想着要向船长要张报纸以解我狼一般的饥渴。帆船上的活不太能吸引我，因为我对这一伙海民不太满意。现在等候着轮船，想喝伏特加的念头使他们受着煎熬。只要轮船一到，酒一到手，便会酗酒，会闹腾。我现在非常清楚地了解了摩尔曼的这个中了邪的怪圈。暂时刮着轻柔的山风，捕捉食饵，干着冒险的几乎是英雄主义的活儿。只要一停止捕捉食饵或者刮起海风，马上就开始苦恼地等待运酒来的轮船，然后喝光所有挣来的钱，斯列图哈一场。结果"一切停在原地"。俄罗斯海民捕鱼用的船，挪威已经弃之不用，他们那里经常改进渔船，他们那里保护渔民免遭意外不测。我已经不止一次听说，挪威人见到俄罗斯海民坐的船，便哈哈大笑，因为他们早就忘了这种船,在挪威只有在博物馆里才能见到这种船……不,我不想在俄罗斯帆船上干活,我不认同它,我感到气忿。

"耍滑头!"我对海兽捕猎者说,"但是,要是我写书介绍你们的风习,揭示把你们撒在这里得不到任何保护、得不到任何帮助的情况,呼吁要像挪威那样帮助你们安排好……难道这是要滑头,而不是劳动吗?"

"写吧,写吧,"他请求说,"这是好事。"

可他自己有自己的想法。他无法理解,光凭一些思想怎么能得到钱。要知道他在这里也经常在想,他的所有行动都是随着思想而产生的,可是人家是买他的大西洋鳕才付钱给他,这大西洋鳕是他"耍滑头"和体力劳动结合的结果……假如能进一步发挥这个话题,我们大概能得到许多有意思的启发。

但是我们交往的源泉——真诚——枯竭了。海民沉默着,而内心深处却认为我是个精明奸猾的人,而我认为他是"怪人"。我们个人的路分开了,我准备跟托尔斯泰、罗斯金[①]和罗素[②]的英明思想分手,只要守住分给我进行智力劳动的那一块小天地……

这时,坐在十字架旁最高一块石头上的出海少年喊了起来:

"烟!"

"轮船,烟!"海民们哄叫起来,两只白鸟迅速飞了起来,叫喊着在我们上方盘旋。

---

① 罗斯金(1819—1900),英国作家,艺术理论家。——译注
② 罗素(1872—1970),英国哲学家,逻辑学家。——译注

再过两三个小时,这艘轮船将送我去挪威,去那已经没有不识字的海民的国家,那里早已不谈刚才谈的话题,那里我的"耍滑头"不仅得到人们的承认,而且也被他们认为是有灵性的事物所接受,那里就生活着瓦兰吉亚人,关于他们有这样众所周知而又使我们感到痛苦的笑话:来吧,来统治吧……

轮船的烟雾越来越近了,可以看到烟囱、船身了。

汽笛声从一个山传到另一个山,唤醒了群鸟。它们像白云,在很像石象的黑乎乎的摩尔曼上空飞翔。人们也分散了,一个一个急于向自己的船走去。又像刚开始时那样,我把自己的东西放到我碰到的第一艘帆船上,而海民们则跨过箱子,撑在我身上,从一条船跳到另一条船上,并说:

"坐吧,坐吧,上了船就坐着。"

维丘尔内在轮船停泊时已经喝了许多酒,在我去瓦兰吉亚人那儿时,听到他最后说的话是:

"安堡那里都知道我。小——蚊——子!"

第六章　在瓦兰吉亚人那里

基利金岛

七月二十四日

荒野的生活结束了……猎枪、钩竿、猎人靴、锅、茶壶都已包装好，寄回家。我穿上有教养的人的衣服，准备向欧洲忏悔，因为背叛了它整整三个月。现在我的全部思绪都倾注在挪威。我对这个国家几乎没有明确的了解：只有一般的很少一点历史知识，通过报纸传来的随意了解的一些事……但是俄罗斯跟这个国家有一种内部的隐秘的联系。也许，这是得自文学，它对我们来说是那么接近，几乎是亲近。但是，也许是因为从为它而自发斗争的勇士即挪威人手中毫不屈辱地接受了欧洲文化。除了公认的道理，类似这样一些原因，使我们感到挪威的宝贵，在心中可以为它找到一个小角落。同样，俄罗斯海民对我讲了许多有关这个国家的事，不过说的是另一些话。在船上我们的海民经常遇到英国人、德国人，但总是偏向挪威人：挪威人是最好的人，我无数次听到过这么说。

还是在摩尔曼岸上时，我就开始了观察，仔细察看轮船上的这群人，并跟他们结识。这里有挪威人，他们有一张高贵的日耳曼的脸；有几个兹梁人——穿着萨莫耶德人服装的身材魁伟的人，人很漂亮，但有点狡猾；有俄罗斯海民，还有拉普人、芬兰人、卡累利阿人，所有极北地区过着苟且生活的不漂亮民族的人。芬兰人和拉普人中有许多人个子矮小、方脸、鹰钩鼻、罗圈腿。在这个民族的混合体中即使是漂亮的民族也失去了光彩，因为他没有悦目的背景。

既不是俄罗斯，也不是挪威……

"真难看！"我认识的一个海民用一个词确定了这个民族大杂烩的特征。

轮船从一个宿营地开到另一个宿营地，装着货，绞盘咯咯作响，最后来到了有意思的基利金岛。

这儿离摩尔曼岸的科拉湾不远。它高耸在大洋上，犹如谁开始建造的巨大的金字塔的基座。还是在拉普兰季亚时我就听说了这个值得注意的岛。拉普人告诉我，仿佛是凶恶的女巫对科拉的居民十分生气，想把他们囚禁在科拉湾，用绳子把岛拖出了大洋。她把岛几乎已拖近海湾，但有人看穿了她的凶恶目的，大喝一声，绳子断了，女巫变成了石头，岛就停在大洋中了。

岛上看不到树木、灌木丛，甚至草。只有在我们轮船经过的南坡可以看到一点绿色。这边岸上我老远就发现有牲畜、母牛、绵羊、坚固的新建筑，水面上有漂亮的汽艇和摩托艇。

"基利金岛！"船长对我们说并停下船，以便把邮件交到那里和接收运输的货物。

所有的人都怀着好奇心看着挪威人在荒凉的北极大岛上的这块孤零零的移民区。这里的完善设施使大家都感到惊讶。大家都等着被称作基利金岛的挪威移民出现在轮船上。但是眼前所有的旅行者中，大概只有我一个能明白和认清这个移民区对极北地区的充分意义。

要明白这一点，需要像我这样有时步行，有时坐船，在北方漂泊三个月。我已经养成了对极北地区人们的同情。我习惯于想到，这里的人们，就像这些不幸的树木一样，渐渐地就会消失，午夜的红太阳就是死去的自然灵柩旁的长明灯。

现在我望着基利金岛的移民区，心里想，对于人来说没有这自然的界限，他可以生活在界限之外，他是人，他高于自然。

有人告诉我们，三十年前从挪威来的移民带了一大家子，包括年幼的孩子来到这里，居住在这个岛上。他没有任何谋生的手段，因此起先他就在一条普通的俄罗斯帆船上捕鱼，但是他把它改造得可以顶着风行驶，为此他只要改变龙骨，安装斜帆。由于这样的改造，遇到风暴和岸上刮来的风，他都能驶回家。最初他生活在一条老的轻型渔船的船舱里，但不久他就用被海水冲到岛上的木头盖了房子。就这样他有时捕鱼有时捕海兽，年复一年，生活变得越来越好。孩子们——五个儿子和六个女儿——长大了，也像他们的父亲那般强健，而捕猎当然也成功得多。到老人临终时，基利金岛上已经形成了有许多汽艇和摩托艇的一大片移民区了。

一段普通的并不复杂的历史。但是其中包含了多少内在的力量呀！走近些看看，谛视他们的日常生活，仔细观察内部机制就好了，那样就能知道，尽管我们曾经站在冰块上，爬在龙骨上英勇地在大洋上漂流过，为什么没有留下与这种自然生活相应的对人的尊敬感情呢？

"在这些屋子里面他们生活得怎样？"我问一个认得的俄罗斯海民。

"他们生活得很好！"他回答说，"在海上他很放心，因为他的船有甲板，有小壁炉，他总是在海上，也总是有家。回到岸上，那里也很好：窗上挂着编织的窗帘，桌上铺着桌布，放着小摆设、照相本，墙上挂着镜子，椅子是匈牙利的，即使不是匈牙利的，也是类似匈牙利的，还有五百卢布的音乐箱。他们生活着并打算生活下去。"

必须到极北去，以便理解这些"窗帘"和"匈牙利椅子"蕴含的意义。所有这一切不是小市民生活的环境，而是英雄、力量、忍耐等的象征。

我用尽方法竭力想唤起海民的民族自尊感，但是他们没有这种感情。挪威的一切都是好的，俄罗斯的一切都是不好的。

"怎么会这样？"我最后说，"即使到处都不好，但是你们沿海地区不错呀，也有窗帘，窗台上也摆着花，妻子们会料理家务，穿的是加鲁斯面料的无袖长褂，新的短裙、鞋子……"

对于一个海民来说，没有什么比赞扬他的妻子更甜蜜的了。

"她们雇着两个仆人，"海民随着说，"只知道烧茶炊。喝茶吃面包。"

"是这样……怎么会这样？"

"我们，先生，不是照俄罗斯那样生活。第一年妻子和我们一起坐船去挪威。在那里细细看了个够。一个学一个，一个学一个，就这样料理起家务来。你离我们远一点看：婆娘是笨蛋。"

在挪威我们只是学习,看看他们的真实情况,还有风习、礼貌。哪怕是学会口令也好。我来到挪威,抛了锚,这里的一切都很驯顺:没有醉汉,秩序井然,准时睡觉,准时吃饭。我回到阿尔汉格尔斯克,一切又故态复萌。我们,先生,不是照俄罗斯那样生活。"

我们的教科书通常把海民称作俄罗斯民族的精华,祖国的骄傲。我已经听到这种说法多少次了……

"你以为,他在这里就一个人!"海民用一只手指给我看基利金岛的住房,继续说,"这里一个地方有数千人,不可胜数。"

我觉得这话很荒诞,我没有一下子理解这话的含意。这意思是这样的:在基利金岛背后有一个文明的国家,有数千这样的岛,他们受到公民自由、山区艰巨劳动的熏陶,孤独而且看不到彼此的联系。这就是隐藏在基利金岛背后的东西,后来我就理解了海民。

在我们说话的时候,从基利金岛驶来一条船。船上有一个长着一双蔚蓝色眼睛的皮肤晒得黝黑的人,装着许多桶。他卸下货,收下邮件,便又驶向自己的石头王国。

看着他安放好报纸和信件,朝船长和我们鞠躬,操起船桨,这一切散发出一种难以察觉的修养,世世代代遗留下来的文雅,这种修养和文雅感染着我们俄罗斯人,在进入国界时,激发起我们既有敬意又是奴隶式的摹仿,既有欣喜又有羡慕,还有粗鲁的自我吹嘘。

我和海民有一个共同的感觉:我们所去的国家是好的。我看出来,浆过的衣领和这一身节日穿的衣服使他很不自在,也跟他很不相称。但是必须服从文明……所以海民就忍耐着。

亚历山德罗夫斯克

从基利金岛到港湾只有咫尺之遥，在岩石嶙峋的岛屿之间藏匿着一个不久才建好的城市亚历山德罗夫斯克。从岸上看不到它，也许，本来我不会去那里的山间去看一个有官员的山城。但是我需要找理发师：三个月里，我变得像在欧洲被展示赚钱的多毛的科斯特罗马人。

我看见的是什么呀！完全一样的两层楼木房整齐地排成一条线。没有别的，周围都是山岩，看得到的只有天空。在这里生活的只有官员，所有这些屋子都是公家盖的住宅。大家都知道，这个城市绝对是根据上级的指令建造的。

"难道他们全是一样的官衔吗？"我问，"为什么房屋是一样的？"

"官衔是不同的，"有人回答我说，"谁官衔高，就占整幢房子，谁官衔低些，就占半幢，再低些，就占四分之一，依次类推。"

这个"城市"建好是作不冻港的基础，但是传说，港湾不适于停泊船只。

大家都对这个城市不满意，大家都说，根本就不需要它，马上就会废了它。

我站在城市中间，望着从群山到天空的这个明亮的窟窿，我真想大喝一声：

"上帝！为了十个遵守教规的教徒，你就宽恕这个城市吧。你就宽恕这些不幸的人吧。他们是无辜的。"

我这样祈祷的时候，从一座小屋中走出一个穿着白制服、拿着手杖的年轻人，跟他一起出来的还有一位手拿编得很精致的篮子的小姐。

难道这里也有谈情说爱的？

我跟在他们后面……

走了几步，我们就走近了一个小池塘，周围长满绿草，池塘后面是高耸的群山，无处可去。年轻人弯下身，又把什么东西放到小姐的篮子里。我仔细一看：云莓。他们在采浆果。过了一会儿，他们就走回去了，从打开的窗户中我听到有喇叭的留声机放出的声音。

我只好寻找理发师了，没有招牌。大概，这也是编制内的一个职务：理发师，按官衔大概能占十分之一公家的屋子。怎么找到他呢？

站着一个手持枪的警卫，真正的警卫，守卫着信贷所。

"理发师在这儿的什么地方？"

"什么？"

"理发师？"

"我们这里没有。"

"官员们怎么剪头？"

"他们不剪头。"

他张大嘴笑着。我又问了一个士兵。

回答也是这样。这样我就带着一头长发去了挪威。亚历山德罗夫斯克的官员是怎么剪头的,至今对我来说仍是秘密。

瓦 尔 德

七月二十六日

在抵达挪威前最后一个俄国站的附近,海民彼得·彼得罗维奇,轮船上众人共同喜爱的人,把系在绳子上的相当大的金属钓钩放到水里,并开始在水里拽它。过了几分钟,令许多乘客惊讶的是,他钩住一侧,拖出了一条大西洋鳕。

"大鱼,好鱼。"他说,又把钓钩放下去,又钩住了鱼眼睛拖出一条,接着钩住鱼背又是一条。他很激动,总是重复着说:"又大又好的大西洋鳕。"

"彼得·彼得罗维奇发狂了。"终于有个中学生嚷了起来。

"发狂了,发狂了,发狂了!"我们附和说。

而他一直从水里拖出鱼来并一直喃喃着:

"大鱼……取之不尽的区域,最好的区域。"

轮船停着的时候,彼得·彼得罗维奇就钓了满满一篮大西洋鳕。后来就定做鱼汤,在海民的主持下,我们大家都喝了有名的带鱼肝的大西洋鳕鱼汤。

就这样,我们不知不觉、快快活活地驶完了相当寂寞的旅程,进入了大西洋鳕的王国,挪威北部的疆域。瓦尔德市是一个设施完备的渔镇。这里有几百条各种各样的船,以及仓库、木房。这是个渔民的城市。

在码头上迎接我们的是一座有趣的拱门,这是为刚刚来过这里的挪威国王建造的。它的主要支柱是由装鲱鱼的桶搭成的,往上看是一条有着全套索具的轻型渔船,大渔网像花带似的从上面两侧挂下来,渔网里网着乱七八糟的大西洋鳕的鱼头。大西洋鳕鱼干做成各种装饰和题词。上面每个角上可以看到海象头,而中间则是在大渔网中的海豚鼠。

彼得·彼得罗维奇刚刚到过挪威,见到过国王,欣喜万分。他甚至还荣幸地与国王共进午餐,而这样的乐事总共花了他十个克朗——一顿午餐的价钱。任何有此愿望的人都可以花这些钱与国王共进午餐。

"他很普通……"海民对我们说,"他乘车来,在这座拱门下走过,笑啊,跑啊,他清瘦……还没来得及吃成大肚皮……而周围站着的人都是大肚皮……我的一个熟人跟着国王走,抽起了烟。'扔了吧,'我说,'国王在呢!'他笑了,却不将烟扔掉。'国王,'他说,'这算什么,我不会向他作自我介绍的。'瞧他们的人民都是什么样的。"

彼得·彼得罗维奇用饱含意义的手势指着在码头旁忙碌着的一群渔民,这些能干求实、严肃认真的人。

"瞧他们是什么样的人!"海民继续说,"我走近国王,脱下帽子,说:'您好,国王陛下!''你好!'他对我说,也脱下了帽子。"

"这不可能。"我对彼得·彼得罗维奇说,"国王不是讲俄语的呀!"

"怎么不讲!"他很惊讶,"国王呀?!国王会讲各种语言。"

过了几分钟小船把我们送到岸上,我和彼得·彼得罗维奇走过国王的拱门,踏上了挪威的土地。

现在不是捕猎时节。我们总是谈到大西洋鳕的可怕腥味,现在消失殆尽。街道上很清洁,看得出,是有人在收拾,在操心。房子就如纸板做的,是那么轻巧,直接用木板盖成。简直不能相信,在北极圈里居然能生活在这样的屋子里。

挪威人讪笑着说到瓦尔德,说什么这是个荒僻的地方,没有什么可看的。但是对我来说这里的一切都是新鲜有趣的。望着这些高屋顶的两层楼木屋,望着这些有着特别的沿海生活风俗的无数小咖啡馆,望着这些蓝眼睛的姑娘和高大的海民——我就像一个外省人望着一个外来的绅士那样:这位先生来的那个地方,人们生活得完全不像我们这里。要感受一个国家的全部生活这一点使我激动。

我不止一次到过国外,知道这种感受,但是从来也没有像现在这样强烈。大概无论什么地方都没有这样急剧的转折:从对人们生活的偶然了解,转向对和谐地联系起来的总体的了解。

没有什么事物比摩尔曼海民的生活与挪威渔民的生活、亚历山德罗夫斯克市与瓦尔德市的对比更为鲜明的了。我遇到的是人们的历史,暂时所有这些过去引人注意的人们,他们的生活情景,所有这一切都与一个总的意识融合在一起,这意识便是要超越后面某种巨大而困难的东西:既不是大洋,也不是这个黑乎乎的像一头老石像的摩尔曼海岸。那里是自然，这里是历史，这种感觉与这个城市的海洋空气一起融入我的体内。

我没有时间来梳理向我涌来的众多印象，我怕落后于彼得·彼得罗维奇。没有他我就没辙了，因为我既不懂挪威语，也不会英语，而德语和法语，这里的人大概又不懂。

我们走近一间屋子。海民向一个姑娘用一种奇怪的语言嘀咕了一阵，我从中听出几个俄语、德语和英语的词。这是特别的俄罗斯和挪威的混合语，在这里被简单地称作"通用语"。姑娘带我们上楼到一个有两张床的小房间。我们在那里安顿好，穿上漂亮的衣服，下楼去用早餐。这不是真正的旅馆。这里所有中等富裕阶层的人都这么生活。在餐厅，同时也是接待室、客厅和书房，墙上挂着猎枪和手枪，以及挪威峡湾的风景画。窗台上，像所有的北方人那样，摆着许多花。这里洁净得令人吃惊。

"真干净！"彼得·彼得罗维奇对我低语说，"你走进他们屋子，干净得不得了，没地方可吐痰——你以为到了老爷或是官员家，可却是与我们一样的捕猎兄弟，床上铺了床单，你都怕躺上去。"

进来两位妇女，安排我们坐下，把一罐牛奶、一盘云莓、像是巧克力的发黑的奶酪和样子像一片片薄薄的棉纸的面包端上桌，就离开去准备吃的东西。

"看见了吗？"彼得·彼得罗维奇低声说，"你知道哪个是女佣哪个是女主人吗？你不会知道的，即使你走进厨房，也不会知道的：她们一起干，一样生活，吃的也一样。"

在等汤送来的时候，我们竭力想译出桌布上的题词，非常费劲地猜是："我们将从父母那里继承屋子和庄园，但是好妻子事实上是由上帝派来的。"

"Vaer saa god!"① 女主人端上两盆汤，对我们说。

"Vaer saa god!" 她让我们吃面包，递餐巾时，重复说。

这话听起来完全像俄语里的"请"。海民也这么想，以为她在讲俄语。

"她听到一个词，就反复说，整顿饭她就会不厌其烦地说：请，请。"

彼得·彼得罗维奇穿着浆了衣领的衣服，显得很体面、端庄，他小心翼翼地用干净的餐巾擦干净小胡子。我看得出，他是在学习，在修炼。

快上第二道菜时主人回来了，他是个高大的日耳曼人，有一双海蓝的眼睛。大概干活累了，他把帽子甩到椅子上，向我们致意后，就开始默默地吃起面包来，一边等着汤送来。

这时邻室的门微微打开了一点，从那里伸出两个小头向外张望，他们与大个子一样有着蓝色的眼睛。

严峻的脸变了样子。他有点腼腆地朝我们投来一瞥，站起身，走到孩子们那里去，在身后关上了门。显然，在等待汤送来的时候他要开心一下。

有点不像我们的方式。彼得·彼得罗维奇表示不满地说：

"关上了门……他是怕我们的毒眼把他的孩子看坏了。他

---

① 挪威语：请。——编注

们全都是这样……有点儿太怪了……孩子嘛就是孩子，让他们去跑来跑去！不，他把他们关起来……等他们长大了，他们也把自己关起来，孤独地待在自己的房间里。你到他们那里去，总好像不是自己人……我们对他们全心全意，而他们却不……他们到我们这里来，随便想住多久，两个星期，我们都会接待他们，会感到高兴。而你到他们那儿作客，他们招待你看相册，离开时仍饿着肚皮……"

喝过汤后给我们送上了鲽鱼和别的什么鱼。这里只有在像样的饭店里才会有肉吃。午餐最后是云莓和凝乳。

食物是新鲜的，做得非常好，在铺着有题词赞扬好妻子的桌布上用餐吃起来格外可口。

用过午餐后，在放着各种挪威报纸的小桌旁，我试图与主人谈论政治。但他的德语很不好……我称赞挪威，他赞扬俄罗斯，我们好几次互相握手，我们的交往也仅限于此。

* * * *

彼得·彼得罗维奇有什么事要与渔民们打交道，他走了，而我因为不懂语言，要找到理发师理发，就是件困难的事了。我逛了很久，无论什么地方都没有看到画着剪刀和假发的招牌。不过，这也许是因为各种次要的目的把我吸引开了：我一会儿去仔细观看挪威的特别的渔具，一会儿迷恋上北角加梅尔菲斯特午夜太阳的风光照片，有时候还买点，完全忘了我一共只有八十卢布用以完成围绕斯堪的纳维亚半岛的整个旅行。令人好奇、对于沿海城市来说也很典型的是无数咖啡小屋，从那里总是会有妇女的头探出来张望。

在饭店、咖啡店、商店里到处都是妇女。我仔细端详她们，竭力想在她们身上找到易卜生笔下的形象。但是，无论我怎么努力想象，我觉得她们不过是有着蔚蓝色眼睛的消瘦而苍白的德国女人。我没有找到理发屋。最后在一座倾斜的小屋窗户里我看见一个像格达·加勃列尔的姑娘……不管三七二十一，我走了进去。

五个水手模样的人坐在小桌旁。他们已经喝醉了，喧闹着，他们的中心是格达·加勃列尔姑娘……

"来杯咖啡！"我要了饮料。

姑娘站起身，朝我点点头：

"Vaer saa god！"

她往什么地方走去，我跟着她沿着楼梯走上去。一个小房间里有两张宽大的床，床上铺着红被子，床之间靠窗的地方放着一张小桌和一把椅子。

"Vaer saa god！"姑娘说后就消失了。

我留了下来，感到有点窘困。我没有估计到和料到会这样。我想易卜生笔下的妇女……原来……不完全纯洁……

过了一会儿姑娘就给我送来了一杯咖啡和面包干。

"Vaer saa god！"

她就消失了。咖啡很蹩脚。不能在这里，两张床之间喝它……我把零钱放在小桌上，想小心翼翼、不被察觉地走下楼梯，"英国式"地离开。我走到门边，偷偷地走了出来。我从街上窥视了窗里：格达·加勃列尔像什么也没有发生似的，她认出了我，朝我点点头。

后来我再也不作这一类尝试，只是用眼睛寻找有剪刀和假发的招牌。

突然我发现前面有两个身材苗条的妇女，她们穿的是斯堪的纳维亚的拉普人穿的鲜艳的蓝—红—黄色的服装。我只是在画上和一家商店的橱窗里见过这样的服装。现在看见它们就穿在这两个身材高挑匀称的拉普女人身上，她们完全不像我们那里小个子的不幸的拉普女人。

她们在这里有这副模样，难道是因为挪威是一个文明国家，是因为这里每个人，甚至包括游牧的拉普人，都得经过七年制国民学校学习，是因为这里的拉普人严格遵循不酗酒的原则，由于这一切我在自己面前看见的是这两个身材苗条、大概也是漂亮的女士，而不是病歪歪的歇斯底里的、害怕桨声的女人。

不，我猜到了。这当然不是拉普女人，而是来旅游的英国女人。瞧她们转弯了，有一瞬间闪过她们严肃和苍白的侧影。我也拐了弯：很明显，她们是英国人，我怎么会没有注意到，不穿紧身胸衣是不可能有这么纤秀的腰肢的。突然英国女人消失在白色的大门里了，我看见自己前面有一堆炮弹，一门大炮。

要塞！

这里是不能来的，彼得·彼得罗维奇多次警告过我：一俄里内别走近这个可笑的小要塞。他告诉我，挪威人怕俄国的间谍。他们只要怀疑你是俄国间谍，大家马上就开始抵制你。他甚至还给我举了一个年轻画家做例子。这画家没有经验，在瓦尔德画速写，马上整个小城就传遍了有俄国间谍的消息，所有的旅馆和屋子全都对他关上大门。这可怜虫吃尽苦头,完全被激怒了,直到最后才离开挪威。而我还带着照相机呢!

赶快从这里逃走!我转过身,突然看见面前有一个佩戴金色窄肩章的军官。他想对我说什么。显然,他想问,我为什么在这里。可不能对他说英国女人的事呀。不过,我是在寻找理发师。

"Barbier...Frisseur...Coiffeur...①"我试图向他解释。

他不懂。

我指给他看自己的长发,两个指头像剪刀那样在头发上移动。不会不明白。他笑着,指给我看一座有招牌的屋子,招牌上写着:"照相馆"。

他想说:我这副一头长发的尊容值得去照相。现在我开始用一根手指头,像剃刀似的,刮自己的脸颊,同时富有表情地指着他那刮光的脸。他又笑了,拖着我的袖子去照相馆。

我们走进了一间不大的房间,里面有个铁炉子,墙上挂着相片。一位年轻小姐用钢琴为一位拉小提琴的先生伴奏着。我们的出现中断了他们的协奏。军官和拉小提琴的先生交谈着,笑着,小姐也笑着。我觉得,大家看我就像看一个做了俘虏的红胡子。后来那位先生把琴放到钢琴上,让我坐到镜子面前,开始给我剪发。小姐坐下来修照片。军官则走了。

理发师说德语还过得去,他同时也是摄影师,还指挥当地的一个乐队,管理着给轮船装煤的事。不这样在这里无法生活。

---

① 此处系德、法、英语中的"理发师"一词。——译注

他告诉我,在这里生活总的来说很艰难,渔民表面上看很富足,其实很穷;捕获量小的年份甚至吃海豹肉;许多挪威人现在承受不了与大自然作斗争,便移居美国。理发结束时我们成了好朋友。主人给了我许多挪威的照片。

后来我还和小姐谈了很久关于修照片的方法问题。这两个挪威人使我入迷。我走到了外面。

天色明显变暗了。在这里,一年中大概这个时候太阳总是落下去的。滨海的街上人们在游乐。白夜在这里也想使我失去意志力,与人们隔离,就像在白海岸上和在拉普兰季亚那样。但是我感到它不能得逞。也许,这是因为我是身在一个美好的文明国家,而且确信有美好的事物。

北　角

七月三十日

"喂!喂!喂!"

有人叫醒我,但我却无法醒过来。

"喂!"有人重复喊着,拉开我床头的窗帘,有力地拽我的肩膀。

这是挪威姑娘。我没能一下子就明白我的处境。终于我明白,我是在一条挪威的客货兼运的轮船上。昨天我没有等开船就躺下睡觉了，那时还在瓦尔德。就这样，在我的旅程中我是第一次被安顿在有着洁净的床单、枕头的床上睡觉，主要是还有深色的床帘，所以睡得很沉。现在叫醒我，显然，是要去用早餐。离开床不远有一张相当长的桌子，上面摆着许多小盘子，装着罐头、乳酪、鱼、奶罐。我在自己的床帘后穿衣服时，走进来一位先生，穿着海员制服，粗大的脖子又亮又红，还有一绺白毛。这是船长。昨天我在他那里取票的。后来又进来一个淡黄发男人，大概是他的助手或是航海员，再后来进来的是一个白发老头，他有一张顽强坚毅的脸，我们的旧教徒中常能见到这样的脸，我后来知道，他是领航员。他们在桌旁坐下，而唤醒我以后，姑娘又在别的床边重复着她的"喂！"。一位上了年纪的大肚皮先生穿着挪威邮政官员的制服，后来还有一位先生。大家都穿好衣服，坐到桌旁。我注意到最后一位起床的先生手中有一本俾斯麦①的 *Gedanken und Erinnerungen*②，而且我发现，总的来说他与这个伟人有点相似。

我不喜欢默默无声地一起吃东西，于是坐下时照德国的习俗向大家致意：

"Mahlzeit③！"

谁也没有搭理我，全都无动于衷地咀嚼着。他们不太有礼貌，我想起了在挪威旅游的人所说的话。"并且，"我想，"他们完全是些索然无味的人，我看不出他们与德国人有什么差

---

① 俾斯麦（1815—1898），德意志帝国宰相（1871—1890）。——译注
② 德语：《思考和回忆》。——译注
③ 德语：胃口好。——译注

别。"而德国人我们可是太了解了！瞧这个邮政先生完全是个 gemütlicher Sachse①，俾斯麦像普鲁士人，船长也是，只有领航员有点独特。他看我时有点不怀好意，突然相当粗鲁地问：

"是俄国人吗？"

"是俄国人！"我庄重地回答。

在场的人中起了点骚动，仿佛刚发现我头上长着梅菲斯托费尔的角似的，最初不知道该拿我怎么办。

领航员与俾斯麦、俾斯麦与邮政官员、邮政官员又与船长窃窃私语着，全都重复说："俄国人，俄国人。""这可比我们的人差得多。"我深受委屈，想，"这就是挪威，这就是我期盼的地方，这就是文明的国家！"

大家继续叽叽咕咕说着话。最后，船长，显然他是大家的代表，简洁地问我：

"是 Offizier② 吗？"

完全像是审讯。

"不是，"我回答，"我不是军官。"

"Wer sind Sie？"③

我报了自己的姓名，拿了照相机，走到甲板上。我非常气愤。

这里有我亲爱的朋友彼得·彼得罗维奇。啊，神圣的祖国！假如他不在轮船上，会怎么样啊！等他在北角附近下船后，我会怎么样？他在那里，在挪威的一个宿营地有一艘装满了大西

---

① 德语：好心的萨克森人。——原注
② 德语：军官。——译注
③ 德语：您是什么人？——原注

洋鳕的帆船，彼得·彼得罗维奇的目的是，用他在阿尔汉格尔斯克买的俄国面粉换挪威的鱼。等他下了轮船去自己的船后，就完全剩下我一个人了，我甚至没有可能向这些粗鲁的人打听地方，也许就会乘过北角，不知道这里就是欧洲最北方的海角。我对他讲了早餐时的遭遇。这位海民笑了。

"挪威人，"他说，"是我们最早的恩人，在水上常常是他们救我们，在船员中也没有比挪威人更好的船员了。他们这是把你当间谍了。他们看见你不是海民，讲德语，这样一位先生到这里来干什么？他们害怕。"

我大吃一惊，一起坐了几天船，与他们同睡一个房间，同坐一张桌子吃饭，却始终得记住，他们认为我是间谍。而我却向往着在不久前通过简单的表决就轻易地废除了与瑞典的令人可恨的合并①的国家，在比昂松②和易卜生③的国家，能在精神上得到休息。

我很忧伤，不太注意我们现在驶过的山景。

"多么昏暗！"彼得·彼得罗维奇要我注意看山峦。

这就像是摩尔曼海岸，不过要高好几倍。很像拉普兰的希宾山峦，但是这里下面没有一点绿色的踪迹，光秃阴暗的山岩直接望着大洋。有时候在水边可以看到一两座或几座渔民的小房子。在房子前面的水上晃动着构造完善的渔船。这些住房设施完备，有电报和电话线把他们与整个挪威连接起来。在这里，

---

① 1905年挪威用武力废除了1814年强加给它的与瑞典的合并。——原注
② 比昂松（1832—1910），挪威作家。——原注
③ 易卜生（1828—1906），挪威剧作家。——原注

大洋旁，没有绿色的黑黢黢的山麓旁，出现这些房子，显得颇为意外。仿佛是上帝在这里按着一种计划创造着世界。在这里他先是缔造了人，然后照亮了混沌的大地，就停止了。

"随便生活吧！"海民说。

我对这种生活比对摩尔曼的基利金岛更感到惊讶。那里多少还有点绿色，而这里却一点也没有。

"俄国的海民经历这种磨炼就好了！"我说。

"不，不，我们不行。因为有婆娘，所以不成。我们的婆娘不会去的。挪威女人一个人生活，随便怎么样都行，而我们的婆娘需要婆娘，而婆娘又需要婆娘。这样因为婆娘我们就成群地生活，不适合孤独地生活。"

有一座小屋子完全凌驾在水的上方。我们在那里拿一小桶鱼油。

"瞧，"我们驶远一点后，海民指着这房子说，"瞧，就在水面上长起来似的，在石头上生活，望着水，像只海鸥……"

突然他抓住我的胳膊。

"瞧，鲸鱼！"

我向大洋方向张望，没有看见鲸，但是发现一个相当大的旋涡。鲸鱼在什么地方呢？

"到水里去了，可以看到它钻下去的地方。"

过了一会黑色闪亮的庞然大物又露出了水面。所有的乘员都看着鲸。大概，在这里这也是罕见的。

而彼得·彼得罗维奇告诉我渔民生活中一件有趣的事：离这儿不远有一座被毁的鲸鱼工厂，再远一点还有一座。工厂是不久前被渔民捣毁的。据俄罗斯和挪威的海民之见，鲸鱼把大西洋鳕赶到岸边，因此是渔民的恩人。有了捕鲸工厂之后，有钱的资本家大量捕杀鲸鱼。于是捕鱼量就减少了。海民们向挪威议会呈文，要求停止捕杀鲸鱼，没有答复。他们又再次呈文，答复是否定的。于是海民们团结起来，捣毁了捕杀鲸鱼的工厂。领头的人被逮捕了，但是过了不久弄清了是怎么回事，就释放了。作为经验教训，禁止捕捉鲸鱼十年，而捣毁工厂的费用由国家抵偿。

"瞧现在鲸鱼又开始露面了。"彼得·彼得罗维奇结束自己的故事，说，"现在常能看到鲸，大西洋鳕也捕得多了，大家都好了。"

我们这么说着的时候，肥胖的邮政官员和俾斯麦走到甲板上来。他们很不友好地看了我一眼，开始玩掷环游戏。他们每人拿五个相当大的绳圈，轮流把它们抛到十步远的长钉上。这是肥胖的要人们的户外活动。完全和在德国的德国人一样。我可无法想象彼得·彼得罗维奇把绳圈套到尖钉上。

我们谦恭地让到边上，观赏着。命中率很差，看起来好像很容易。但是他们又臃肿又笨拙，俾斯麦还是罗圈腿。这就露一手给他们看看就好了！我忍不住给自己拿了五个绳圈，想要投掷。两个官员一下子就放下了游戏，走到船头去了。

这下很明白，他们是把我当间谍。我突然回想起，在要塞旁他们看见我带着照相机。我对彼得·彼得罗维奇说了这件事，他又对我重复说了一遍画家的同样遭遇。他感到十分痛苦，怀着十分恶劣的感情离开了挪威。

怎么办？不予理睬？但是怎么能不予理睬呢？我这次遥远的旅行的全部意义就是通过与人们的经常交往了解当地的生活。等彼得·彼得罗维奇下了船去自己的帆船后，我怎么办？抛了所有的绳圈后，我坐到一捆绳索上，开始忧愁地望着大洋里的点点白帆。不知为什么我想起了俄罗斯中部无边无际的平原上一条大道上迎面而来的一群马。有一匹马步履艰难地行走着。大车上有一个农民，还有些袋子、皮革。这匹马作为无所思虑时出现的偶然形象在眼前掠过，接着又是那种没有意志、没有思想的恍惚状态。这是怎么啦？你要清醒……你要开始考虑：这个农民会到哪里去，去干什么？

这里，在极北，在挪威，我突然发觉自己在我们那里什么地方，在大路上……假如要把一切都真诚地写下来，写在路上想了些什么，那么，也许会是南方代替北方。我发现自己是在大路上。可是这里是大洋，在地平线上许多船只疾驶着，完全像是一只只白色的海鸥。

"这条船开到哪里去？"

"中国。"

"路真远！那么这条呢？"

"去舍斯托巴利哈。"

"这条呢？"

"去彼得。"

上帝知道这是怎么回事……我试图为自己弄清楚，帆船为什么能作这么遥远的航行。使我大为惊讶的是，我了解到，中国就在这里北角附近，彼得也是，舍斯托巴利哈则完全很近，这里有一些峡湾，有塔宁峡湾，有玉辛峡湾。

这一切都是在挪威的俄罗斯名称。这一切都是俄罗斯人与挪威人交换商品的地方。我得注意特别停留在有着"北方的东卡"名称的海角上。从前俄罗斯的捕猎者从这里出发去格鲁曼特（施比茨别尔根），在这里转弯去大洋。关于这些地方他们编出了一首闻名北方的海民之歌：

> 别了，家乡的海湾，
> 将见不到父老乡亲！
> 别了，北方的东卡，
> 我不会很快就回家。

在这个海角附近，海民指给我看前面伸进大洋的一长条地，说：

"北角！"

假如他不说，那么我是不会注意这勉强可见的一长条地的，但是现在我却目不转睛地望着它。

"那里有什么好看的，"我的同伴说，"光秃秃的山，黑暗，什么都没有。可是人们却来这里……"

他说，载着英国人的"游船"朝那儿开，到北角后，旅游者在音乐声伴奏下走到甲板上，支起帐篷，坐着看太阳。有一次海民和自己的船在最远的一个渔镇上停留，看到有人扶着一个白发老人去北角。

"这种人有点那个……哪怕是有野兽和飞鸟也好，可是只有光秃秃的山，黑暗，什么都没有……"

我想为旅游者和这个由人扶着去北角的老人辩护。要知道所有这些死气沉沉的荒野只是因为有旅游者来才富有生气。要知道，是有了旅游者死气沉沉的北角才有了生气，才成为对每个人来说有某种意义的地方。我问自己，为什么看见北角对我来说这么有兴趣，而对海民却毫不感兴趣呢？

问题搁到晚上。而现在叫我们去用午餐，然后我们将要到诺尔辰，从那里可以更清楚地看北角。

* * * *

必须跟那些认为我是间谍的人坐在一起，随时传递和得到装着小吃、调味汁、无数佐料的盘子（通常在国外总是这样），与此同时一边还得说"Vaer saa god"，这简直是难以忍受的。

虽然很不乐意，不过，好歹总能坐到午餐结束。况且我根本不懂挪威语，让他们想说什么就说什么吧。但是第一道菜和第二道菜之间有一段长时间的间歇，我看到他们毫不客气地打量我，彼此交头接耳说着："Offizier, Offizier…"我忍无可忍。我用德语说了一通热烈的话。我说，在俄罗斯生活多么困难，多么想待在挪威这样的国家，它有伟大的作家、音乐家、旅行家，而他们却用小小的怀疑贬低了自己的祖国，破坏了人民和伟人创造起来的形象。我讲完话，想看看结果。除了领航员，所有的人都很不好意思，固执的老人大概听懂我很少的德语，向俾斯麦问什么。俾斯麦就译给他听，而领航员听着，不时看上我一眼，最后清楚地说：

"Anar–r–rchist①!"

走向了另一个极端!还有,正像我猜到的那样,这也是没有好感的表示。

"好吧,就算是无政府主义者吧,"我回答说,"你们可以有这样的看法。易卜生也是无政府主义者。"

大家都冲着我质问起来。易卜生是无政府主义者!相反,船长甚至记得,他到他们的国民学校去,给孩子们念自己的作品。

他们甚至有些气愤和生气,而我回想起,易卜生是逃离了挪威,一生都在国外漂泊。而现在只要稍有提及他的不可靠,他们就见怪。

突然我酝酿出一个报复的计划。我对他们说,易卜生是伟大的作家,但是瑞典人也有不错的作家,如比昂松、克奴特·汉姆生②。我列举了一系列挪威作家的名字,把他们说成是瑞典作家。我甚至没有料到会产生这样的效果。我怎么也没有想到,这些穷乡僻壤来的人大概不太知道的作家,居然会成为他们民族自豪的对象……他们争先恐后地告诉我,所有这些名人都是挪威人,而不是瑞典人,外国人总把他们当成瑞典人,这真令人震惊,可是又常常能听到这么说。

"全是挪威人,全是挪威人……"

"但是汉姆生,"我说,"好像是瑞典人。"

"全是挪威人,全是挪威人……"

---

① 德语:无政府主义者。——译注
② 汉姆生(1859—1952),原姓彼得逊,挪威作家,1920 年获诺贝尔奖,第二次世界大战期间与法西斯分子合作而被判刑。——原注

"比昂松呢?"

"是挪威人!这可是地地道道的挪威人!"

列举完我所知道的挪威作家,我就转到音乐家、学者上面来,我举出了格里格①、米哈伊尔·萨尔斯②、南森③。

"全是挪威人,全是挪威人。"对方向我反复说。随着名字的增加,挪威的伟大在桌子周围这些人的心目中增长了,人们变善良了,大家都感到满足了,因为我,作为一个外国人,被他们压倒了。

终于我黔驴技穷了。"要不,"我想,"现在来说冰岛,那里也有不少挪威人,可以从吟唱诗人④和《埃达》⑤说起。但是谁知道呢,也许这里也有什么好像是瑞典有份的。"我下不了决心,怕破坏了大家的情绪。

而他们全都看着我,有着浅红色后脑勺的船长、俾斯麦、邮政官员、航海员、领航员都等着我,仿佛是催着我:"你举吧,举吧……"

我想到了一个名字,但好像这是瑞典人,而要讲的一定得是挪威人。我不知所措了。

---

① 格里格(1902—1943),挪威作曲家、钢琴家、指挥家。——原注
② 萨尔斯(1835—1917),挪威历史学家。——原注
③ 南森(1861—1930),挪威北极考察家,1922年获诺贝尔和平奖。——原注
④ 指9—13世纪冰岛和挪威的民间诗人。——原注
⑤ 古代冰岛文学的两部作品的名称。《老埃达》收集了古代冰岛神话传说和英雄事迹的诗歌;《新埃达》约于1222—1225年由冰岛民间诗人斯图尔鲁森所写,内容为古代传说等。——原注

于是大家一个接一个地告诉我这个先前的间谍和无政府主义者,现在是最亲爱的人,许多光荣的名字……

我装作很惊讶,他们每讲一个名字,我就发出感叹:"啊!"

很快他们也用尽了名人同胞的储备。于是我提议为我们热爱的美丽国家挪威干杯。我和俾斯麦、船长、航海员、邮政官员碰了杯。甚至阴郁、不信任人的领航员也与我干了杯,还喃喃着什么,大概是说我的好话。

我们还为俄罗斯,为挪威一次次干杯……

我请求到北角的时候叫醒我。

* * * *

诺尔辰是北方的岬角。北角是北方的海角。

诺尔辰是大陆最北部。北角是一个岛,是海峡分隔开来的,但不知为什么比诺尔辰有名,在两者之间有宽阔的塔宁峡湾。

黎明时我走到甲板上。太阳光停留在山岩上。岬角染成了金色。轮船拉响了汽笛。无数白鸟从鸟群集栖地突然飞了起来,布满了大洋上空,就如撒满了撕成小片的白纸。

船长知道,这景象非常美,知道人们爱看鸟群聚栖在岩石上。为了让我高兴,他又拉响了几次汽笛。鸟儿一次又一次从黑色的岩石上飞向金色的空间,落向绿色大洋里轮船留下的痕迹,纷纷点点,犹如童话中的银色喷泉。

啼鸣声,沙沙声,翅膀的拍击声……

在峡湾外面高耸的北角伸向大洋,宛若欧洲的黑色城堡。"这就像是一个睿智的老学者。"我头脑里冒出这个想法来:它的形状这么清楚地显示出表示不屈意志的高高的前额。那个在别人帮助下登上北角的白发老人是什么人呢？昨天海民讲的乐队的音响内含着多少意义呀！这是欧洲在自己最后一个要塞举行的庆祝。

"空芜的土地，黑色的石头，连野兽也不会来，"海民说，"这地方有什么呢？"

没有什么，在这里，在旭日的金光中，这是智慧和意志的象征。

但是，当所有这些白鸟一排排地栖息在黑色的岩石上时，在午夜的光明中，它是什么样的呢？难道这顽强的意志不屈服？什么时候才会降临冬日的黑夜呢？

我不知道，现在是黎明，北角不屈不挠，强大壮观。

"天涯海角！空芜的土地！"海民漫不经心地说。

我们驶进北角和诺尔辰之间的塔宁峡湾深处。我们在峡湾里面的时候，两个海角都看不到。两边是黑黑的高墙。太阳钻进里面，一会儿照亮峡湾的一边，一会儿是另一边，黑色的群山一会儿变成红色，一会儿是紫色，一会儿又是蓝色，有时显得像是一只大野兽的样子，有时则像变成化石的众神。

这个峡湾深深地切入大陆，几乎一直到通向俄罗斯，通到摩尔曼的瓦兰杰伊峡湾。我们在峡湾深处行驶，以便从某个渔民宿营地接受乘客。

有一条小船向我们驶来，里面有一个戴着宽大的黑色礼帽的高个子男人，另有几个女人和男人。

这就是基础，就在这基础上造就了易卜生！清澈的水边的这些山峦，就是传教士把人群带往那里的石头的荒野。

小船驶近了……所有这些黑色的男女身影沿着跳板默默地走上轮船。一个年轻人，大概是牧师，显得非常沉静，带着宽大的黑色礼帽又非常有趣。他让大家走在前面，自己最后一个沿着跳板登上轮船。山是这样沉寂，水是这样清澈，天是这样明亮；无论是天空中，山峦中，海水中，还是这些奇怪的黑色身影中，都蕴含着一种神秘的和谐。

* * * *

不，永远都不应该从诗人那里接近大自然，需要做的总是相反，否则一个无意义的词，偶然的一瞥，都可能完全破坏图景。

牧师走上轮船，突然这时装着大西洋鳕鱼油的木桶滚落下来，轰隆一声掉到船舱里。

"这是因为，"彼得·彼得罗维奇对我们说，"神父在走路。这是神父，我在加梅尔菲斯特见到过他……在教堂里。"

年轻的牧师走下了轮船，在我们听着木桶摔坏而引起的种种不快时，他穿着灰上衣，戴着时尚的自行车帽出现了。

"瞧，这就是所谓的神父！"彼得·彼得罗维奇感叹说，"去认识他吧！"

"他不是我们的神父。"我回答说。

"我们的……我们的神父，兄弟，老远就能看出来……而这算什么！在他们这里，你没有走进教堂之前，你是不会认识神父的。我到过教堂，所以知道……全都坐着，念着……神父走出来，开始拼命地叫喊，无论怎么叫喊，越响越好……他叫喊着,双手向四面八方挥动着。你坐啊坐,听啊听,直到哈哈大笑起来,而一笑起来,马上就把你架出去。"

我们笑着……但是我在这荒野的北方峡湾见到的我的易卜生究竟在哪里,究竟在哪里?……上帝给我派来了这样的旅伴……但关键不在于旅伴,而是方法……永远也不应该效法诗人。

牧师友好地握着俾斯麦和邮政官员的手晃动着。他们说了一会儿话,就走到玩游戏的地方,拿起绳圈,想玩游戏。

"Wünschen Sie?"① 俾斯麦要给我绳圈。

我同意了。

"Sie?"② 他又问我的同伴。

但是彼得·彼得罗维奇不想玩,把绳圈套到木钉子上的游戏与他太不相称了。

* * * *

从长长的峡湾里回来,我们更近地驶向北角。我放弃了玩掷环游戏,走到船头。在小小的海湾岸边隐藏着一座房子。它旁边接着一幢又一幢。所有的房子都在阴处。为什么这样安排这些屋子?他们这里经常有太阳还是没有?

轮船发出了约定的信号,主人应该把自己的货物装上轮船。但是谁也没有露面,谁也没有回应,仿佛一切早已死绝了。

一根电报线从阴处通到亮处,闪烁着,从一根柱子伸向另一根柱子通往山里……

---

① 德语:您愿意吗?——原注
② 德语:您呢?——译注

"难道这是与世隔绝吗?"望着这根电报线,我想,"这是最好的交际,与世隔绝是在那里,在后面,在我们阿尔汉格尔斯克的森林里。"

我脑际浮现出戈尔戈法山岸上的修士,对于他来说时间是停滞的,城市已经开始崩溃;我想起在冰上捕猎的海民,他们总是在一起,而对于世界来说他们又总是孤独的;我还想到了拉普兰季亚午夜的红太阳及那里的被抛弃和即将消亡的人民。与世隔绝是在那些地方,而这里是有交际的。

不知道为什么他们要作这么久的准备。轮船又发出了不耐烦的信号。

突然北角岸边这些小屋中,有一幢屋子打开了一扇窗户。有人用手帕挥了一下,接着我就听到了音调很高的欢乐的音乐声。大概这是孩子在转动乐器的旋钮或是在弹琴键。

但是这声音是这么明亮,简直像峡湾山里的金色阳光。

我觉得,这声音飞出窗口,顺着这明亮地闪耀着的通过群山的电报线奔驰而去……

人们——男人、女人和孩子——走出来了。他们坐上小船向我们漂来。

他们开始装木桶,绞盘轰响着,划桨声响了起来。

而我觉得,美妙的声音一直飞驰着,铮铮响着,通过电报线响彻群山。

加梅尔菲斯特

八月二日

当我们从一个峡湾驶向一个峡湾,从一个渔镇驶向一个渔镇的时候,我们已慢慢地从北角驶近了欧洲最北方的城市——加梅尔菲斯特。太阳落下去了,黑夜降临了,它几乎也像白海那里的夜,虽然太阳落到水里去了,可是午夜时仍用一只眼睛向外张望,露出午夜的霞光。这里的大自然几乎也像俄罗斯拉普兰季亚的伊曼德拉湖上的风光,只不过在这里,我们好像比地面上要高许多许多。这里不是清澈纯净的山间湖泊,而是大洋,这里的山峦没有针叶林向下垂延。这里只有水和黑黢黢的山峰,它们或是高高地聚集在一起,或是离开大山伸向大洋……

没有一点绿色的踪迹。但是轮船在峡湾里绕过山岩时,我有时会发现一束紫风铃草从岩石挂向水面,仿佛一个个小茶杯渴望喝足这清淡明净绿莹莹的峡湾水。

像在拉普兰季亚那样,我觉得,我们像第一次洪水退去后乘着诺亚方舟漂行。现在在水的深处是被淹没的罪孽深重的大地。但是洪水已经退了,已经可以闻到土地的芳香了,已经出现这最早的紫色风铃草。如果现在放出鸽子,那么它带来的将不是橄榄枝,而是这一束鲜花。

在一个地方我们离开山岩非常近,假如不是飞速行驶的轮船而是小船,那么我用手就可以抓到鲜花了。但是轮船开得很快,紫色的风铃草在燃得火红的天空背景下,在闪着浅蓝—深红—

蓝色的水面上绿莹莹的背景下，变成深色的了。

可以听到水潺潺流动，群山越来越光秃秃了……

再过一个星期……我就将在下面，在高大的绿树之间漫步，在草地上散步。

船尾一个人也没有。不知为什么全都在船头。这是为什么？我把头转向那里，突然就在附近，我看见了一个白色的童话般的城市。

加梅尔菲斯特！

一切发生得这么快。这些白色的大理石宫殿在白色的朦胧中仍然没有变成平常的屋子和鱼库。这一排排像是在沉思的船只有着白色的翅膀，这不是俄国海民的帆船，但是我们已经到了码头：我的同伴坐上小船朝岸边驶去。我也必须换船……

"这该怎么办？"我问船长。

"海员！"他朝船员喊道。

那船员拿了我的行李，我们就朝岸边驶去。人群忙乱，我一个人拿着箱子站在岸上，我不知道怎么问搬运工，怎么讲饭店的名称。我问了一个人，又问了一个人。我是用德语、法语问的。但他们不懂。

我终于突然感到，没有导游、没有充分的准备就出来旅行是多么轻率。有海民与我在一起的时候，我的出行就像在俄罗斯一样，而现在只觉得自己孤立无援。

我问了一个又一个人，最后有两个小男孩走到我跟前并对我喊着："俄国人，俄国人。"他们抓住我的箱子，往什么地方拖去。我们登山，我看到男孩扛着沉重的箱子很吃力，便自己提着、拖着,而他们在前面跑着。

面前是一家很高的饭店,凉台上有许多妇女。男孩指着拿着行李的我,对她们说着什么。大概是我的样子不能赢得她们的信任,所以她们否定地摇着头。

"俄国人,俄国人!"男孩们说话的腔调,我听起来就是:穷俄国人。

我试着跟凉台上的妇女讲话,但是她们听不懂,只是同情地望着我的箱子。

"穷俄国人,穷俄国人!"

我明白自己的处境:这些妇女害怕在富丽的饭店里看到没钱雇搬运工拿这么重箱子的人。

"穷俄国人,穷俄国人!"孩子们一直重复着喊,同时拽着我的手往前走,去另一家小饭店,那里也是这样。又去一家,还是这样。

我该怎么办?没有别的饭店了。我忽然想到:在沿海地区时我认识了一个年轻人,是一条帆船的主人。他对我说过,八月份他将停在加梅尔菲斯特,要买鱼。如果我夏天在挪威,他请我到他那里去,甚至住在帆船上。我用手指给孩子们看停在峡湾的俄国船上的桅杆并讲了海民的姓:斯梅塔宁。

"斯梅塔宁船长!"男孩们快活地接应着,向岸边奔去,"斯梅塔宁船长!斯梅塔宁船长!"

大家都知道他。一个船夫送我去俄国船那里。我永远也不会忘记帆船上这一长排向上高高昂起的竖式绞盘,这帆的通道,这高兴的心情,因为马上能与海民们讲俄语,就可以安顿好。

"斯梅塔宁……斯梅塔宁的船在什么地方？"我问一个黑乎乎的身影,我一下子就认出他是俄国的海民。

"划到第三条船。"他回答我。

"斯梅塔宁在什么地方？"

"我是斯梅塔宁。"

"是谢苗·费奥多罗维奇？"

"不是,我是瓦西里·费奥多罗维奇,而谢苗不在。他去俄罗斯了。"

这下惨了！我说明了我的处境。海民不相信饭店里没有房间,他那狡猾的俄罗斯的眼睛望着我,我看懂了他的意思:得了,得了,你撒谎,你是不是想不付房钱。

唉,这双狡猾的俄罗斯人的眼睛,这种蔑视的目光,洞察人,侮辱人,贬低人。这种目光把每一个陌生人都看作一定是个骗子。一生中我永远未能理解日耳曼人和斯拉夫人之间为什么会有这么明显的不同。日耳曼人的蔚蓝色眼睛充满信任,坦荡无遗,斯拉夫人的眼睛却狡黠费解。

"去找俄国领事吧！"海民对我说。

"但现在是夜里,"我回答说,"夜里为在旅馆里找房间的事叫醒领事可是行不通的。"

"没关系,他还没有睡……他是个好人……"

"这就是出了名的俄罗斯人的殷勤好客！"我痛苦地想。

"也可以在我的帆船上过夜。"海民看我犹豫不决,狡猾地说。

"那……"我接着他的话答道,流露出想在船上过夜的愿望。

"不过领事没有睡,他是个好人。"

"再见!"我说。我们又回到岸边。

"穷俄国人,穷俄国人!"挪威孩子的蔚蓝色眼睛迎接着我。

"领事"这个词是能明白的。他们把我带到了位于峡湾高岸上的领事馆。按理说,这实在是件不愉快的事……而且是在夜里。

领事不在家。

"穷俄国人!"男孩们忧愁地重复说。

我给了他们小费,让他们走了。我自己因为拿着沉重的行李已累得精疲力竭,就坐到峡湾岸边的长凳上,准备哪怕是整夜等领事回来。

峡湾入睡了,闪烁着午夜的霞光。

大概,这个峡湾,这个白色的城市,这一排海船非常美。但是我什么也没有看到,什么也没有欣赏。我十分疲惫,只是从一个方向到另一个方向转动着眼睛,倾听着脚步声:是不是领事回来了。只有峡湾中间从水中突出来的一块黑色大石头永远留在我的记忆里。

因为无事可做,我便抽起烟来,同时算着开销,突然我心都凉了:八十卢布剩下的数目,即使不在旅馆过夜,就坐在峡湾岸边的长凳上,也不够回到俄罗斯。这样的结果竟然不知不觉:为挪威的伟人干杯喝酒,拍照,买渔具、拉普兰的服装。我干嘛要买这衣服呢?我可是不会穿它的呀!

唯一摆脱困境的办法是,还是按照我那不幸的神奇的面包圈滚过的地方回俄罗斯。决不!难道求助于领事?但领事是什么样的人呢？我一生中从来没有见过一个领事，他们长得怎么样，大概，也长着像船长那样的眼睛吧？

现在听到他的脚步声了……

决定性的时刻到来了……如果不是那样的眼睛，我就请求帮助。向我走过来的是个小个子，戴着制帽，手里拿着大公文包。我站起来，迎上前去。领事走到离大约二十步远的地方就客气地行礼致意，我也回了礼。后来他在公文包里翻寻着，找出一张纸，走过来。

这些明亮的北方之夜馈赠给我这样的意外惊喜！我的领事突然变成了漂亮的姑娘，她穿着挪威邮政公务员的制服，有一双紫风铃草色的眼睛。姑娘递给我一张像是报纸的信纸，我仔细看了，什么也不明白，就问：

"Was is das?"①

紫色风铃草微笑着。

我用各种语言问了一遍。

风铃草只是沉默着。

她想离开。但我指着箱子，说："俄国人，旅馆。"

"俄国人……旅馆……"姑娘搭腔了并等着我还要说什么……

想出点什么话来才好呢？只要有一句话能成功，我就有救了。但是想不出话来，我只是重复着：俄国人，旅馆。

姑娘点着头，转过身，变成了邮政公务员，就消失了。

---

① 德语：这是什么？——原注

又是明净空旷的白夜,没有紫色风铃草,一块黑色的石头从峡湾望着我。

怎么办?我又坐了一小时,天蒙蒙亮,石头上闪烁着朝霞的反光。

突然我想到了一个幸运的念头:加梅尔菲斯特是俄国—挪威的贸易中心,这里码头上不可能一个人也不会讲俄语。也许,在这里懂俄语的人比懂德语的人还多。

我走到码头上,放下箱子。

"懂俄语的,答应一声!"

一个年轻的挪威人走到我跟前,行了礼,用相当地道的俄语问:

"您有什么事?"

"亲爱的——"我抓住他,告诉他是怎么回事。我说到了男孩、领事、邮政员,他大笑着。邮政员变成姑娘的事,他也觉得令人费解。据他所知,在加梅尔菲斯特邮局里没有女邮政员。我的事五分钟就安排好了。我在最好的旅馆里得到了一个舒适的房间。按钮喀嚓一响,在电灯光下白夜那苍白的面容就黯然无光了。

* * * *

领事很乐意帮助我,也很高兴与我交谈,但是不时走进房间的俄国海民妨碍我们。现在正好是他们要求开船回家的时候,因为一个夏天他们把自己的帆船装满了大西洋鳕,换了面粉,他们到领事这儿来,部分是为了告别,部分是要办些手续。

我一切方面都已安排妥帖,所以今天觉得那些海民比我昨天夜里认为的要好。他们那种自由不羁的风格,那种大海般的粗犷令我喜欢。他们走进门,不像我们那里的人手中拿着帽子停在门旁,而是径直走到领事面前,跟他握手,跟我握手,自己坐到椅子上。

"要走了?"领事问,他用的是他们说话的方式。

"现在是顺风,所以要走了。"

"装了面粉?"

"不,还清了欠债……"

这就是说,换掉了所有的面粉。交易的实质是,海民在阿尔汉格尔斯克赊账装了面粉,运到挪威换成鱼,然后卖了鱼,偿付面粉钱。了解了这一情况使我有可能来解领事出的一道经济题:俄国面粉在加梅尔菲斯特往往比在阿尔汉格尔斯克卖得便宜,是怎么回事?

海民坐着,彬彬有礼,一本正经地谈着话。我们谈到了使我感兴趣的问题:坐帆船从阿尔汉格尔斯克到加梅尔菲斯特的海路。至今还有俄罗斯水手无视科学记述的北冰洋的航路。他们有自己的航路,自己的地名称呼,类似我听到的"中国""彼得堡""舍斯托巴利哈",海民们描述的航路堪称一部文艺作品。书页的一面是描述岸,另一面则是斯拉夫字母摘录下来的圣经。一面是理智,另一面是信仰。在看得到岸上的标记物时,海民读书的一面;当标记物消失,风暴眼看就要击碎船只时,海民就把书页翻到另一面,就来求上帝的侍者尼古拉。他们告诉我,海民中有的人勇敢惊人。有一次一个老头竟然不用指南针从阿尔汉格尔斯克驶船到了加梅尔菲斯特。"怎么会这样?"领事问,"他怎么来的?"海民用手指了一下某个方向。有一次甚至还有这样的事:一个海民决心要使欧洲为之震惊。他做了一条几乎完全是圆的船,系上也是自己发明的帆,就放到大洋里,要去参加巴黎的展览会。他顺利地在白海上漂行到了阿尔汉格尔斯克,漂过了索斯诺韦茨、莫尔若韦茨……最后一次有人看见他是在三岛附近……大概,他就在那里死的。

一些海民来找领事是告别,另一些海民是与挪威人一起来的,是要作仲裁审理。

进来两个海民:一个俄国人,一个挪威人,两人都长着蔚蓝色的眼睛,两人都很高大健壮。两人都气呼呼的,一个打断另一个用自己的语言告诉领事争吵的原因,几乎无法区分他们,因为大海把他们磨炼得一个样了。但是事态在发展。领事有最简单和独特的裁决方法:沉默。他越是不吭声,海民的火气就越大,最后他们自己把问题解释清楚了。争论是在极富辩证关系的情况下进行的,两个人都感到领事沉默但却是领导的影响。

事情开始时两人彼此讲的不是俄语,也不是挪威语,而是由俄语、德语、英语和挪威语的各种词组合起来的特别的俄一挪混合语。

"我是船长,我是舵手,我说了算!"俄国海民傲气十足地嚷着。

但是我已经看到,海民那蔚蓝色的眼睛中闪过俄罗斯的狡黠神情。"他不是无缘无故发火,"我想,"马上他头脑中就会闪现出一套狡猾的进攻计划。"

第六章 在瓦兰吉亚人那里

"我的船上有你的鱼！"挪威海民气愤地说。

这一个生气是胸无成竹的。他的脸一副聪明相，但是没有城府。俄国海民很清楚这一点。我在他的眼中看出他的心思：你是个傻瓜，德国人。

"我 sprechen①……你 sprechen……我的，你的，我的，你的，我的……"突然在争吵白热化的时候两人停住了话。"我的，你的"语言改变了情况。

于是一个讲俄语，另一个讲挪威语。这样比较容易，犹如摆脱了转动皮带的齿轮转动一样。俄国人讲俄语，但是讲挪威语也有把握，而挪威人则深信，他能讲俄语。领事三言两语就翻译了所说的意思……他这种平静的干预清除了海民的火气……两人像开始那样，有一段时间对着领事说话。但是后来又争吵起来，但比较平静，又是我的，你的，你的，我的……

俄国人脸上那一丝狡猾，宛如令人憧憬的无边无际的田野上弯弯曲曲的小径，蔓延着，蜿蜒着，伸展着……挪威人把这当作浑厚朴实，两人静息下来了。领事站起来，两人的争吵以讲和而告终。挪威人付了钱：

"这是我的钱，拿着吧！"

两人互相握手，像什么事也没有发生过似的。

"你什么时候起航？"挪威人问。

"我马上就起航。你呢？"

"我等什么时候有风。"

---

① 德语：说话。——译注

挪威人走了，而俄国海民得意洋洋地请我们到他船上吃点东西。征得我们同意后，他就去准备迎接要人了。

船已经在岸边等我们了。船上放下了跳板。主人穿着黑色上衣站在船舷旁，连声道歉说，跳板放在了左边，这照他们的规矩是不礼貌的，但是没有办法，右边船侧已经装满了木桶。

啊，昨天夜里要是没有领事也这样接待我，那就好了，我就会为俄罗斯的好客唱颂歌了。但是现在……

这不是我的心灵感兴趣的海民。那些海民完全与自然融合在一起，那些海民在冰块上漂行大洋，把兽皮和救命钱奉献给自己的上帝，在大洋里坐在翻过来的船底上抽烟。而这些海民是平常的狡猾的商人，他们在这里与自己的老婆一起向挪威人学习，把自己安排得好好的。

主人抚摸着男孩的头，介绍着："这是老大，我有七个孩子。"

接着他让我们坐到点着长明灯的圣像下面的软沙发上。别的船上的亲戚进来了，鞠着躬，为穿着平常衣服向主人道歉："我们到您这儿来是习惯，是老相识。"进来的还有年轻人，新婚夫妇——海民们习惯在挪威度蜜月。大家围着茶炊坐好。从上面舱口传来俄语声。

他们按俄罗斯的方式、按杰米扬诺夫斯克的方式招待我们……

难以相信，这一切是在挪威，在产生海盗和吟唱诗人、比昂松和易卜生的国家里进行的。

*　*　*　*

在受过海民郑重其事的接待后，我和领事在加梅尔菲斯特近郊散了一会步。首先他带我看了"公园"。在山峦间的小溪旁奇迹般地长着几十株歪歪斜斜的白桦，有一人高，白桦树下有许多紫色风铃草。这个地方围着栅栏，还用三种语言写着："请爱惜这些植物。"周围的小路打扫得干干净净。这里坐落着一家饭店，儿童推车滚动着，年轻的情侣在散步。

这是最后几十株白桦，这是加梅尔菲斯特的骄傲，是最引人注目和富有感人意义的地方。好像，在这些最后的绿叶周围聚集着最后的社会生活。我从那儿来的再往北一点的地方，即使这些住房使渔民们感到惊诧，现在看到这些绿树，就难以克制与这种生活、与这种生活的不正常的不和谐感了……我把自己的感想告诉了领事，他完全同意我的看法：挪威北方的生活是靠南方负担的。他说，北方的第三、第四代人在蜕化。因此，常常可以遇见与那些魁伟的海民在一起的瘦小干瘪的人。在极北地区没有任何独立的文化，也不可能有艺术、文学。我们所知道的那些著名的作家都是在南方条件优越的峡湾那里培养出来的，他们到这里只是路过。

这个小公园作为北方的悲剧象征永远留在我的记忆中。后来我们回到城里，长久地在街上游逛。从谈话对象的口中我知道了许多当地生活的有趣的细节，知道了不久前国王的驾临。领事像许多人那样，与国王夫妇共进了午餐。与他们一起用餐的还有载着他们满城转的马车夫。这事是这样的：当地一个人有两匹好马，在国王逗留加梅尔菲斯特期间，他愿把这两匹马供国王使用，因为他没有仆人，所以他自告奋勇为他们当车夫。国王同意了，反过来也请他用午餐……众所周知，现在挪威是一个阶层，民主和美国一样，阶级差别不那么大：所有的人在这个严峻的国家里或多或少都要劳动生活。公务员常常一个人要兼负起许多职责。这样的公务员的生活基础是他那相当于鱼贩的收入。

就这样，东扯西拉聊着，我们来到邮政局，询问有没有留局待取的信件。我抓住门把手，突然它自己就开了。一位长着紫风铃草颜色眼睛的邮政员姑娘迎着我们走了出来，像对熟人似的对我点点头，微笑着，又急忙做出一副办事的认真样子，消失了。我十分惊诧，久久地望着她的背影。

"您怎么啦？"领事问。

我讲了昨天遇见她的事，犹如是遇见神秘莫测的幽灵一般。而现在，如果感觉没有欺骗我的话……

"这没有什么特别的，"领事朝我笑着，说，"挪威有四万五千个正在找工作的'多余的'妇女。"

* * * *

星期天。早晨。教堂里钟声敲响了。离开前我想去一下挪威的教堂。我出了门。星期天加梅尔菲斯特城里很像德国的小城。某种程度上这表现在有无数的儿童推车，打扫干净的街道。人们无所事事而显得有点可笑的闲暇样子，还有教堂里单调的祈祷声。只有峡湾和山峦告诉你，这是挪威。

教堂里大家手拿着祷告书等候着牧师，奏着管风琴……我真想说：德国。但是我发现在两侧都是结实的挪威渔民的身影，他们剃光了下巴和下面的大胡子,长着海一样的蔚蓝色眼睛。

牧师走了出来……这就是我在错当作是勃兰特的塔纳峡湾遇见过、后来还与他玩过掷环游戏的那个牧师。但是现在他的神色多么庄重,他的话多么威严呀。我不懂挪威语,但是严峻的渔民们的眼睛潮润了,有的把脸埋在手掌里,有的用手帕擦眼睛。不知怎么的,在德国教堂里我没有看到过这种景象。大概,这也表现出是挪威,是大海的影响。

我走出教堂。几个大胡子的俄国海民站在教堂窗口,做着鬼脸,用手指做着什么,笑着。

"你们在这里干什么?"我问。

"我们的弟兄在听挪威的牧师讲话。我们感到好笑。"

"为什么?"

"我们在好笑,而他们却哈哈大笑起来,就被赶了出来,真奇怪!"

真荒唐!但是这样的鬼脸令我忍俊不禁,我庆幸在教堂里面的时候没有朝窗口看一眼。我急忙尽快离开老乡,免得玷污了自己的名声。

城外即是群山筑成的黑幽幽的高石墙。那里有一条小径,大概是供散步用的。我朝那儿走去,我的身后传来教堂管风琴的庄重音响,钢琴的快乐的和弦,从峡湾传来的缆绳的吱吱声:海民在拉帆。不看下面向上登山很好,而后来,抵达顶峰后,一下子仿佛长了翅膀似的,飞越了下面的一切。

下面是像纸糊起来的小城。它分成几个正方形,有几座像玩具似的教堂,有一个黑点在那里移动的是墓地,岸边有许多张了帆的小船。

现在我已经养成了用眼睛来估测明净的北方天气下的海上距离。我知道,到那张白帆大约是十俄里,而新手会说是一俄里。

从这里听声音——管风琴和钢琴的声音——也很锐利清晰。

在这些音响中没有丝毫不协调的因素。一个音并不妨碍另一个音。从这里,从高处,我觉得,这是生活的两个不同的方面和谐地奏响着。

星期天……还要什么别的?……有人祈祷,有人快活,这很简单明了。

而我们那里……

因为对照,我想起了索洛韦茨基修道院的戈尔戈法山,想起了入暮时的红太阳,它犹如黑幽幽的墓地上的长明灯,想起了映照着摇曳不定火光的神秘的黄色、黑色的脸庞,想起了修士那苍白、蜡黄的脸上奸笑而扭曲的线条,想起了等待奇迹的祈祷者、黑压压的人群等等。

身处峡湾这纯净的空气中,在管风琴和钢琴的和谐乐声的伴奏下,从这里,从远处看去,那里多么不同寻常,故乡的黑色是多么浓郁。

人的生活的意义现在好像是明白和简单的,这种生活沿着顽强的日常劳动的坚实轨道前进,而且有庄重愉快的音乐相伴。

但是这……

没有关系,没有关系……这是星期天,您到底想要什么,人们在休息,人们一定得休息……

林根峡湾

（给朋友的信）

八月七日

亲爱的朋友，我寄给您的上一封信是从索洛韦茨基修道院发出的，而现在，我能想象得到，您会多么吃惊——信是从挪威发出的。我现在在轮船上，在罗弗敦群岛的附近给您写信。我想把对著名的林根峡湾的印象告诉您。

在加梅尔菲斯特，俄国领事，我新认识的好朋友，在地图上标出了所有有意思的地方。其中之一便是有冰川的林根峡湾。轮船是黄昏时开出的。我们沿着被峡湾切割的黑乎乎的海岸行驶。实际上，通常意义上的岸，在这里是没有的：轮船是在山峦间漂行，一会儿可以看到大洋，接着又是群山包围了。既没有树木，也没有青草——好像是大洪水之后水刚刚开始流动和露出这些山峰的。在挪威，落日就像是山间燃起的火焰。我们向前行驶，太阳就点燃一座座黑黝黝的山……

早晨我走到甲板上：有雨和雾。我听说，在挪威，三天中常常有两天是有雨和雾的。我到船舱里去时心情很糟：行程中有三、四天这样的天气。我绕行几乎整个斯堪的纳维亚半岛时，会什么都看不到。怀着这种忧虑的思绪，午饭后我走到甲板上来。雾还笼罩着周围的一切。我起先看到的一切是绿色水面上的反光。望着这光斑的还有其他乘客：一个有着挪威人典型的从下面留起大胡子的老水手，与他在一起的一个男孩，头戴有帽徽的黑帽、肩上有花结的大学生,他旁边是一个像所有的挪威女人那样消瘦的太太,她穿的是黑衣裙,手里拿着一束紫色风铃草,撩向脑后的风雨帽下露出一绺绺浅色卷发。他们望着大海时有某种共同之处。他们望大海时仿佛是漫不经心的,没有一定的思想,就像我们望着模糊不清的远方一样。但是当他们把目光移动到地平线别的地方时,这时他们就显示出某种挪威人特有的神情:他们在进行某种事,作出决定后,现在在漫游,因为他们知道自己国家大自然的秘密。

就这样我们望着雾中的光斑,等待着什么。突然什么地方闪过什么白色的东西。我们全都往那里望去:闪亮的光带如一条项链沿着露现的有着白色山顶的黑山升了起来。

什么地方又闪过白色的东西,闪了又闪。一个山峰暴露了另一个山峰……仿佛是裹着白雾的巨大身影慢慢地向峡湾深处远去。真的,我看见从一个山峰到另一个山峰的雪地上的脚印……

有人走过并隐没了,而在他后面的天空中留下了创造世界的明亮的早晨。

不,我不再给您描述了,我不会描述,您自己来看看这奇景吧。大概,我对此景象看入了迷,因此拿着紫色风铃草的太太望了我一下,而大学生甚至跟我说起话来。我用德语回答他,并做了自我介绍。我是俄国人这点引起了他的兴趣。他马上把我介绍给拿着紫色风铃草的太太和另一个大学生。过了五分钟光景,我们已经谈论起易卜生、托尔斯泰以及一些悬而未决的大问题,完全就像在俄罗斯那样,像在大学生圈子里那样。我一边开着玩笑,一边讲着在极北地区的奇遇,讲到挪威人把我当间谍,仅仅是因为我讲出自己是俄国人。

"这有什么办法!"大学生认真地说,"我们必然害怕呀。俄罗斯是这么大的一个国家,而挪威却那么小。"

"好,"我说,"假如让它置于国际保护之下就好了。"

"永远也别这样!"突然大学生涨红了脸说。

这"永远也别这样"所用的语气,使我急忙作一下修正:

"是这么回事,"我说,"像瑞士那样。"

"对,像瑞士那样,这是另一回事。"

接着我们就为"挪威像瑞士那样"而干杯……

这时我突然感到,我的谈话对象与我们俄国的大学生相比,有着根本的区别。我们那里在谈论托尔斯泰之后,不知为什么是不兴为"伟大的俄罗斯"或是为"莫斯科国家"干杯的。

后来,在特罗姆斯,又有许多乘客加入到我们中间来。我认识了一些商人、律师。他们谈了许多挪威国王旅行的详细情形,还谈到某个牧师,他是社会党人的代表。一些人认为,他作为一个牧师有做一个社会党人的权利,维护承受沉重赋税负担的人民,另一些人则相反,激烈地证明,这与牧师的称号是不相称的,咒骂他。关于这个牧师的事,我过去也听到过多次……突然,不知为什么我觉得,挪威是个小国,这里人们之间有点互相排挤。这一点您当然是没什么可说的,您知道,挪威只有二百万居民,但是这里问题不在于居民多少。这是一种难以表达的主观感受……我不知道,这是由于什么造成的:是不是因为我们俄罗斯这么庞大或是我们的山峦这么雄伟,人却这么少,或者是因为我习惯了像易卜生那样理解和热爱挪威。而这里，像在各地一样，遇见的是平平常常的小人物……

大学生们叫我看罗弗敦群岛。再见。到特隆赫姆或斯德哥尔摩再给您写信。

* * * *

我从远处遥望着罗弗敦群岛，有人指给我看旅行者最喜爱看的形状各异的山：七姐妹啦，像一个骑士的山啦，通天洞山啦，许多这样的山。林根峡湾缔造出的早晨已经不再重复别的地方的早晨了。比这些山峦更让我激动得多的是各种绿色的广场、灌木丛、树木、鲜花，在山麓旁，在峡湾的水边越来越常见到它们。在去过遍布山石、没有树林的摩尔曼、北角、加梅尔菲斯特以后，我觉得，我渐渐地在踏上一块现实中从未见过的新大陆。在特隆赫姆去游列尔福瀑布时，我特别体验到这种心情。这里的树木竟非常壮观，我觉得它们是伟岸高大的……如果您设想我变成了老菩提树树皮上的一只小红蜘蛛，您就能理解我。我的朋友，请记住，自北向南在挪威旅行，这首先是见到绿色大地带来的欢乐。在天堂自然好，但是在地上更好，好得多……

在某种程度上我得以用很好的方式与挪威作告别。事情是这样的。从特隆赫姆到斯德哥尔摩的火车先要沿着峡湾行驶很长时间。太阳落山了……我孤独的神奇的旅行也将结束了。我想回顾一下自己的行程。突然在一个车站里，一位戴着黑帽、拿着黑大衣、手提一个植物包的先生走进车厢。他身材高大，胡子刮得干干净净,就在我对面坐下,也开始若有所思地望着峡湾。我试着与他谈起话来……由于出其不意,他颤了一下。接着他感到不好意思,并表示歉意,因为他没有料到会听到德语。他一知道我是俄国人,立刻便向我提出许多问题……不是关于俄罗斯的问题……不是的……而是关于挪威的,我觉得它是个什么样的国家?

这是我在这次旅行中遇到的第一个真正有教养的人。我很高兴见到他,就像高兴见到特隆赫姆的第一批树木一样……他的脸很精致,又显得紧张。他那斯堪的纳维亚人的轮廓反映出世世代代欧洲基督文化的影响。见到他我感到很高兴,因此我真诚而又热情地回答了他。

"挪威是一个非常美妙的国家,这里的人们工作,热爱祖国,热爱自由,尊重科学,尊重艺术……"

我还说了许多好话……

等我说完,这位教授或是牧师,一跃而起,开始握我的手。这时火车停了,他急忙背起自己的包,想要走出去,但在门口又突然停住了。"Gott behüte Sie."[①] 他对我说,又一次热烈地握了我的手,才走了出去……

我就这样告别了挪威,第二天我已经在瑞典,在斯德哥尔摩了。

---

① 德语:上帝保佑您。——原注

* * * *

  亲爱的朋友，刚才发生了我旅行中最重大的事件。我给您写信的时候，斯德哥尔摩宾馆五楼，我的房间里，天色渐渐变暗了。照老习惯，我机械地点燃了蜡烛，继续写信。突然左边什么东西闪了一下。我朝那边一看，是什么呀！真正漆黑的夜在窗口窥视着我，而真正的星星在闪烁。这是三个月里的第一个黑夜，第一颗星星！接着是这光焰，这闪动的阴影……我在自己房间开始踱来踱去。突然在我面前闪过那个没有名称、没有领土的国度。记得吗，童年时我们曾企图逃到那样的国度去。整个我的神奇、孤独的旅行突然获得了唯一的涵义，唯一的意义：我跟着神奇的小圆面包去了没有名称的国度。